LES FILLES DU CAMP FOREVERMORE

Kim Fu a grandi en Colombie-Britannique et vit à Seattle. Son premier roman, *For Today I Am a Boy* (Héliotrope, 2020), a remporté le prix Edmund White Award for Debut Fiction. Kim Fu est aussi l'auteurice du recueil de nouvelles *Lesser Known Monsters of the 21st Century*, finaliste du prestigieux prix Giller.

KIM FU

Les Filles du camp Forevermore

ROMAN TRADUIT DE L'ANGLAIS PAR ANNIE GOULET

HÉLIOTROPE

Titre original :

THE LOST GIRLS OF CAMP FOREVERMORE

Cet ouvrage a été précédemment publié sous le titre
Cinq filles perdues à tout jamais aux éditions Héliotrope en 2022.

ISBN : 978-2-253-25015-9 – 1re publication LGF

Pour J. P.

Le camp

Les filles, debout sur le quai, chantaient l'hymne du camp de vacances, *Au camp Forevermore*. Certaines chantaient d'un ton las ou docile, mais la plupart avec allégresse et conviction, soulevant ensemble leurs poitrines, pétries du sentiment de participer à quelque chose de plus grand qu'elles-mêmes, leurs voix criardes et fausses s'unissant pour former un instrument majestueux : « Et je jure d'aimer mes sœurs / à tout ja-mais. » C'était en 1994, mais l'écho de cet hymne résonnait déjà au-dessus du Pacifique depuis six décennies.

Toutes se tenaient le dos droit et l'air solennel, comme des soldates au garde-à-vous, même celles que l'envie de gigoter ou de retrouver leur posture avachie démangeait, celles qui agitaient les orteils dans leurs souliers ou fredonnaient pour elles-mêmes en se pinçant les lèvres des doigts, réprimant un rire nerveux. Des monitrices sortirent d'une cabane d'entreposage près du quai en tirant les bacs de gilets de sauvetage orange. Les gilets, certains aux fermoirs brisés et aux coutures défaites, variaient en taille. À la fois pressées et appliquées, les campeuses farfouillèrent pour en trouver un qui leur convenait, un processus qui soulignait leurs corps nouvellement singularisés.

Siobhan Dougherty, dix ans, en saisit un et l'enfila. La ferait-il paraître trop grande ? Trop large ? Trop puérile ? Différente, en somme, du modèle universel de la fillette que le contenu pêle-mêle de ces bacs sous-entendait ? Elle ajusta gauchement les fermoirs et rallongea les sangles de ses doigts gourds, jusqu'à ce qu'enfin le gilet soit bouclé. Des *clics* satisfaisants se firent entendre d'un bout à l'autre du quai. Par quelque miracle, personne ne fut laissé pour compte.

Deux jours plus tôt, Siobhan passait pour la première fois le portail de bois du camp Forevermore. La composition de bâtiments trapus en rondins au centre de la clairière qu'on avait dégagée entre mer et forêt correspondait en tous points à la photo du dépliant.

Des filles issues de la classe moyenne supérieure (et, depuis 1976, un petit groupe moins nanti, sélectionné sur la base d'un concours d'écriture), d'un peu partout sur la côte Ouest, des deux côtés de la frontière entre les États-Unis et le Canada, étaient envoyées chaque année à Forevermore, dont le nom, comme celui des camps de vacances religieux ou pseudo-autochtones concurrents, devait évoquer un savoir ancestral. Ces fillettes âgées de neuf à onze ans y arrivaient turbulentes et capricieuses, et en repartaient compétentes et averties, de parfaites amatrices de plein air remodelées par la saine expérience de la nature et de la sororité. *Le meilleur en son genre*, clamait le dépliant.

Siobhan se rêvait à l'image des héroïnes de ses livres préférés, en fille-détective, en fille-aventurière :

plutôt garçonne, combative et débrouillarde, capable de déjouer les adultes et de survivre sans eux, le corps tanné et émacié par une existence vagabonde. Au lieu de cela, c'était une rousse aux yeux bleus couverte de taches de son, blême et pataude comme une brique de shortening, et à qui on interdisait de se servir de la cuisinière. La seule fois qu'elle s'était retrouvée seule à la maison après la tombée de la nuit, elle avait allumé toutes les lampes, la télévision et la chaîne stéréo, incapable de se passer de leur protection sonore et lumineuse.

Elle avait hâte plus que tout à l'excursion en kayak, la grande aventure de la première semaine. Les filles, divisées en petits groupes, navigueraient jusqu'à une île lointaine et y passeraient la nuit. Le dépliant insistait, à l'intention des parents, sur cette nuitée conçue pour *forger le caractère et inculquer un intérêt pour la nature dans des conditions parfaitement sécuritaires*, mais aucun adulte n'apparaissait sur les photos. Juste des campeuses qui prenaient la pose dans leur kayak, brandissant triomphalement leur pagaie, transportaient des bûches ou des sacs en toile de style militaire dans leurs bras chétifs, sautaient dans la mer en se tenant par la main. Avec leurs larges sourires découvrant des dentitions inégales, avec leurs tresses ou leurs queues-de-cheval austères, c'étaient des filles-pirates, des filles-capitaines de vaisseau spatial, des princesses guerrières : de fabuleuses cohortes d'enfants affranchies qui n'existaient que dans les livres de Siobhan.

Ce premier après-midi-là, sous un ciel dégagé, la terre noire entre les sentiers de gravier et le vert profond des gigantesques pins, sapins et épinettes portaient la mémoire de récentes chutes de neige et de pluie. L'océan, visible tout au bout du terrain, avait la couleur de l'ardoise.

Tout ce que Siobhan portait était flambant neuf : sa doudoune noire, qu'elle avait choisie pour sa fermeture éclair argentée avec tirette en forme de cœur, sa première paire de bottes de marche, et même ses sous-vêtements. Elle croyait sentir son identité se dissoudre, impression à la fois grisante et terrifiante. Elle était loin de ses parents, de ses camarades de classe, de quiconque l'avait connue de près ou de loin. Il lui tardait de découvrir qui elle deviendrait.

Le premier jour avait passé à toute allure. On avait trimballé les filles d'un endroit à l'autre, on leur avait offert un discours d'accueil puis un bref repas, on les avait envoyées se coucher tôt, dans le silence inconfortable de leurs baraques, avec leurs monitrices-surveillantes. Le matin du deuxième jour, grelottantes sur le quai et exposées aux regards, elles s'étaient soumises tour à tour à une épreuve de nage, qui consistait à parcourir cinquante mètres parallèlement au rivage tandis qu'on les chronométrait.

Au milieu d'une profusion de maillots une pièce Speedo, de froufrous et d'imprimés enfantins de créatures marines, les filles avaient remarqué Dina Chang pour la première fois. La fillette de neuf ans venait de Vancouver. Impossible de mettre le doigt sur ce qui frappait dans son apparence – sa poitrine et ses jambes parfaitement prépubères, sa peau dorée enserrée dans un bikini noir et blanc –, mais elles ne pouvaient pas la quitter des yeux. Chacun de ses mouvements était magnétique. Le lendemain, on lui donnerait en offrande des couronnes de marguerites, des bracelets de plastique, des jouets apportés de la maison. Une fille, au déjeuner, lui tendrait son berlingot de lait au chocolat. Dina hausserait les épaules, tortillerait une mèche de ses doux cheveux noirs, blasée, comme si ce genre d'attention n'était rien de nouveau pour elle.

Pendant l'épreuve de nage, les conversations se délitèrent à mesure que, l'une après l'autre, les campeuses prenaient conscience de la scène qui se jouait. Une fille se démenait dans l'eau. Elle s'arrêtait sans cesse pour reprendre pied ou changer de style de nage, passant d'un crawl aussi frénétique qu'inefficace – ses battements de jambes produisaient des geysers derrière elle mais échouaient à la propulser – à un ridicule pataugement de petit chien, peinant à garder la tête hors de l'eau, un amas de cheveux blond cendré plaqué en travers du visage. Andee Allen avait dix ans et venait de Seattle, dans l'État de Washington. « Une gagnante du concours d'écriture », commenta-t-on en aparté. Une de celles qu'il faudrait prendre en pitié et traiter avec un surplus de gentillesse.

Comme les minutes passaient et qu'Andee continuait de se débattre dans l'eau, les campeuses tournèrent leur attention vers les monitrices responsables de l'épreuve, plus précisément celle qui tenait le chronomètre. Personne n'avait encore été recalé pour cause de lenteur ou de mauvaise technique : il suffisait de parcourir la distance d'une manière ou d'une autre. Nul doute que là, ça dépassait les bornes ; d'une minute à l'autre, elles se décideraient à sauter à l'eau pour ramener Andee sur la berge, et on lui interdirait de participer à l'excursion en kayak.

Les adultes semblaient hypnotisées par Andee. Lorsque celle-ci s'approcha enfin du rivage, Siobhan comprit pourquoi : c'était sa bouche figée en une expression déterminée, son regard féroce. Sa volonté d'aller jusqu'au bout. Elle réussirait coûte que coûte. Ç'aurait été cruel de l'arrêter. Et, surtout, si jamais il leur arrivait effectivement quelque chose en mer, Andee, qui était dans l'eau depuis ce qui leur paraissait une éternité, serait la dernière à capituler.

Au moment où les mains d'Andee s'abattirent sur le pilier au bout du quai, les monitrices poussèrent des cris de joie. Deux d'entre elles l'agrippèrent par les avant-bras et le dos du maillot pour la hisser. Andee resta longtemps étendue sur les planches, à haleter comme un poisson hors de l'eau.

Le reste de la journée, elles eurent droit à des leçons de kayak – et à leurs premiers démêlés avec les gilets de sauvetage. Au départ, leurs embarcations vert fluo s'entassaient dans l'eau peu profonde le long de la plage comme des canards de plastique dans une baignoire. En fin d'après-midi, toutes les campeuses savaient se déprendre en cas de dessalage, pagayer vers l'avant et se propulser en ligne droite.

Au repas du soir, Siobhan et quelques autres furent désignées pour dresser les tables. Nita Prithi – elle avait onze ans, venait d'une ville de taille moyenne dans la Vallée centrale de la Californie et en était à sa troisième et dernière année au camp – joua au petit chef avec le groupe, agitant les bras dans tous les sens comme l'assistante d'un magicien. « Ici, c'est la place des fourchettes et des couteaux. Là, c'est les tasses. Là, c'est les pichets d'eau. » Nita en imposait, avec ses épaules massives, son pas lourd, son coton ouaté surdimensionné cachant sa poitrine naissante, sa large bouche, ses sourcils noirs et expressifs.

Un autre groupe de filles sortit de la cuisine en portant les réchauds de nourriture. Du macaroni au fromage parsemé de flocons rosâtres – de la viande? du poisson? – et verts – un légume? de la moisissure?

Toutes les autres firent la queue avec leurs assiettes. Nita se glissa devant Siobhan comme si elle ne l'avait pas vue. Siobhan émit un petit grognement de protestation. Nita se retourna, mais son regard semblait porter plus loin, la traverser. Siobhan en avait connu, des prétentieuses comme elle; aucune, cependant, qui ait une présence si imposante.

— On dépasse pas, lança-t-elle.

Nita l'ignora. Elle fit signe à Andee – « je gardais ta place » –, et celle-ci la rejoignit dans la file. En comparaison, Andee paraissait chétive et mal nourrie, avec ses cheveux filasse : un petit bâtard à côté d'un molosse. Nita et elle étaient voisines de lit et, depuis le matin, probablement depuis que Nita l'avait vue se démener lors de l'épreuve de nage, elles formaient l'un de ces nombreux duos impénétrables qui s'étaient déjà soudés. Devant ces alliances, Siobhan se sentait seule et rejetée. Elle se demanda pourquoi personne ne l'avait encore choisie. La fille qui dormait au-dessus d'elle s'était mise à ronfler à peine les lumières éteintes, et Siobhan s'était retrouvée à écouter les filles des autres lits chuchoter et rigoler entre elles.

— Hé, fit Siobhan en tapotant l'épaule de Nita, on dépasse pas, j'ai dit !

— Mon Dieu ! dit Nita d'une voix forte tout en faisant un pas de côté. Vas-y. Vas-y donc le chercher, ton macaroni, si tu le veux tant que ça.

Les autres filles ricanèrent, Siobhan rougit.

À table, on leur apprit l'hymne du camp ; elles chantèrent en abattant leurs poings sur les nappes de plastique, redoublant d'ardeur et d'assurance à chaque refrain.

Après le souper, debout en cercle près du feu de camp en attendant le coucher de soleil, elles furent invitées à prendre par la main deux filles qui n'étaient pas leurs voisines immédiates. Andee croisa le regard de Siobhan et tendit la main vers elle. Alors que Siobhan s'avançait pour la rejoindre, Andee la retira d'un coup sec et prétendit se lisser les cheveux, un geste de cour d'école que Siobhan connaissait bien : trop lente, tant pis pour toi.

C'est là que se produisit le miracle. Dina tendit la main distraitement au centre du cercle, passa outre un tas de doigts qui s'agitaient dans l'espoir d'être choisis, et saisit ceux de Siobhan. Tout cela se produisit en un instant : le rejet d'Andee, les doigts soyeux de Dina contre sa paume droite, une autre fille agrippant la gauche. Quarante fillettes furent transformées en un inextricable nœud humain. Le jeu consistait à démêler le nœud sans lâcher les mains.

Siobhan baissa les yeux. La main de Dina brillait du même éclat que tout le reste de sa personne, comme si les rayons couleur miel du soleil tombaient sur elle sous un angle particulier. Le contact soyeux de sa peau provoqua chez Siobhan une sensation de plaisir capiteux qui fila le long de son bras et redescendit jusqu'à l'abdomen.

Le troisième jour, les campeuses, engoncées dans leur gilet de sauvetage, attendaient sur le quai qu'on les divise en petits groupes pour l'excursion de kayak. Les monitrices se succédèrent pour lire leur liste de noms à voix haute. La plupart étaient des jeunes femmes d'allure sportive, des étudiantes, d'anciennes « sœurs ». Les campeuses les avaient classées selon leur attrait physique, leur coolitude, leur gentillesse, avaient déterminé leurs favorites, s'en étaient entichées. Il y avait la blonde au sourire rayonnant et à la voix douce. Celle dont les shorts étaient plus courts que le t-shirt, ce qui donnait l'impression qu'elle se promenait les jambes nues – on disait l'avoir vue fumer derrière la baraque des douches. Celle qui avait raconté la meilleure histoire de fantômes la veille autour du feu, bras en l'air, doigts crispés imitant des serres, narrant d'une voix grave et râpeuse.

L'une des cheffes de groupe n'était pas une monitrice à proprement parler. Plus maintenant. Elle avait demandé aux filles de l'appeler par son prénom, comme les autres, mais quelques-unes ne pouvaient s'empêcher de l'appeler madame Butler plutôt que Jan. Elle avait été parmi les premières campeuses de Forevermore, puis monitrice, puis employée de l'administration, par intermittence, durant toute sa vie d'adulte.

Quand elle prononça son nom, Siobhan fut secrètement soulagée. Jan était la moins cool, avaient décrété ses voisines de dortoir avant de s'endormir la veille, la leçon de kayak ayant émoussé leur enthousiasme pour l'expédition. Mais, malgré son âge avancé – très avancé, même : elle échappait aux catégories mentales dans lesquelles Siobhan plaçait les mères, les professeures, les tantes ; elle était si vieille que l'une des campeuses l'avait appelée « mamie » sans faire exprès –, Jan la rassurait par sa forme physique et son gros bon sens. Comme les jours précédents, elle portait une petite machette à la ceinture, et Siobhan pouvait aisément l'imaginer abattre un jeune arbre ou dépiauter un lapin. Une épaisse coque de cheveux blancs couronnait son visage sain, ridé, éclaboussé de soleil. Ses vêtements étaient faits de toile brute et munis de plusieurs poches. Elle semblait titulaire d'un savoir spécial beaucoup plus intéressant aux yeux de Siobhan que ce qu'aurait pu lui apprendre une étudiante au sujet des garçons, par exemple.

Quand Jan prononça le nom de Dina, Siobhan devina la déception et la jalousie chez les campeuses des autres groupes. Dina deviendrait sa meilleure amie d'ici la fin du voyage. Elle en était certaine.

Jan poursuivit, et l'humeur de Siobhan s'assombrit à mesure :

— … Nita, Andee et Isabel.

Au déjeuner, Nita et Andee s'étaient pointées avec des bracelets d'amitié assortis. Nita, à la manière d'un petit caïd en prison, avait apporté au camp un écrin de plastique rempli de fils à broder multicolores, et tout le monde était au courant. Même les filles des autres dortoirs venaient frapper à la porte du sien pour s'en faire donner et apprendre comment tresser le motif de chevrons à dix brins, sa spécialité.

Nita avait bousculé Siobhan, dont le plateau à déjeuner était tombé. Tout le monde avait cru à un accident ; même Siobhan doutait. Nita s'était penchée pour l'aider à ramasser. Le plateau avait atterri à l'horizontale avant de glisser sur une petite distance ; la nourriture était presque toute restée dans l'assiette. « Du bon côté, avait dit Nita d'une voix enjouée et chaleureuse. Fiou ! Tu vas quand même pouvoir manger. » Elle était allée à la cuisine chercher un linge pour essuyer l'eau qui s'était renversée.

C'était une humiliation floue, impossible à dénoncer, peut-être créée de toutes pièces. Siobhan avait mangé la nourriture récupérée par terre.

Les cinq filles obéirent à l'appel de Jan et se rassemblèrent autour d'elle, leurs gilets de sauvetage aussi encombrants que des tonneaux avec des bretelles.

Personne n'avait encore entendu la voix d'Isabel Wen. Âgée de onze ans, comme Nita, mais avec quelques poussées de croissance de retard, elle avait à peu près la taille d'une élève de maternelle. Ses lunettes à monture d'écaille déformaient ses yeux, les faisaient paraître à la fois plus gros et plus lointains. Tout comme Dina, elle venait de Colombie-Britannique, d'une banlieue de Vancouver, et toutes deux étaient chinoises – du moins, c'est ce que devinait Siobhan –, mais pour le reste elles différaient en tout. Elles se tenaient à bonne distance l'une de l'autre, regardaient dans des directions opposées. Andee et Nita s'échangèrent un code secret en se serrant la main. Pendant que Jan vérifiait quelque chose sur sa liste, Andee tira la langue – bref éclair rose – en direction de Siobhan.

— OK, les filles, lança Jan de sa voix grave et claire. Je vais vous aider à démarrer une à la fois.

Elle pointa le doigt vers un arbre qui s'étirait au-dessus de l'eau, tout près.

— Pagayez jusqu'à cet arbre et attendez les autres. On partira toutes ensemble.

Le groupe de Jan fut le premier à se mettre à l'eau, et de loin. Les autres groupes étaient encore sur le quai, ou sur la plage, ou sur le sentier, à écouter les longs discours de leurs guides respectives.

« Jusqu'à l'arbre, et tu attends », répétait Jan à chacune des cinq filles en les poussant sur l'eau. Siobhan, son maigre bagage sous la jupette de caoutchouc – un sac de couchage et la poche imperméable contenant ses vêtements –, partit la dernière. Le kayak de Jan était trois fois plus long que les leurs, et un entrelacs de cordages y retenait tout l'équipement essentiel : la nourriture, l'eau, la trousse de premiers soins et deux tentes pour trois personnes. C'était un kayak rouge, fin et sophistiqué.

Siobhan dépassa Isabel en se rendant à l'arbre. Son ventre se noua : un test, une aventure, le désir de plaire. Jan cessa de pagayer presque sitôt le premier coup donné. Elle fendit l'eau, propulsée par son élan, et devança les filles avec la grâce d'un huard.

Après un laps de temps ridiculement long et quelques instructions aboyées à la cantonade, leurs kayaks s'agglutinèrent et s'immobilisèrent à peu près. Le visage d'Isabel avait viré au blanc. Siobhan craignit qu'elle ne souffre déjà du mal de mer ;

pourtant, il avait bien fallu qu'elle survive à la leçon de la veille.

— Bon, dit Jan. L'île de Lumpen est notre destination assignée. Je resterai en tête pour vous guider. On va pagayer une heure, puis se trouver un endroit pour se reposer et avaler une collation. Ensuite, une autre heure de déplacement, et après, on mange. Une heure de plus et on devrait arriver à l'île de Lumpen, ce qui nous laissera amplement le temps d'établir le campement. Si vous avez besoin de vous reposer d'ici là, lâchez un cri. Si vous croyez que je n'ai pas entendu une de vos consœurs crier, criez vous aussi.

Puis elle ajouta :

— J'ai suivi la leçon de près hier. Nita semble être notre meilleure pagayeuse. Nita, tiens-toi en queue de peloton et assure-toi qu'on reste groupées, d'accord ?

C'est vers Siobhan que Nita se tourna en répondant :

— D'accord, Jan.

Cherchait-elle à se vanter d'être meilleure qu'elle ? ou à lui lancer un message plus sinistre ? Peut-être que, si Siobhan dérivait au loin, Nita ne le remarquerait pas. Peut-être que Siobhan crierait et crierait en vain, sans personne pour l'entendre.

Plus tard, une fois adulte, Siobhan fera des rêves dans lesquels leurs kayaks de plastique aux couleurs vives sont remplacés par une embarcation de bois, les cinq filles ramant en chœur, Jan se tenant à la proue. Dans ces rêves, Jan porte un veston à épaulettes et double boutonnage doré, et les filles, des haillons. Son pied botté sur le plat-bord, Jan désigne l'horizon de sa machette.

Nita

1

C'était à la fin de son dernier séjour – écourté – au camp Forevermore. Nita était sur une des chaises de plastique raides du poste de police, ses parents sur des chaises semblables à ses côtés, et elle somnolait, les pieds sur les cuisses de son père. L'adrénaline des derniers jours l'avait affaiblie, ses paupières étaient lourdes de soulagement. Une voix de femme inconnue et celle de sa mère discutaient. Puis une autre voix, celle d'un homme qui n'était pas son père, commenta :

— Ne vous inquiétez pas. Elle va s'en remettre. Vous seriez surpris de tout ce que les enfants réussissent à oublier.

Nita sursauta. Par défi, elle s'efforça de tout enregistrer dans sa mémoire. Les chaises de plastique, les voix de ces inconnus. Mais elle sentit le souvenir lui échapper aussitôt, se voilant de sommeil et de doute.

Nita avait une mémoire irréprochable pour les faits et les données. Presque sans le vouloir, elle avait mémorisé la page d'un manuel listant les deux cents premières décimales de pi, non pas comme une série de chiffres, mais comme une image simple, si bien qu'elle pouvait la réciter par cœur pour épater son père et ses collègues. Pourtant, et sa mère le soulignait régulièrement, Nita semblait avoir du mal avec les événements de sa propre vie, si courte fût-elle. Lorsqu'on le lui demandait, elle était incapable de dire si telle chose s'était produite cette année ou l'année précédente, la veille ou l'avant-veille. Elle ne s'en faisait pas avec ça. C'était peut-être voulu, un superpouvoir, en quelque sorte : la faculté de dégager de l'espace dans son cerveau pour ce qui comptait vraiment, de remplacer le morne enchaînement des jours ordinaires ou les menus détails d'un jour triste par encore plus de noms, de chiffres, de renseignements, jusqu'à ne conserver qu'une impression incommunicable de ce qu'elle avait vécu. De quoi cette forêt avait-elle été le théâtre ? De beaucoup de peur et de frustration. Mais aussi d'une démonstration de pouvoir et de maîtrise : elle avait su quoi faire, et elle l'avait fait.

La main de son père couvrait une grosse cloque sur son talon gauche, dont la peau translucide se tendait sur une bulle de pus ; Nita aurait voulu qu'il ne se retienne pas de la crever.

Puis, alors que les Prithi roulaient de la gare fluviale à l'hôtel près de l'aéroport, où ils passeraient la nuit, son père rompit le silence :

— C'est toute une aventure que tu as vécue !

Nita n'apercevait le profil de sa mère que par intermittence, lorsque la voiture traversait le faisceau d'un lampadaire. Il lui semblait alors que le dédain sur son visage se transformait – ou se déguisait – en une affection amusée. Pour la première fois, Nita voyait ses parents comme des personnes à part entière, un homme et une femme qui avaient vécu séparément des années durant avant que leurs chemins ne se croisent, avant Nita. Une idée précise du genre d'homme qu'elle pourrait aimer un jour se dessina alors. Un homme comme son père, affable et distrait.

En septembre, l'animalerie devant laquelle elle passait chaque jour en revenant de l'école reçut une portée de golden retrievers. Ils sautillaient dans la vitrine comme des grains de maïs dans une machine à pop-corn. Avec leurs museaux courts et leurs truffes noires, leurs pupilles dilatées dans une expression d'allégresse perpétuelle, ils avaient l'air de peluches vivantes.

Les chiots avaient disparu le lendemain ; vendus ou déplacés à l'arrière de la boutique. Nita les vit flotter dans son esprit cette nuit-là, alors qu'elle cherchait le sommeil, puis à nouveau le lendemain durant la dernière heure de classe, où même le professeur avait paru impatient et assommé. Elle avait toujours voulu un chien, mais c'était un désir abstrait : un nouveau jouet, un ami précieux. Les chiots lui avaient inspiré quelque chose d'inédit, le sentiment visqueux et douloureux d'un besoin à combler. Il lui en fallait un.

Elle commença son plaidoyer dès que ses parents mirent le pied dans la maison après le travail. Sa mère était administratrice à l'hôpital où son père était anesthésiste.

— Maman, papa, je veux un chien, annonça-t-elle d'une voix qui échouait à exprimer la gravité, le sérieux parfaitement adulte de ce désir longuement mûri.

Il y avait trois jours maintenant qu'elle avait vu les chiots.

— Je vais le promener, le nourrir, ramasser ses crottes. Vous aurez rien à faire.

— Ah, dit son père, on parlera de ça plus tard. Pas avant mon souper.

Nita les suivit dans la cuisine, consciente qu'elle perdait sa contenance et sonnait de plus en plus comme une petite geignarde, mais incapable de s'en abstenir.

— Je vous jure que je m'en occuperai toute seule. Je veux un chien ! Oh, s'il vous plaît. Oh, s'il vous plaît, s'il vous plaît, s'il vous plaît.

C'était enrageant, cet écart entre ce qu'elle pensait et ce qui sortait de sa bouche. Sa voix, habituellement basse pour une fille d'à peine douze ans, s'obstinait à monter dans le registre puéril et aigu que le monde a l'habitude d'ignorer. Elle sentait des univers entiers s'agiter en elle, mais elle n'était pas fichue de leur donner une forme par ses mots.

— Monte, mon petit éléphant, lui dit sa mère. Je t'appellerai quand le souper sera prêt.

Comme pour prouver la justesse de ce surnom honni, Nita gravit l'escalier d'un pas lourd. Elle s'étendit à plat ventre sur le plancher de sa chambre et se colla à la bouche d'aération, d'où elle pouvait entendre ses parents dans la cuisine si elle tendait l'oreille. Certaine que la bataille était perdue au moins pour ce jour-là, elle s'étonna de les entendre discuter de la possibilité d'un chien en toute bonne foi.

— Je suis contente qu'elle veuille un chien, disait sa mère. Des fois, j'ai peur que…

— Hum ? Peur de quoi ?

Elle marqua une longue pause, puis changea de sujet :

— Te souviens-tu pourquoi on l'a envoyée à ce camp ?

— Parce qu'elle voulait y aller. Elle nous a suppliés.

— Non, je veux dire, la première année. C'était mon idée. J'avais l'impression qu'elle était trop studieuse, qu'elle passait trop de temps à l'intérieur. J'ai été surprise qu'elle aime ça, qu'elle veuille y retourner chaque été. Et puis c'était tellement cher, tellement BCBG, j'étais fière qu'on puisse se le permettre.

— C'est pas ta faute, dit son père. C'est cette vieille folle. Les mettre dans une situation pareille. Cacher le fait qu'elle était malade…

— Non, je sais, ce n'est pas ça. C'est juste que… Nita est encore une enfant. Elle parle comme une enfant, elle réclame des choses d'enfant. Elle rit quand je fais le clown. C'est tout ce que j'arrive à voir. J'ai du mal à croire qu'elle a fait tout ce qu'ils nous ont raconté.

— Elle a été héroïque ! Je suis fier d'elle, moi. Elle a sauvé sa peau. Et celle des autres. Elle mérite bien…

Il hésitait à dire ce qu'elle méritait.

— Un chien, lâcha-t-il enfin. Si elle veut un chien, alors donnons-lui-en un.

Le samedi, les parents de Nita partirent sans lui dire où ils allaient. Elle profita de leur sortie, comme chaque fois, pour fouiller dans les armoires à la recherche d'une sucrerie cachée. N'en trouvant pas, elle se rabattit sur une poignée de raisins secs que sa mère utilisait pour la cuisine ainsi qu'une cuillerée de confiture.

Elle entendit la porte d'entrée s'ouvrir, puis la voix de son père :

— Vas-y, avance.

Alors qu'elle essuyait la confiture au coin de ses lèvres, Nita vit un énorme berger allemand se traîner dans la cuisine, la queue entre les pattes, la tête mollement penchée vers le sol. Les parents de Nita, derrière lui, rayonnaient, vraisemblablement satisfaits par ce spectacle de soumission : un chien qui savait se tenir.

— Le pauvre, il a passé deux ans attaché à un piquet dans la cour de mon cousin Harjeet, commenta son père.

Le chien alla droit vers Nita, qui, terrifiée, était restée assise à table. Elle sentit son ventre se serrer, réaction typique lorsqu'on obtient ce qu'on croyait désirer. « Qu'est-ce que j'ai fait ? » pensa-t-elle. Le chien posa tranquillement ses pattes avant sur les cuisses de la jeune fille et se dressa sur ses pattes arrière. Il n'était pas excité, il ne bavait pas comme les chiots dans la vitrine de l'animalerie, ces petits paquets de fourrure dorée aux langues pendantes, incarnations de la joie la plus pure. Chez lui, que du maintien : il lui huma le visage, son haleine chaude comme sortie d'une fournaise et empestant la viande avariée. De près, ses yeux bruns paraissaient étrangement humains, intelligents, inquisiteurs.

— Hé, descends de là ! dit la mère de Nita.

Le chien ne réagit pas. À l'intention de sa fille, elle ajouta :

— Il faudra que tu lui apprennes à ne pas faire ça.

Nita toucha les oreilles du chien d'un geste prudent. Aussitôt, celui-ci retomba sur ses pattes et pivota pour faire face aux parents, coinçant Nita sur sa chaise, s'imposant sans équivoque entre elle et eux ; il se l'appropriait.

Dans une salle d'accouchement, plus de vingt ans plus tard, les pensées de Nita formaient un bourbier d'effluves et de douleur creuse. Ses cheveux trempés de sueur plaqués sur le côté du visage ; la main osseuse de Sadiq, son mari, serrée dans la sienne. La lumière de la chambre était bizarrement tamisée en dehors du faisceau de l'unique lampe de travail pointé directement entre ses jambes, comme si elle mettait le soleil au monde. Comme si tout cela les concernait, eux, les observateurs en jaquette de papier bleu, et non elle, dont la tête restait dans l'ombre par leur volonté. L'éternité s'égrenait seconde par seconde, chaque instant distinct, affirmant son existence, demandant d'être pris en compte.

Son fils, Evan, prit sa première respiration. Il passa d'un bleu amphibien à un rouge criard, hurlant douloureusement son arrivée dans ce monde nouveau. L'infirmière rayonnait, tout comme les parents de Nita lorsqu'ils avaient guidé le chien dans la cuisine, et l'estomac de Nita se serra de la même manière. La même pensée : « Qu'est-ce que j'ai fait ? » Et puis, encore une fois : l'amour. L'amour comme le délire, comme le meurtre.

Comme Harjeet n'en avait pas à leur donner, les parents de Nita achetèrent quelques articles rudimentaires pour le chien. Son père, qui surfait toujours sur la vague festive de la nouveauté, plaça dans la chambre de Nita un lit pour chien, qu'il pointa du doigt à l'intention de la bête avant de ramener les mains sous sa joue pour mimer le sommeil. Le chien le renifla un moment, puis bondit sur le lit de Nita et s'y étendit, la tête posée sur les pattes. Il fixa la famille comme pour la mettre au défi de le chasser. Le petit lit de Nita, fait de tubes métalliques peints en blanc, grinça de protestation.

— Il faudra que tu lui apprennes à ne pas faire ça, dit sa mère.

Troublée par le regard du chien qui suivait tous ses mouvements, Nita enfila son pyjama dans la salle de bains pour éviter de se dévêtir devant lui. Lorsqu'elle retourna dans la chambre, il n'avait pas bougé. Elle le poussa délicatement du plat de la main et sentit les os de ses hanches bouger comme s'ils étaient détachés de la colonne vertébrale, mobiles sous la peau.

— Va-t'en, dit-elle. Allez, espèce de gros loup.

En soupirant, elle s'installa dans le lit avec lui. Il exhalait une chaleur extraordinaire. Elle s'attendait presque à voir de la vapeur s'élever de son flanc.

Elle roula sur le côté pour faire dos à l'assortiment d'odeurs fétides et à la flaque de bave qui imbibait le drap. Elle sentit le museau du chien s'enfoncer entre ses omoplates. Puis, dans un mouvement délicat de la gueule, il saisit le coin de sa chemise de nuit entre les crocs grinçants. Elle se figea. C'était quelque chose d'à la fois aimant et menaçant : « Je pourrais te dévorer, mais je ne le ferai pas. »

Le matin suivant, le chien réveilla Nita tout juste passé cinq heures. Il n'aboya pas. Il planta ses pattes avant dans son abdomen et appuya, y mettant toute la force de ses trente-six kilos. Nita ouvrit les yeux en hurlant ; le museau était à quelques centimètres de son visage.

Il avait appris « assis » et s'exécuta lorsque Nita tendit la laisse pour l'attacher à son collier. Puis, laisse en main, elle ouvrit la porte. Elle rassemblait ses pensées matinales, réticente devant le froid et les ombres noires que projetaient les haies dans la lumière des lampadaires, quand le chien s'élança dans la rue.

Elle fut entraînée à sa suite et dut enfoncer les talons dans le sol, s'agripper à la laisse tendue qui lui lacérait les paumes. Il ne courait pas – la laisse retenait son élan, le condamnait à racler l'asphalte frénétiquement de ses pattes tout en avançant le cou de peine et de misère – mais elle, oui.

— Arrête ! Au pied ! Loup ! Loup, au pied !

Ainsi l'avait-elle nommé.

Quarante minutes plus tard, elle réussit à le ramener de force dans le vestibule. Dès que la porte se referma, Loup redevint attentif et obéissant, comme si de rien n'était. En détachant la laisse, Nita remarqua une bande de fourrure aplatie contre le sens du poil sous le collier. Elle lui massa le cou, ce qu'il toléra stoïquement.

Elle jeta Loup dans la cour clôturée avec un bol de nourriture.

— Tiens, dit-elle. Ici, tu peux courir, et gambader, et jouer tout seul sans personne pour t'étrangler. OK ?

Elle dut marcher à reculons vers la maison et repousser son museau en refermant la porte-fenêtre pour s'en séparer.

Elle traversa une dernière fois le salon en partant pour l'école. Loup était toujours assis à la regarder de l'autre côté de la porte-fenêtre, sur laquelle son haleine avait formé un halo de condensation ; il n'avait pas touché à sa nourriture. Patient, inquiétant. Il en aurait bientôt assez et irait explorer la cour, raisonna-t-elle. Comme elle passait devant la haute clôture de bois, elle aperçut le museau qui pointait par le mince interstice dans le bas des planches et traquait ses mouvements.

Cet après-midi-là, Nita allait quitter l'école lorsque la conseillère d'orientation, madame Taylor, surgit de son bureau – une section de l'allée des casiers fusionnée lors de travaux sommaires avec un placard du local du directeur – et s'interposa.

— Nita ! Je suis contente de t'attraper. J'essaie d'organiser une rencontre avec tes parents depuis un bout de temps, mais ils ne répondent jamais au téléphone.

Madame Taylor était la femme la plus grande que Nita ait vue en vrai. Ses cheveux tirés vers l'arrière frôlaient le plafond bas, et son interminable collier de perles de bois semblait l'allonger encore davantage. Elle avait des membres filiformes, une tête ovoïde surmontant un torse étroit, mais ses mains et ses pieds étaient gigantesques, comme une décision prise après coup, quelques tours supplémentaires accordés dans une partie de Bonhomme pendu. Son minuscule bureau était comme une mauvaise blague qu'on lui aurait faite.

— Quand est-ce que vous avez appelé ?

— Tous les soirs de la semaine. Vers six heures, je crois.

— On débranche le téléphone à l'heure du souper. Qu'est-ce que j'ai fait ?

— Oh, rien du tout. Je veux juste discuter de quelque chose avec eux. Peux-tu leur dire de m'appeler ? demanda-t-elle en lui tendant sa carte de visite.

Nita flairait un mensonge. Elle scruta la carte, presque entièrement cachée par le pouce massif de madame Taylor. En la prenant, elle avait l'impression de signer son propre mandat d'arrêt.

— Oh… Peut-être qu'ils ne parlent pas anglais ? fit madame Taylor en remarquant son hésitation.

Nita saisit la perche.

— Pas super bien. Vous pouvez me dire c'est pourquoi et je vais faire le message, dit-elle.

Puis, voyant un sourcil suspicieux se lever :

— Ou alors, dites-moi quand vous voulez les rencontrer et je vais m'arranger pour qu'ils viennent. Mais ce serait mieux que je sois là aussi. Pour traduire.

— OK, voyons voir.

En se tenant d'une main au cadre de porte, madame Taylor pencha le tronc vers son bureau, où elle attrapa un agenda relié de cuir, puis revint vers Nita.

— Crois-tu qu'ils pourraient passer lundi matin ? Disons à huit heures et demie ?

— Je vais leur demander.

— Et ne t'inquiète pas, je te signerai un billet de retard, promit madame Taylor en griffonnant quelques mots dans son agenda.

Elle releva les yeux vers Nita, affichant un sourire fier qui invitait aux félicitations : l'air de l'adulte qui offre un cadeau à un enfant pour le plaisir de voir sa réaction, jubilant devant sa propre générosité.

Nita se balançait d'un pied sur l'autre, mal à l'aise.

— Je peux m'en aller maintenant ?

— Oh, bien sûr. Tiens-moi au courant.

Nita fut tout de même parmi les premiers élèves à sortir de l'école, alors que les autres traînaient à leurs pupitres ou à leurs casiers. Elle était impatiente de rentrer. Elle avait pensé à Loup toute la journée. Elle craignait que ses parents ne le chassent de sa vie aussi capricieusement qu'ils l'y avaient fait apparaître.

Il était là, assis au pied des marches en brique de l'école.

Il était couvert de terre, du museau au bout de la queue. Il l'attendait comme ce matin, avec la même patience de vieux sage qui la troublait tant. Nita se figea sous le coup de la surprise, puis descendit les marches pour le rejoindre.

— Qu'est-ce que tu fais là ? murmura-t-elle en lui caressant la tête.

D'autres enfants se précipitèrent pour voir le chien, se massèrent autour de lui dans un babillage surexcité, chacun cherchant à capter son attention. « Est-ce qu'il est gentil ? Est-ce que je peux le flatter ? Est-ce qu'il mord ? Allô, chien-chien, allô ! » Le chien, alarmé, recula d'un pas mal assuré. Il ne fit rien pour les menacer – ni grognement ni claquement des mâchoires, des signes que les enfants auraient compris tout de suite. Au lieu de cela, il se hérissa comme un chat effarouché et jeta à Nita un regard de panique, de mise en garde. D'une voix puissante, elle somma les autres de reculer. Elle saisit Loup par le collier et partit. Les enfants protestèrent, lui crièrent des insultes, la traitèrent d'égoïste pour ne pas les avoir laissés jouer avec le toutou.

Celui-ci, content, trotta aux côtés de Nita durant tout le trajet jusqu'à la maison ; rien à voir avec la promenade de ce matin. Elle lui jeta un regard soucieux.

— J'aimerais tellement ça que tu saches parler.

Au son de sa voix, le chien se retourna avec curiosité, puis s'arrêta pour uriner sur un buisson.

Tout le week-end, Nita aida son père à remblayer l'énorme trou que Loup avait creusé sous la clôture et à border le périmètre de blocs de ciment. Le lundi matin, alors qu'elle attendait ses parents à côté de la voiture, elle entendit les griffes du chien sur les planches : il était monté sur un des blocs et tentait de se hisser par-dessus la clôture. Le bout de son museau noir apparaissait chaque fois qu'il sautait avant de retomber lourdement.

Des visages d'enfants se montraient sans cesse dans la fenêtre du bureau de madame Taylor – elle donnait sur le couloir, puisque la pièce ne comptait aucun mur extérieur. Les parents de Nita et madame Taylor semblaient ne pas remarquer ces têtes inclinées par la curiosité, ces langues tirées, la joyeuse agitation et le potinage.

Derrière son petit bureau, madame Taylor paraissait encore plus grande que d'habitude, coincée entre les membres du solide trio que constituait la famille de Nita. Celle-ci était presque aussi grande que sa mère, qui elle-même ne faisait que quelques centimètres de moins que son mari ; tous étaient plutôt trapus, bien plantés. Père et mère avaient serré la main de la conseillère en entrant.

— Je suis heureuse de vous rencontrer, dit-elle.

Le père de Nita ne répondit pas ; sa mère acquiesça par un simple « oui, oui » qui gardait intact le mensonge de Nita, pour le moment.

— Bien. Je vous ai invités aujourd'hui parce que certains professeurs de Nita – tous ses professeurs, en fait – pensent que ça pourrait être une bonne idée de lui faire sauter quelques années. C'est-à-dire de l'envoyer directement au secondaire, dans l'autre partie de l'édifice. Il faudrait bien sûr lui faire passer quelques tests pour déterminer le niveau à intégrer.

Le père de Nita se frotta le menton. Sa mère se dépêcha de répondre :

— Oh. Non, merci.

Madame Taylor se tourna vers Nita.

— Peux-tu leur expliquer ?

— Elle n'a pas à nous expliquer quoi que ce soit, répliqua sa mère.

Madame Taylor comprit qu'elle avait été dupée et lança à Nita un regard noir. Nita haussa les épaules.

— On pense que ce n'est pas une bonne idée, c'est tout.

— Est-ce que je peux vous demander pourquoi ?

— Elle serait une petite fille parmi des femmes et des hommes.

Nita repensa à ce qu'elle avait entendu par la grille de ventilation ; sa mère insistait sur le fait qu'elle n'était qu'une enfant comme si cela venait d'être remis en question.

— Mais elle pourrait finir son secondaire plus tôt, entrer plus tôt à l'université, plaida la conseillère.

La mère de Nita se tourna vers sa fille.

— Est-ce que tu déranges tes professeurs ? C'est pour ça qu'ils veulent se débarrasser de toi ?

Nita leva les yeux au ciel. Elle savait bien que sa mère plaisantait, mais elle se doutait aussi qu'à cause de son ton sec, la blague échapperait à madame Taylor. Le bureau était décoré de messages édifiants écrits sur des soleils de carton jaune, dans une calligraphie faite de boucles amples bien lisibles pour les enfants. L'ironie n'avait pas sa place ici.

— Peut-être que vous ne comprenez pas, insistait madame Taylor. C'est une occasion *en or*. Nous pensons que Nita est…

Elle observa Nita, qui lui offrit un rictus dans lequel se lisait la satisfaction d'entendre des mots qu'elle n'aurait pas dû entendre.

— … Nous pensons que Nita est très douée. Un génie.

Sa mère pouffa.

— Savez-vous ce qu'elle a fait ce matin, au déjeuner ? Elle a remarqué quelque chose écrit en dessous de son verre de lait. Rien que le nom du fabricant. Alors elle a retourné le verre pour lire. Le verre encore plein de lait. Elle a tout renversé sur la table et par terre. Petit génie, mon œil, fit-elle en tapotant affectueusement la tête de sa fille.

— Mais vous n'avez pas peur qu'elle s'ennuie? qu'elle soit sous-stimulée? qu'elle gaspille son potentiel?

— Est-ce que tu t'ennuies à l'école? demanda son père.

— Oui.

— Et les autres élèves, est-ce qu'ils s'ennuient? intervint sa mère.

— Oui. C'est ennuyeux, l'école.

— Sauf votre respect, madame Taylor, on ne s'attend pas à ce que les enfants soient particulièrement excités à l'idée d'aller à l'école. Ce n'est pas vraiment l'objectif, hein? Leur apprendre la lecture et les maths, et les empêcher de s'entretuer, c'est tout ce qu'on vous demande.

— Je pense vraiment que…

— Nous sommes ses parents, oui ou non? coupa sa mère d'une voix posée tout en se levant, imitée aussitôt par son mari. Ne la retenons pas plus longtemps. Ça suffit, ces folies. Elle n'ira pas au secondaire à son âge.

Elle entraîna sa fille hors du bureau sans une salutation pour madame Taylor, qui resta bouche bée.

Ils marchèrent tous les trois vers la classe de Nita. La rencontre avait duré moins de dix minutes.

— Bon, tu gardes ça pour toi, d'accord? la prévint sa mère. Ne va pas te vanter à tes amis. Et ne pense pas non plus que ça te permet de te la couler douce. Tout ce qu'on a appris aujourd'hui, c'est qu'il n'y a aucune raison que tu n'aies pas des notes parfaites dans toutes les matières.

Nita avait déjà aperçu des adolescents passer à l'autre bout du couloir qui séparait les deux parties de l'école, des masses informes revêtues de flanelle et surmontées de visages sombres, rudes, leur frustration aussi concrète que celle des paysans à l'aube de la révolution. Rien à voir avec les ados sexy de ses séries télévisées.

Néanmoins, chaque fois qu'elle regardait un épisode de *Docteur Doogie* en reprise, la tête de Loup posée sur ses cuisses, Nita ressentait un certain frisson. Depuis ses trois ans, elle se jurait de devenir médecin, comme son père. Loup semblait comprendre mieux qu'elle-même la jalousie trouble qui s'emparait d'elle quand le prodige blond pratiquait ses chirurgies à l'écran. Une fois, il sauta du canapé, se jeta sur le téléviseur et le renversa brutalement d'un coup de tête. L'écran bombé de la Zenith explosa en mille morceaux dans une brève symphonie d'étincelles.

Le virage s'opéra à la puberté. Nita prenait de la vitesse, ou alors c'est tous les autres qui ralentissaient. Son corps était devenu un obstacle. Elle n'en revenait pas de constater à quel point noter une idée prenait du temps ; son esprit avait toujours une longueur d'avance sur sa main, chaque trait de crayon était un calvaire. Durant un examen, toutes les réponses lui apparaissaient d'un coup, elles se superposaient à la feuille aussi nettement qu'une photo, c'était comme lire l'avenir. Dieu qu'elle parlait lentement ! Comme tous les autres, d'ailleurs : leurs mâchoires s'ouvraient et se fermaient, leur tête s'inclinait sur la droite pendant que les signaux faisaient leur petit bonhomme de chemin de l'oreille au cerveau, puis aux lèvres qui remuaient.

Pendant que son corps accomplissait une tâche, son esprit était capable de se consacrer à plusieurs autres. Elle pouvait parler à des amis, les rassurer, dire ce qu'on attendait d'elle, faire semblant d'étudier avec eux, de perdre à des jeux qui ne comportaient pour elle aucun défi, tout cela en fabriquant mentalement son projet pour la foire des sciences, abordant chaque aspect de la conception dans sa tête. Elle découvrit que tout – même le cours d'arts plastiques, même les sports, même les conversations – pouvait être traité comme un problème d'algèbre : en isolant les éléments à réarranger pour former la solution. Elle avait été nommée major de promotion, capitaine de l'équipe de hockey, de l'équipe d'art oratoire, de l'équipe des champions de maths. Elle aurait pu en faire plus, n'eût été la contrainte de sa réalité corporelle. Si seulement elle avait pu répartir son cerveau entre mille corps, une armée de golems sans âme s'élançant à la conquête d'une perfection collective. Si seulement elle avait pu embaucher quelqu'un pour manger et dormir à sa place. Elle était un torrent de pensées et d'idées emprisonné dans une machine faite d'os et de tendons enchevêtrés, fragile et imprévisible, et toujours, toujours si désespérément lente.

Ni elle ni ses parents n'avaient été entièrement sérieux en décrétant que Nita serait la seule à s'occuper du chien. Son père, tout particulièrement, avait rêvé d'un toutou poilu qui lui réchaufferait les pieds durant les soirs d'hiver, et avec qui il partagerait secrètement ses rations de bœuf en conserve. Mais Loup les força à tenir parole. Lorsque Nita s'absentait, il restait invariablement assis à regarder par la fenêtre. Il s'endormait parfois dans cette position, refusait de s'étendre tant qu'elle n'était pas rentrée. Si les parents de Nita l'approchaient, il reculait jusqu'à être acculé au mur, contre lequel il battait des pattes, lacérant le papier peint. Au début, il ne mangeait jamais sans Nita assise à côté de son bol, où il pouvait la garder à l'œil. Il ne semblait jamais joyeux, ni fatigué, il ne haletait jamais de cet air béat qui pour Nita était l'air par défaut de tous les chiens. Au mieux, il agitait la queue discrètement, dignement, lorsqu'il apercevait Nita par la fenêtre.

— Il lui faut des jouets, dit Nita à ses parents. Des gâteries.

En un mot : quelque chose d'autre à aimer.

Ils achetèrent un jouet à mâcher en forme de girafe ainsi qu'un livre pour enfants sur le dressage canin. Nita posa la girafe devant Loup, dans la cour. Il la tâta d'une patte hésitante et, lorsqu'elle couina, il sursauta et se sauva, des reproches de trahison dans les yeux.

Comme le conseillait le livre, Nita inséra des gâteries entre les coutures de la girafe. Les simples boulettes de farine et de beurre d'arachide n'eurent aucun effet, alors elle misa le tout pour le tout et couvrit le jouet de morceaux de bœuf jerky volés à son père.

Loup renifla l'odeur nouvelle et passa à l'attaque. De ses pattes avant, il cloua la girafe au sol et la déchira d'un grand coup de gueule. Il farfouilla dans la bourre de coton jusqu'à ce qu'il découvre le cœur de plastique couinant, le prit entre ses dents et alla le déposer aux pieds de Nita. Puis il s'assit et attendit ses ordres, en bon soldat. Il suivit Nita alors qu'elle faisait le tour de la cour pour ramasser le coton éparpillé dans la mêlée. Elle laissa le bœuf à l'intention des chats et ratons laveurs du voisinage.

Ce livre de dressage semblait conçu pour un animal d'une tout autre espèce. Il insistait systématiquement sur les mauvaises choses. Elle apprit à Loup les tours usuels si facilement qu'ils devinrent vite lassants pour eux deux. Mais contre l'aversion du chien envers quiconque n'était pas Nita, contre ses jours sans sommeil, son silence sans joie, son énergie sans fond, démoniaque, le livre n'offrait aucun conseil.

Les jours où elle avait écourté ses promenades ou s'était contentée de le laisser sortir dans la cour, Nita se retournait dans sa chaise de bureau pour le trouver couché sur son lit, le regard luisant d'une telle intensité que son cerveau reptilien lui envoyait des signaux d'alerte. Si elle osait carrément annuler la promenade, Loup, discrètement et efficacement, s'assurait de détruire un objet. Jamais quelque chose appartenant à ses parents, jamais quelque chose de précieux. Mais un travail scolaire. Le t-shirt commémoratif de sa première année au camp Forevermore. Un livre contenant des passages osés qu'elle avait piqué à la bibliothèque. Loup semblait savoir ce qui n'avait de valeur que pour Nita.

C'était sa faute. Elle n'avait qu'à l'emmener marcher plus longtemps. Elle n'avait qu'à mieux s'occuper de lui.

La première fois qu'elle se rendit à une soirée dansante à l'école, Loup sauta par la fenêtre en déchirant la moustiquaire, dont il garda le cadre autour de ses flancs dans sa course jusqu'au coin de la rue.

Chaque nuit, elle et lui grimpaient dans le petit lit de métal, qui avait connu des jours meilleurs ; chaque nuit il la regardait droit dans les yeux, tétait un coin de son pyjama, donnait nerveusement quelques coups de langue retenus, frissonnait de plaisir lorsqu'elle lui grattait la nuque – par ces gestes, il lui vouait un culte, s'immergeait totalement dans son être. Sa vie était un calvaire, et seule Nita l'apaisait. Personne n'aimait Nita comme lui. Ni ses parents, ni ses camarades de classe, des filles qui jadis avaient été promptes à offrir des promesses d'amitié éternelle, mais qui aujourd'hui n'écoutaient que d'une oreille ce qu'elle racontait et parlaient sans doute dans son dos.

Nita se réveillait au milieu de la nuit, en sueur, paralysée par la masse de Loup contre elle, étouffée par les poils qui s'étaient faufilés entre ses lèvres et s'agglutinaient dans sa gorge ; son étreinte l'écrasait, l'annihilait. Parfois, elle enviait les autres propriétaires de chiens, les seules personnes qu'elle voyait quotidiennement errer dans les rues de banlieue au petit matin. Ceux aux chiens sympathiques, qui exsudent l'amour dans tous les sens comme un halo de lumière. D'autres fois, elle les plaignait, car ils ne connaîtraient jamais l'honneur d'être atteints par le laser obsessif d'une créature comme Loup.

Chaque élève ayant terminé son école secondaire devait obligatoirement passer cinq minutes avec la conseillère d'orientation durant l'automne de la dernière année. Contrairement à madame Taylor, la conseillère de ce côté-ci du couloir, avec sa posture déconfite et son regard vide, semblait fourbue comme à l'issue d'une longue bataille ; ici, pas de soleils aux messages édifiants, mais plutôt des dépliants sur la santé et les services sociaux.

— Alors, Nita, fit-elle d'un ton las, presque sarcastique, qu'est-ce que tu comptes faire de ta vie ?

— Je vais devenir médecin.

Un soupçon d'intérêt, le sourcil relevé d'un millimètre.

— Vraiment ? Pourquoi ? Tu détestes les gens.

Nita était bouche bée. Ce n'était pas quelque chose que les conseillères devaient être autorisées à dire à une élève.

— Je déteste pas les gens !

La conseillère haussa les épaules.

— Je me trompe, alors. Dans ce cas, tu as ton plan. Fais-moi signe si tu as besoin d'aide pour postuler, tout ça…

— Je déteste pas les gens, répéta Nita, toujours abasourdie par la remarque. Une fois…

Elle s'interrompit. Elle mélangeait ce fragment de souvenir avec d'autres, tout aussi incomplets, qu'elle s'efforçait de rappeler à sa mémoire : la fois où elle avait surpris ses parents en train de faire l'amour, la fois où elle avait lâché un gros livre sur la tête d'un bambin à la garderie, juste pour voir ce que ça ferait.

— Une fois, j'ai sauvé la vie à quatre filles du camp de vacances. On était perdues sur une île et on a failli mourir. J'ai sauvé tout le monde.

— Et c'est pour ça que tu veux devenir médecin ? Pour revivre ce sentiment ?

Nita n'arrivait pas à reprendre contenance.

— J'ai toujours voulu être médecin. Mon père est médecin. C'est une bonne carrière. C'est pas ça, votre boulot : nous guider vers des bonnes carrières ?

— Nita, dit la conseillère en avançant le buste au-dessus du bureau, ses yeux brouillés de fatigue. Tu n'as pas besoin de mon aide et tu le sais.

Nita demeura chez ses parents durant ses études de premier cycle. Elle était toujours responsable du chien, mais son planning était plus chargé, elle restait souvent tard sur le campus. Il ne s'était pas adouci avec l'âge, contrairement à ce que le vétérinaire leur avait promis. Le seul changement fut vocal. Loup poussait des hurlements de désespoir vers le plafond les fois où Nita s'absentait toute la journée.

Un soir en rentrant, elle trouva ses parents dans le salon qui regardaient la télé. Loup était dehors ; il s'obstinait à ne pas manger, et ils n'en pouvaient plus d'entendre ses lamentations. Ils géreraient les plaintes des voisins demain. Nita ouvrit la porte-fenêtre et appela le chien, s'attendant à l'entendre galoper vers elle dans l'obscurité. Mais elle ne perçut aucun bruit et craignit qu'il se soit encore enfui pour aller la retrouver. Elle sortit pieds nus et foula la pelouse humide. Elle appela, appela encore.

Tandis que ses yeux s'habituaient à la lueur bleutée de la nuit tombante, elle remarqua que l'un des chats du voisin, un tabby gris et svelte, s'était arrêté à mi-course au milieu de la pelouse et l'observait de ses yeux jaunes. Les chats ne s'aventuraient plus dans leur cour depuis longtemps. Ils avaient tous fait la rencontre de Loup et n'avaient plus osé revenir. Ce chat-là était réputé plus téméraire que les autres :

Nita avait souvent vu Loup grogner et bondir en vain pendant qu'il parcourait nonchalamment la crête de la clôture de bois en le regardant de haut.

Nita croisa le regard du tabby, puis ce dernier se coucha par terre en battant sereinement de la queue. Le cœur de Nita bondit dans sa poitrine.

— Loup ! s'écria-t-elle. Loup !

Elle contourna la maison et le trouva lové contre le mur de fondation. Elle s'accroupit près de lui et souleva sa tête, plus lourde que jamais, pour la poser sur ses cuisses. Son corps était encore chaud, excepté sa bouche ; ses mâchoires relâchées s'ouvraient sur une langue pendante. Heureusement, ses yeux étaient fermés. Elle se pencha pour murmurer son nom dans sa fourrure, laquelle exhalait son odeur habituelle de chien mouillé.

Elle rentra dans la maison chercher ses parents. Lorsque son père vit la masse qui avait été Loup, il dit :

— On dirait qu'il dort.

Une voix s'éleva en Nita qui s'opposait sauvagement à cette idée. Loup n'avait jamais dormi que d'un sommeil léger, tendu, lui qui était toujours prêt à fuir un danger, ses narines toujours frémissantes, à l'affût du moindre mouvement de Nita. Le corps dans la cour avait l'air vaincu, tout le contraire de Loup. C'était celui d'un chien quelconque, qu'elle n'aurait jamais reconnu comme le sien. Un berger allemand typique, à la robe noir et fauve, à la truffe noire, dépourvu de toute démence. Elle ne dit rien.

Nita et son père le transportèrent à l'intérieur. Nita s'assit par terre à côté de lui et le caressa machinalement comme elle le faisait de son vivant. Son père appela le vétérinaire, qui lui apprit qu'une crémation coûtait sept cents dollars. Il en appela plusieurs autres et découvrit que leur vétérinaire était le seul dans un rayon de plus de cent cinquante kilomètres à offrir ce service. Il appela Harjeet et suggéra qu'il participe aux frais, puisque Loup avait été son chien aussi. Harjeet éclata de rire et raccrocha. Il proposa d'enterrer Loup dans la cour arrière ; sa femme craignit qu'il soit déterré par un autre animal.

Maintenant disposé à payer les sept cents dollars, il rappela le premier vétérinaire. Voulaient-ils faire faire une autopsie, pour trois cents dollars de plus ? Son père s'énerva : même mort, ce chien leur coûtait une fortune. Nita s'empara du combiné et répondit qu'une autopsie ne serait pas nécessaire. Les animaux avaient bien droit à une mort mystérieuse, inexpliquée, comme dans la nature, sans qu'on se fende pour révéler quelque injustice au grand jour.

Cette nuit-là, dans son lit ridiculement petit, mais qu'elle tolérait malgré tout depuis des années sans demander qu'on le remplace, à peine assez large pour Loup et elle, dont les pieds dépassaient entre les barreaux, Nita ressentit soudain un grand soulagement. Pour la première fois en sept ans, il ne régnait pas dans la pièce une chaleur étouffante, elle n'était pas coincée entre le corps puissant du chien et le mur. Elle envisagea de faire la grasse matinée, pour une fois qu'elle ne serait pas réveillée aux aurores par ses piétinements. Enfin, une journée qui ne serait faite ni de promenades monotones au trajet invariable ni des demandes simples mais impératives de Loup. Elle était libre.

Cette pensée coupable fit céder la digue, et elle sanglota bruyamment pendant des heures. Elle s'endormit en pleurant, elle pleura encore au réveil, elle pleura jusqu'à ce que sa gorge soit irritée et ses yeux, prêts à exploser sous la pression.

Au matin, sa mère entra dans sa chambre et s'assit sur le bord du lit.

— J'ai pensé te réveiller, vu que Loup n'est plus là pour le faire.

Comme Nita ne disait rien, elle ajouta :

— Tu devrais te dépêcher pour ne pas être en retard.

Puis elle conclut :

— Ma chérie, c'était juste un chien.

Loup gisait toujours par terre dans le salon, couvert maintenant d'une vieille nappe fleurie. Avant de sortir, Nita posa une main sur la bosse à fleurs qu'il formait. Son père l'emmena au crématorium pendant qu'elle était à l'université. Ils conservèrent ses cendres au sous-sol dans une simple boîte de carton. Devant la boîte, Nita ne ressentait rien.

L'air dans la maison prit une qualité nouvelle, circula mieux. Ses parents étaient enfin redevenus maîtres chez eux. Nita vécut son deuil en privé : dans le bus, dans la salle de bains, au lit, durant chaque moment de solitude. Elle revit le tabby dans la cour de plus en plus souvent, un rappel du fait qu'elle était la seule à pleurer la disparition de Loup. Elle déménagea au moment de commencer l'école de médecine, où elle rencontra Sadiq, un homme rieur et doux, le dernier d'une série de prétendants gentils et inoffensifs.

Elle savait qu'il existait une sorte d'homme capable de l'aimer comme Loup l'avait aimée. Qui la pourchasserait sans relâche, graverait son prénom dans la chair de son bras, l'agripperait dans son sommeil avec la même force écrasante. Qui mourrait sans elle. Si Nita mourait, Sadiq se remarierait, reconstruirait sa vie sur les ruines de la leur jusqu'à l'oublier. C'est ainsi que les choses devaient être. Nita se résolut à ne plus jamais connaître un tel amour.

Et une part d'elle-même resta en deuil de cet amour jusqu'à ce qu'on lui tende Evan, qu'on le pose sur sa poitrine, emmailloté dans sa première couverture ; alors elle vit s'ouvrir le trou béant de la dépendance une fois de plus.

2

Après l'accident, Nita testa plusieurs versions de son récit auprès d'inconnus, des gens qu'elle ne reverrait pas. Des voisins de siège dans l'avion, par exemple, et plus tard, d'autres mères avides de confidences autour de piscines d'hôtel. À cause de son apparence, on se méprenait sur sa personnalité. Adulte, elle avait hérité de l'expression neutre et des paupières tombantes de son père, les traits d'une personne aimable mais pas particulièrement à l'écoute. Sa petite taille était camouflée par une poitrine lourde et des hanches larges, un corps invitant, maternel. Les gens essayaient toujours de lui parler. De la ralentir, de l'entraver.

Une de ses amies de l'école de médecine s'était spécialisée en médecine d'urgence, et le stress lui avait causé un burnout ; elle avait été tout simplement incapable de passer à travers un autre quart de travail de vingt-quatre heures ou de voir un autre adolescent mourir sous ses yeux. Parfois, Nita racontait cette histoire comme si c'était la sienne : son épiphanie dans le parking de l'hôpital, ses pleurs, effondrée contre la rambarde. C'était un récit qui plaisait aux gens, mais Nita n'aimait pas ce qu'il sous-entendait. Il la faisait paraître faible : un cœur béant prêt à accueillir toutes leurs confidences.

Le plus souvent, elle racontait une histoire adaptée d'un cas de figure qu'elle avait lu dans un manuel de médecine. Dans celle-ci, elle travaillait comme interne dans une clinique privée et rendait visite à une patiente hospitalisée. Pour éviter d'être prise pour une employée de l'hôpital ou sommée d'intervenir auprès d'autres patients, elle avait laissé son sarrau blanc chez elle. Vêtue d'un coton ouaté et d'un jean, ses cheveux rassemblés en queue-de-cheval sur la nuque, elle s'asseyait dans le fauteuil des visiteurs à côté de la patiente et prenait sa main dans la sienne. Le petit ami de la patiente, en entrant dans la chambre, la prenait pour l'amante qu'il avait longtemps soupçonné sa copine d'avoir. Fait inconnu de Nita et du personnel de l'hôpital, c'était à cause de lui que la femme s'était retrouvée à l'hôpital. En la voyant, il saisissait le plateau-repas de sa copine et rouait Nita de coups au visage jusqu'à ce qu'un préposé fasse irruption et le maîtrise. Depuis ce temps, elle souffrait de migraines débilitantes qui l'empêchaient de pratiquer la médecine.

Cette histoire comportait une incohérence : Nita ne se serait jamais assise à côté d'une patiente et ne lui aurait jamais pris la main. Nita abhorrait tout type de contact non diagnostique. Cela dit, lorsque l'accident était survenu, elle était *bel et bien* interne dans une polyclinique privée comptant une quarantaine de médecins dont elle était la cadette.

La vérité, qu'elle fut forcée de raconter à ses amis, à sa famille et à ses collègues, c'était qu'un employé du service de blanchisserie avec lequel la clinique faisait affaire avait placé une boîte de carton pleine de jaquettes stérilisées au sommet d'une étagère haute et étroite, pas celle où on les rangeait habituellement, et il n'avait pas remarqué, en refermant la porte du cagibi derrière lui, qu'elle était en équilibre précaire. La vérité : Nita avait été la suivante à ouvrir la porte, et la boîte lui était tombée sur la tête.

Banal. Digne d'un dessin animé. Dénué du caractère tragique qu'elle tentait de lui insuffler. Et l'histoire suscitait parfois des sourires en coin : on imaginait Nita affalée par terre, des petits oiseaux et des étoiles de dessins animés tournoyant autour de sa tête.

Le docteur qui l'avait examinée avait conclu à une légère commotion cérébrale, lui avait recommandé de prendre l'après-midi de congé et de suivre la progression de son état. Il avait été sceptique lorsque, plus tard, elle lui avait parlé des migraines. La sensation de lendemain de veille, la douleur pénétrante derrière les yeux, l'hypersensibilité au bruit et à la lumière. Des symptômes qu'elle pouvait supporter si nécessaire, comme un stroboscope dans une pièce bruyante. Il avait été encore plus sceptique quand Nita lui avait confié avoir l'impression que sa personnalité s'était transformée à la suite de ce traumatisme crânien. Il lui avait fait passer tous les tests qu'elle exigeait et les résultats avaient tous été négatifs.

— Certains docteurs ne peuvent pas s'empêcher de se donner des diagnostics fantaisistes, avait-il dit, en usant du pluriel pour adoucir l'insulte, ce que Nita reconnut comme une stratégie typique de la profession. Peut-être que les migraines ne sont qu'une coïncidence.

Elle avait consulté son dossier. Une colère sourde avait explosé dans son ventre lorsqu'elle avait lu la formule usuelle : « La patiente prétend que des migraines ont commencé à la suite du trauma causé par la chute de la boîte. » Elle n'avait pas *prétendu*. Les faits étaient les faits.

Sadiq refusait de confirmer ses soupçons. Pour lui, elle était la même. Si ça se trouve, ils s'entendaient encore mieux qu'avant. Il aimait bien l'avoir à ses côtés plus souvent. Il lui lança même :

— Moi aussi, je suis médecin.

— Tu es cardiologue ! s'exclama-t-elle. Pas neuro !

— Et il a dit quoi, le neurologue ?

Nita sortit de la pièce en trombe. Elle fit une sieste dans la baignoire le temps que la migraine passe. À son réveil, le soir venu, elle appela son père et eut avec lui la même engueulade, sauf qu'à lui elle dit :

— Tu es anesthésiste !

Elle lui confia être désormais incapable de transporter une tasse sur une soucoupe, de peur de la faire tomber.

— Mes mains tremblent. Tu vas me dire que ce n'est pas un symptôme neurologique ?

— Ç'a toujours été le cas, non? Je croyais que c'était pour ça que tu n'avais pas envisagé de devenir chirurgienne. Ta mère a les mains qui tremblent, et elle n'a jamais rien reçu sur la tête.

Nita entendait la télévision en arrière-plan.

— Être chirurgienne ne m'a jamais intéressée. Mon élocution a changé, aussi, renchérit-elle. Plus lente. Tu ne t'en es pas rendu compte?

— Tu veux dire plus traînante? On ne dirait pas.

— Non. Plus lente. Les gens me disaient toujours que je parlais trop vite, tu te souviens?

— Alors c'est une bonne chose, non?

— Une bonne chose pour qui? répliqua-t-elle sèchement.

Son père mit un temps avant de demander :

— Et le neurologue, il a dit quoi?

Nita consignait ces changements qu'elle seule remarquait dans un journal.

La télévision. Avant l'accident, elle s'était mise à la détester. Sur le canapé avec Sadiq, elle ne pouvait s'empêcher de bouger les jambes, de penser à toutes les choses qu'elle aurait pu être en train de faire à la place. Il se disait tellement d'inepties à l'écran. Il s'en disait aussi dans la vraie vie, évidemment, mais à la télé, ça paraissait pire, parce que c'était délibéré : quelqu'un avait écrit le script, quelqu'un d'autre l'avait approuvé, des acteurs l'avaient mémorisé, des millions de dollars avaient été dépensés. Maintenant qu'elle passait ses journées seule, elle se surprenait à suivre des feuilletons sur la petite télévision de la chambre à coucher. Les éclairages et la palette de couleurs des décors de carton-pâte, le rythme des dialogues surjoués, les intrigues qui ne demandaient pas d'effort mental de sa part : tout cela lui paraissait reposant.

Sa nouvelle démarche. Son pas était plus doux, plus lent, plus délicat ; elle n'était plus le « petit éléphant » de sa mère.

Son casse-croûte vietnamien préféré. Elle y avait toujours commandé le banh mi. Il était si bon qu'elle n'avait jamais eu envie d'essayer autre chose. Lorsqu'elle y invitait ses collègues, elle insistait pour qu'ils prennent le banh mi eux aussi, et entretenait secrètement un léger mépris pour ceux qui commandaient plutôt une phò ou une autre sorte de sandwich et passaient volontairement à côté du meilleur.

La première fois qu'elle y était retournée après l'accident, tandis qu'elle faisait la queue jusqu'au comptoir, elle avait été saisie en voyant les menus. Quatre affichettes imprimées en petits caractères où tous les plats étaient illustrés d'une photo carrée. Numérotés de 1 à 72. *Soixante-douze.* Nita s'était figée, prise de vertiges, incapable ne serait-ce que de parcourir cette abondante sélection, d'y distinguer l'anglais du vietnamien, comme si elle ne savait plus lire. Comment choisir parmi soixante-douze plats ?

La mère de Sadiq leur rendit visite après l'accident. Nita avait toujours trouvé sa belle-mère agaçante, ses visites interminables, mais cette fois, elle fut soulagée d'avoir quelqu'un à la maison. Sa cuisine, que Nita détestait – viandes grasses de qualité douteuse baignant dans l'huile, lentilles pâteuses, quantités létales de sel et de piment fort – lui paraissait maintenant familière et réconfortante.

Nita se réveilla d'une sieste – les siestes, voilà encore quelque chose de nouveau à noter dans son journal – et suivit les voix jusqu'au salon. Sadiq et sa mère étaient assis côte à côte sur le canapé, lui faisant dos. Ils discutaient. Ils ne l'avaient pas entendue venir dans le couloir. Nita réalisa qu'ils parlaient d'elle. Elle s'appuya délicatement contre le mur pour écouter.

— Elle pense qu'ils ont raté quelque chose à l'IRM. Moi, je pense qu'elle se relaxe pour la première fois de sa vie, parce qu'elle a arrêté de travailler. Sais-tu qu'elle avait l'habitude de noter tout ce qu'on mangeait ? Pas juste ce qu'*elle* mangeait : ce que *je* mangeais moi aussi. Pour s'assurer qu'on ne manquait pas de macronutriments. Même en vacances. Elle a arrêté ça, enfin.

— Elle m'a dit qu'elle avait aimé mon agneau ! dit sa mère.

— Elle m'a laissé choisir le film hier soir.

Elle le laissait tout le temps choisir ! Non ? Sauf quand il optait pour un film stupide, ou qu'il mettait trop de temps à se décider, qu'il faisait défiler des listes interminables à l'écran, vraisemblablement paralysé. Comme elle-même devant le menu du casse-croûte.

— Et…

Sadiq, fébrile, se tourna vers sa mère.

— Et elle a même… Je ne devrais peut-être pas te parler de ça, mais…

— Je suis ta mère, tu peux tout me dire !

Sadiq marqua une pause, pesa le pour et le contre. Nita eut une pensée fugitive pour ces silences qui avaient autrefois le don de l'enrager, surtout durant une dispute ; « Quoi ? Qu'est-ce qu'il y a ? Crache le morceau ! » avait-elle envie de lui dire, se retenant de le secouer.

— Tu sais que Nita n'a jamais voulu d'enfants.

La mère de Sadiq porta la main à sa bouche.

— Moi, j'hésitais, reprit-il en fixant un point au milieu de la pièce. Ou bien… non : j'en voulais, c'est clair. Mais Nita avait… disons, des arguments en béton. Personne ne devrait avoir d'enfants, selon elle. À cause de la surpopulation, ou bien parce que c'est trop dispendieux, toutes sortes de raisons comme ça. Elle a un truc : elle parle hyper vite, sans reprendre son souffle, et tout ce qu'elle dit suit une logique implacable qui… qui ne te laisse aucune chance. Qui te fait sentir stupide.

— Et là ?

— Elle dit qu'elle y songe.

La mère de Sadiq cria de joie avant de l'enlacer.

Et le pire : son cerveau, ses sublimes rouages. Avait-elle été si catégorique au sujet des enfants ? Ou avait-elle seulement voulu gagner la joute contre Sadiq, qui était incapable d'exposer ses arguments, qui voulait virer leur vie à l'envers et l'inonder d'imprévus, sans faire de plan, sans raison valable ? Était-elle certaine de ne pas vouloir un bébé, viscéralement, ou avait-ce seulement été la posture la plus défendable ? Autrefois, elle avait été certaine de tout, avait su ce qui était bon pour Sadiq et elle, de même que pour les incorrigibles fumeurs, mangeurs compulsifs et motocyclistes qui défilaient dans son bureau…

Il lui restait sa mémoire quasi photographique, mais elle avait plus de mal à prendre des décisions, grandes et petites, du banh mi au bébé. Elle avait plus de mal à faire le tri parmi toutes les données, des réseaux entiers se multipliant et se déployant en fractales infinies depuis le noyau de son esprit. Lorsqu'elle se remit à voir des patients, elle continua de faire ce qu'elle devait faire : offrir l'explication la plus plausible à leurs symptômes et les renvoyer chez eux. Mais elle sentait désormais le besoin d'expliquer à chacun tous les scénarios possibles, les causes les plus improbables, les diverses façons dont la maladie pouvait évoluer. Tout cela lui apparaissait d'un coup, chaque destin comme une arborescence qui se ramifiait sans cesse, mille branches représentant mille morts possibles qui pouvaient survenir dans trois jours, dans cinquante ans. Elle avait du mal à passer d'un patient à l'autre. Elle n'avait que vingt, parfois quinze minutes pour les examiner, poser un diagnostic, rédiger ses notes.

Lorsque ça devenait trop, la lame éclatante et acérée d'une migraine venait se planter dans le chaos. Nita s'avoua à elle-même – mais pas à Sadiq – qu'elle était due pour un changement de carrière. Peut-être la recherche ou l'enseignement.

Un matin, elle remarqua qu'elle avait laissé une valise dans la voiture au retour d'un colloque, deux mois auparavant. Elle était restée au pied de la banquette arrière, pleine de vêtements à laver ; et tout ce temps, Nita s'était vaguement demandé ce qu'il était advenu de telle blouse ou de tel chandail. Elle soupira et traîna la valise dans la maison.

La première chose qu'elle y découvrit en l'ouvrant fut un paquet de pilules contraceptives presque vide. Non ! Elle prenait ces pilules depuis sept ans et n'avait jamais raté une seule journée. Comment avait-elle pu les oublier pendant deux mois ? Impossible. Elle se mordilla la joue nerveusement. Ses dents avaient une sensation râpeuse sous la langue : elle ne les avait pas brossées ce matin. Et hier soir non plus, sans doute.

3

Nita se dirigea vers le coin de la cour où se trouvaient empilés les cadres de bois qui formaient sa ruche. Dans le cabanon, elle enfila sa vareuse et alluma l'enfumoir. Ce devait être la vue d'une veuve derrière son voile. Les abeilles, trop légères pour qu'elle les sente réellement, se posèrent sur son chapeau, sur ses bras couverts de nylon, agitant leurs antennes à l'affût d'un danger. Nita roucoula une salutation à leur égard en s'approchant de la colonie, sans se rendre compte qu'elle tentait d'harmoniser sa voix à leur bourdonnement régulier pour les apaiser alors même qu'elle les pillait.

Dans le cabanon, elle pressa le rayon de miel dans un pot de verre, qu'elle renversa par-dessus un autre pot recouvert d'une étamine de coton, fixa le tout à l'aide de ruban adhésif et le posa sur un coin ensoleillé de la table de travail. Le miel s'égouttait avec une lenteur méditative. Elle eut envie de s'asseoir par terre pour le regarder couler, emprisonner la lumière ambrée provenant de la fenêtre carrée et poussiéreuse percée dans la porte, d'en fixer le centre jusqu'à ce que ses pensées s'évanouissent. Elle eut envie de s'installer nue dans la baignoire et de s'asperger de miel fraîchement récolté jusqu'à devenir une statue dorée et collante.

Six mois plus tôt, Nita avait participé à la première réunion du club local d'apiculture, qui se tenait chez Jeanne et Simon, un couple d'Anglais. Ils étaient à la tête de l'association et en rédigeaient le bulletin avec un zèle aussi obsessif que charmant. Ils avaient fièrement montré au groupe les ruches qu'ils possédaient sur leur vignoble de trois acres, situé dans les collines entre les domaines cossus et les étendues de ronces ; au loin, des coqs chantaient. Nita avait adoré le parfum de leur enfumoir rempli d'aiguilles de pin, et bizarrement elle n'avait pas eu peur lorsque les abeilles, désorientées, s'étaient précipitées sur eux.

Dans le salon de Jeanne et Simon, tout en buvant leur vin, Nita avait décrit les dimensions de sa cour arrière et son ambition de démarrer une ruche derrière le cabanon. D'un coin de la pièce, un retraité, veuf taciturne qui lui aussi avait plusieurs colonies d'abeilles sur son vaste terrain, avait objecté :

— C'est trop petit. La cour sera presque entièrement occupée par les abeilles. Vos enfants n'auront nulle part où jouer.

— Au contraire ! avait riposté Simon. C'est largement suffisant. Et vos enfants pourront s'occuper des ruches avec vous lorsqu'ils seront un peu plus grands. Pour beaucoup, c'est une activité familiale.

Jeanne et lui n'avaient pas d'enfants.

— On vous aidera à démarrer la ruche et à acheter l'équipement.

En tant qu'espèce, les abeilles disparaissaient de la surface de la terre pour une raison inconnue, mais celles de Nita étaient dociles, sans mystère. Leur petite société fonctionnait grâce à des lois et à des rôles assignés, et Nita régnait sur elle en souveraine.

Nita ôta sa vareuse, sortit du cabanon et rentra dans la maison. Sadiq était posté devant le gigantesque ordinateur du salon et consultait plusieurs fenêtres à la fois : les résultats des matchs de basket-ball, un article de médecine, le *Wall Street Journal*, Twitter, un blog techno faisant la critique d'un nouveau téléphone. Nita se demanda si son mari regardait la porno en plein écran ou si elle s'ajoutait au tableau matriciel. Continuait-il de suivre d'un œil le cours de la Bourse quand il se branlait ?

— Je joue au golf aujourd'hui, mais mon départ est tard, annonça Sadiq sans relever la tête. Ça va aller avec les garçons ?

À la vue de la navrante masculinité de ses intérêts, étalés comme les pièces d'une mosaïque sur l'écran d'ordinateur, Nita ressentit une forme d'abattement. Cet homme n'avait jamais aimé autre chose que ce qu'on lui avait appris à aimer. Un homme fait par et pour la publicité.

— Oui, oui, dit-elle.

Évidemment que ça irait. Ses enfants se nourrissaient de miel frais, de baies cueillies dans les plates-bandes qu'elle avait aménagées à l'intention des abeilles et de mets cuisinés maison. Nita faisait ses propres produits ménagers et cosmétiques. Les heures filaient. Les heures rampaient.

Evan, son aîné, surgit de sa chambre alors qu'elle passait dans le couloir. Il l'avait attendue, remonté comme le ressort d'une boîte à surprise.

— Aaaah, ahahaaa, ahahaaa ! C'est moi, George de la jungle !

— L'heure du pyjama est passée, George.

— Non ! cria Evan. Pyjama toute la journée !

— Les pyjamas, c'est fait pour dormir.

— Les pyjamas, c'est pour toute la journée.

— C'est l'heure de t'habiller pour le tee-ball. Pour jouer au tee-ball, on met son uniforme.

— Non, on met son pyjama.

— Portais-tu ton pyjama au tee-ball la semaine passée ?

— Oui !

— Mais non.

— Oui, oui, oui !

Nita se retrouvait souvent coincée dans ce genre de débat. En Evan, qui à quatre ans semblait imperméable à la raison, elle avait enfin trouvé un adversaire de son calibre.

Il claqua la porte de sa chambre et la tint fermée. Nita tourna la poignée et l'ouvrit de force d'un coup d'épaule. Evan battit en retraite pour se réfugier dans un coin et se tourna vers elle, genoux pliés, prêt à s'élancer. Elle l'attrapa par la taille et, de peine et de misère, lui ôta son pyjama, mais il échappa à son emprise et, en caleçon, se précipita dans le couloir.

— Aaaah, ahahaaa, ahahaaa !

Sadiq venait dans leur direction.

— Hé, bonhomme, c'est bientôt l'heure d'y aller. Veux-tu que je t'amène ?

— Non ! Je veux pas y aller, au tee-ball ! Je déteste ça !

— La semaine passée, marmonna sa mère en rassemblant son équipement, tu disais que c'était la meilleure chose au monde.

Evan avait besoin de brûler beaucoup d'énergie quotidiennement – tee-ball, piscine, parc, trampoline, n'importe quel terrain clôturé où courir –, sans quoi ses parents en payaient le prix. Il avait, comme Loup, un certain talent pour la destruction ciblée. Nita l'avait surpris plusieurs fois tenant au-dessus de sa tête un objet qu'elle seule chérissait, avait perçu l'éclair de joie sur son visage lorsqu'il l'avait laissé tomber par terre.

— Même pas vrai ! Je déteste ça ! T'es une menteuse !

— Quand je viendrai te chercher après, on pourrait aller manger un cornet de crème glacée, tenta Sadiq pour l'amadouer.

— Je déteste ça ! Je veux rester à la maison pour jouer ! Je veux que ce soit maman qui m'amène !

Nita jeta son sac de sport en plein milieu du couloir – tout ce fatras ! –, s'agenouilla devant Evan et le saisit par les épaules.

— Choisis, le somma-t-elle. Tu veux rester à la maison ou tu veux que je t'amène ? Sois rationnel !

Evan resta interdit un moment, puis se mit à pleurer.

— Nita, c'est juste un enfant, dit Sadiq.

Elle le secoua doucement.

— Evan ! Regarde-moi. Veux-tu rester à la maison, ou tu veux que je t'amène au tee-ball ?

Evan força quelques mots à travers ses sanglots :

— Je… veux… que… tu… m'amènes.

— Très bien.

Elle le prit dans ses bras ; il l'enlaça et, avec abandon, enfouit son visage couvert de morve dans ses cheveux. Elle sentit un petit élancement dans son dos, mais n'avait pas le temps d'investiguer. Elle posa son fils sur la commode qui avait autrefois servi de table à langer et, ses longues jambes pendant au-dessus du sol, il se laissa habiller comme un petit bébé.

Sadiq restait planté derrière elle.

— C'est juste avec toi qu'il est comme ça. Il est complètement différent quand je suis tout seul avec lui.

— Oui, tu m'as dit ça.

Une fois habillé, le garçon tendit les bras à nouveau pour se faire porter.

— Veux-tu que je le porte jusqu'à la voiture? demanda Sadiq.

— Maman, exigea Evan d'un ton sans appel.

— Laisse donc maman se reposer un peu.

— *Maman!*

Sadiq sursauta.

— Veux-tu que j'aille voir ce que fait Mati?

Pourquoi était-il incapable de *faire* quoi que ce soit sans demander la permission?

— Mati va très bien. Il dort. Je le réveillerai quand on sera prêts à partir.

Elle souleva Evan par les aisselles et le posa bien droit sur le plancher.

— Il faut que je porte ton frère dans mes bras. Toi, tu vas devoir marcher. Va mettre tes souliers.

— Je veux aller dans tes bras!

— Mets tes souliers *tout de suite*.

Evan courut hors de la chambre. Pour aller mettre ses souliers. Ou pas. Sadiq intervint :

— Tu ne penses pas que tu es trop sévère avec lui?

Nita se rappela la fois où, récemment, Evan avait fait tomber du manteau de la cheminée un cadre dont la vitre s'était lézardée. Il était à la maison avec Sadiq ainsi que la prétendue aide aux parents qu'ils avaient embauchée, une finissante du secondaire prénommée Holly. Ni Sadiq ni Holly n'avait eu connaissance de l'incident. Evan avait caché le cadre dans son coffre à jouets avant d'annoncer nonchalamment :

— J'ai quelque chose à montrer à maman.

— C'est quoi ? avait demandé Sadiq.

— C'est juste pour maman.

Elle avait hurlé, il avait pleuré. Pourtant, il avait dû savoir qu'elle seule crierait, que Holly et Sadiq n'en auraient pas fait de cas, qu'ils l'auraient consolé, disant que c'était un accident. La même chose s'était produite lorsqu'il avait foncé tête première dans le cadre de porte. Il avait catégoriquement refusé que Sadiq s'approche de lui, que quelqu'un d'autre que sa mère soigne la petite coupure qu'il s'était faite à la tempe.

— Touche pas ! Maman ! Maman ! avait-il hurlé d'une voix de plus en plus stridente.

Une autre fois, alors que Nita était à un entretien d'embauche pour un boulot à temps partiel de chercheuse en pharmacologie, Evan avait demandé à Holly quand sa mère rentrerait et elle lui avait dit : à trois heures. Evan avait accepté la réponse d'emblée, puis ils avaient eu un après-midi tout à fait agréable.

Evan avait appris ses chiffres en bas âge, avant même que quiconque ait fait l'effort conscient de les lui enseigner. Holly avait raconté plus tard à Nita que, au moment où l'horloge avait affiché 3:00, quelque chose s'était déclenché en lui.

— Elle est où, maman ? avait-il demandé.

— Elle sera là bientôt.

— Tu avais dit « à trois heures ». Quand le premier chiffre est un trois.

— Oui, c'est ce que j'avais compris. Peut-être qu'elle est prise dans un embouteillage.

— Où elle est ?

— Je viens de te le dire : elle va revenir bientôt.

— Je veux ma maman.

— Evan…

— Je. Veux. Maman. Maman. *Maman. Elle est où, maman ?*

Maman maman maman… C'était harassant. À rendre fou. Mais pour Nita – la part la plus honnête et la plus sombre d'elle-même –, c'était aussi enivrant.

Elle entassa les deux garçons dans la voiture, en tenant fermement Evan par le poignet jusqu'à ce qu'elle ait bouclé sa ceinture. Il avait l'habitude, dès que la porte du garage s'ouvrait, de débouler dans la rue en courant, sans peur et sans regret, malgré les innombrables fois où elle l'avait repêché de justesse en le suppliant de ne plus jamais, jamais faire ça. Evan tambourina sur la vitre de ses deux poings.

Nita s'installa derrière le volant. Evan avança le torse et se tendit vers elle, mais sa ceinture de sécurité le retenait.

— Aaaah, ahahaaa, ahahaaa ! vocalisa-t-il directement dans son oreille.

— Evan, dit-elle en démarrant, dis-moi, combien d'enfants il y a dans ton équipe de tee-ball ?

— Dix-huit.
— Alors, si tu les divisais en groupes de six, combien de groupes ça ferait ?
— Trois.
— Et si je voulais offrir deux biscuits à chacun, combien de biscuits il faudrait ?
Evan remuait les jambes, déjà lassé.
— Trente-six.
— Et si tu voulais les diviser en groupes de cinq ?
— Impossible.
— Pourquoi ça s'appelle tee-ball ?
— Je sais pas.
— Devine.
Un temps, agréablement bref.
— Le bidule qui tient la balle pour qu'on la frappe, ça s'appelle un tee.
— Et pourquoi la version pour les grands s'appelle base-ball ?
— Parce que les buts peuvent aussi s'appeler des bases.
Evan réfléchit un instant.
— Mais il y a des buts aussi au tee-ball. C'est stupide, comme nom.
Parfois, Nita allait jusqu'à envier son fils : son génie se développait précocement, c'était un garçon, et il grandissait dans une époque, un lieu et un milieu socioéconomique où les enfants étaient vénérés et étudiés avec autant d'attention que les saints.
Nita tourna le coin de la rue au bout de leur pâté de maisons.
— C'est vrai que c'est stupide, comme nom.
Après un long moment passé dans un silence pensif, Evan lança soudain, d'un ton joyeux :

— Je t'aime et je te déteste, maman.

Nita savait ce qu'elle aurait dû répliquer, quelle conversation elle aurait dû entamer avec lui, mais à quoi bon ? Il n'y avait pas de témoin. Seul Mati pouvait les entendre, mais il regardait par la fenêtre paisiblement. Mati, celui qui adorait tout le monde, donnait son affection sans compter, offrait à tous ses sourires édentés. Celui dont les yeux étaient pleins d'une satisfaction tranquille. Evan, lui, avait été un bambin au regard franc et lucide qui renvoyait les adultes à l'absurdité de leurs « gaga-gougou ». Mati avait fait ses nuits très vite et avait une odeur bizarrement neutre pour un poupon : il sentait la poudre de talc et le renfermé, rien à voir avec l'odeur animale, fécale et sucrée qu'exhalait Evan depuis sa naissance. Mati aurait dû être le favori. Le bon fils. De la même manière que Sadiq était un homme bien, ses parents des gens bien : ah, tout cet amour neutre, de circonstance.

— Moi aussi, je t'aime et je te déteste, dit-elle.

Dans le rétroviseur, ils s'échangèrent un de leurs sourires secrets.

Holly arriva après leur retour, dans l'aprés-midi. Holly, apathique mais pleine de bonne volonté, venait de temps en temps passer quelques heures avec eux. Au moment de son embauche, elle n'avait jamais changé une couche, mais elle leur avait gaiement assuré qu'elle s'était exercée sur des poupées dans le cadre de son cours de gardienne avertie.

Dans la cour arrière, Holly jouait sans conviction avec les garçons : penchée en avant, elle pourchassait

Evan tandis que Mati suivait l'action en tournant la tête dans tous les sens et en rigolant. Nita pliait le linge propre dans la véranda.

— Comment vont tes études ? demanda-t-elle à travers la moustiquaire.

— Ça va… Les examens standardisés approchent.

Nita hésita un instant, puis décida qu'il n'y avait pas de mal à le dire, que Holly n'était personne.

— J'ai eu un score de 1 590 aux miens. Un gars de ma promotion a eu 1 600. Mon Dieu que je le détestais ! Je me souviens encore de son nom.

— Hum, cool, fit Holly.

Evan poussa un petit cri et vira à gauche pour lui échapper. Nita poursuivit :

— J'étais la sixième meilleure dans mon groupe en médecine, et je me souviens encore des noms des cinq premiers. Dans le temps, je les récitais comme un mantra.

Holly rit nerveusement.

— Je suis sûre que ça va bien aller, dit Nita.

— Pas aussi bien que pour toi… Evan ? Où es-tu ?

Des cris.

Evan surgit de derrière le cabanon en balayant des mains l'air autour de son visage ; il titubait, hurlait à pleins poumons. Il paraissait flou, comme si la mise au point n'était pas faite. Nita comprit enfin : une nuée d'abeilles l'accompagnait.

Elle s'élança à travers la cour et souleva Evan dans ses bras. Le bourdonnement des abeilles avait une fréquence inhabituelle, une tonalité indistincte. Quelques piqûres sur le visage du garçon commençaient déjà à enfler. Nita le mena vers la véranda, Holly sur ses talons. Les abeilles ne les suivirent pas.

Elles restèrent en formation autour de la ruche derrière le cabanon, leur essaim dessinant vaguement une main dont la paume était cachée et les cinq doigts fuselés, vacillants, s'étiraient au-dessus du toit.

— Montre voir, dit Nita.

Elle examina Evan, qui pleurait et poussait des cris. À son grand soulagement, les piqûres étaient moins nombreuses qu'elle ne l'avait cru, et se limitaient à son visage, son cou et ses mains.

— On devrait l'emmener aux urgences, non? fit Holly.

— Non, je pense que je peux me débrouiller.

Holly leva le ton pour être bien entendue par-dessus les sanglots d'Evan.

— Tu es sûre? Il a l'air vraiment mal en point…

— Ce n'est pas aussi grave que c'en a l'air.

— Mais, hum, comment tu le sais?

Nita leva les yeux vers elle.

— Je suis médecin.

— Je veux dire… je sais, mais…

— Écoute, l'interrompit Nita, j'aurais besoin d'aloès et de calamine. Pourrais-tu aller en chercher à la pharmacie?

— OK, oui, bien sûr.

Puis, après un temps :

— Elles sont où, tes clés?

— Quoi? Pas question que tu conduises ma voiture. Vas-y à pied.

— C'est juste que… la pharmacie est assez loin, ça va être long.

— Alors cours, qu'est-ce que tu attends?

Holly, toujours sous le choc, disparut à toute vitesse par le portillon de côté. Nita entraîna son fils dans la maison. Elle avait seulement voulu se débarrasser de Holly.

Elle posa Evan par terre, étira la peau d'une main pour, de l'autre, ôter les dards à l'aide d'une pince à épiler. Elle lui tendit des glaçons pour ses mains pendant qu'elle s'occupait du visage et du cou.

— C'est froid, se plaignit-il.

— Le froid aide à réduire l'enflure.

— Ça fait mal.

— Je sais.

Holly fut de retour près d'une heure plus tard. Elle fit irruption par la porte d'en avant, à bout de souffle, brandissant un sac plastique avec un air triomphant.

— J'ai tout ce qu'il faut, dit-elle.

Evan s'était déjà calmé. Il était lové contre sa mère dans le fauteuil, à moitié endormi. Holly parcourut la pièce du regard.

— Et Mati, il est où ?

Mati.

Nita se leva d'un bond ; Evan s'éveilla en gémissant.

Mati était assis là où on l'avait laissé, dans la cour, l'air content. Sous le soleil, son visage avait rougi mais restait placide. Il faisait face au cabanon, derrière lequel les abeilles s'étaient repliées. Quand sa mère le souleva, il lui adressa un sourire légèrement intoxiqué. Un coup de chaleur. Toute cette peau exposée – la tête, les bras, les jambes – était brûlée par le soleil, mais pas grièvement.

Nita le porta à l'intérieur, petit paquet tout chaud, comme une cocotte à peine sortie du four. Sa couche était mouillée. Holly se tenait dans le cadre de la porte arrière, bouche bée.

— Il va bien, l'assura Nita à la hâte.

— Tu l'as laissé dehors avec les abeilles.

— Les abeilles l'ont laissé tranquille. Il a juste un petit coup de soleil, il va bien.

— Tu l'as juste *oublié là* ?

Nita se détourna.

— Evan avait besoin de moi et Mati allait bien.

Elle répéterait ces mots à Holly jusqu'à ce qu'ils lui entrent dans la tête.

— Et tu vois ? Maintenant je peux me servir de l'aloès que tu as acheté.

— Tu veux dire que tu en avais pas besoin pour Evan ?

— Tu paniquais. Moi, j'avais besoin de calme pour réfléchir et le soigner.

Evan s'approcha de sa mère et lui enlaça la jambe d'un bras. Elle posa la main sur sa tête tandis que, de l'autre, elle serrait Mati très fort contre sa poitrine. Il luttait difficilement contre le sommeil.

— Je suis médecin, et je suis leur mère, et je te dis qu'ils vont très bien. Dans l'histoire de l'humanité, il n'y a pas une culture qui ait traité ses enfants comme on le fait aujourd'hui, en les surveillant nuit et jour.

Holly battit des paupières et les pressa avec ses pouces. Lorsqu'elle releva le visage, elle affichait cette expression qu'elle avait souvent avec les enfants : abrutie, étrangement tourmentée, dépassée par les événements. Nita tenta de se faire rassurante :

— Tout va bien, Holly. Des accidents, ça arrive. On s'est tous un peu énervés, mais les garçons s'en sortent l'un avec quelques piqûres et l'autre avec un coup de soleil. Rien d'extraordinaire pour des enfants. Je vais m'occuper de Mati, maintenant. Tu peux t'en aller.

Holly hocha la tête. Nita porta Mati jusqu'à sa chambre ; Evan, s'accrochant toujours tant bien que mal à sa jambe, la suivait sans dire un mot. Alors qu'elle changeait la couche de Mati et appliquait de la pommade sur la peau, elle entendit la porte du garage s'ouvrir : le cliquetis des rails, le grondement mécanique. Sadiq était de retour.

Comme elle l'avait fait avec les abeilles, elle fredonna un air à Mati, dont les paupières papillonnaient lourdement. La porte reliant le garage à la cuisine s'ouvrit dans un déclic. Elle entendit Holly et Sadiq se parler à voix basse. Puis Sadiq qui haussait le ton. Puis le tintamarre de ses bâtons de golf chéris qu'il laissait tomber négligemment sur le carrelage de la cuisine.

Mati s'éveilla en sursaut. Nita fredonnait toujours, et il se détendit.

Elle sortit de la chambre avec les deux enfants. Holly se tenait les bras croisés près de Sadiq, son visage exprimant la supériorité morale d'une gamine qui vient de rapporter un méfait à son papa. Et Sadiq l'avait crue sur parole. Il faisait confiance à cette intruse – laquelle ne connaissait strictement rien aux bébés, aux abeilles, à la médecine, à la maternité, à rien du tout, et qui était à peine plus vieille qu'une enfant – davantage qu'à sa propre femme.

Mati dormait, la tête sur son épaule ; elle le pressa contre elle d'une main tandis que de l'autre elle serrait celle d'Evan. Elle souleva le menton et planta son regard sur eux. Sadiq la fixa à son tour, comme s'il savait à son propos quelque chose qu'il aurait préféré ignorer, qu'il ne pourrait jamais supprimer de sa mémoire.

Le camp

Elles prirent la direction des îles dans leurs kayaks, petites lamelles colorées surmontées de têtes voguant entre les bandes de brouillard au ras des eaux. À cette distance, il paraissait impensable que l'une de ces îles puisse les accueillir toutes les six à marée haute, et que la plus grande abrite ce qu'on pouvait appeler un village encore plus.

Au bout de quinze minutes, Siobhan commença à avoir mal aux épaules et remarqua que des ampoules se formaient sur ses mains mouillées. Le kayak de Jan filait avec la fluidité régulière d'une machine, comme un tapis roulant dans un aéroport. Siobhan s'arrêta pour se reposer un moment et jeta un regard en arrière. D'abord, elle vit Nita, qui donnait les mêmes coups de pagaie que Jan, nets et méthodiques, ses yeux plantés sur l'horizon plutôt que sur sa pagaie, contrairement à elle. Puis, derrière Nita, Siobhan repéra les kayaks des autres groupes, leur couleur fluo reconnaissable contre le gris-vert de l'eau, le gris-brun de la terre et le gris-bleu du ciel. Certaines filles chantaient et jacassaient, leurs voix lointaines rappelant le pépiement des oiseaux. Le groupe de Jan opérait en silence. Le grand groupe, c'est-à-dire l'ensemble des campeuses de Forevermore, commençait à se disperser. Siobhan trouva cette vision alarmante. Elle aurait voulu rameuter tout le monde.

Elle se remit à pagayer, un peu plus vite pour rattraper le temps perdu. Elle ramena ses pensées sur la nuit à venir. Pour elle, le fait qu'elles n'aient pas apporté de brosse à dents ou de pyjama était extraordinaire. Le lavage de dents, le bain, les règles de civilité, tout cela serait suspendu. Elle espérait partager une tente avec Dina et Jan ; Nita et Andee devraient endurer Isabel.

— Décompte ! cria Jan.

— Un, répondit Nita.

— Deux, dit Andee.

— Trois, couina Isabel.

Tiens, tiens, elle parlait, celle-là !

— Quatre, fit Dina.

Et Siobhan :

— Cinq.

— Excellent ! Continuez comme ça, les filles !

Jan accéléra la cadence légèrement, sans modifier sa posture, sans montrer le moindre signe d'effort ; la distance entre son kayak et les leurs augmenta juste assez pour qu'elles le remarquent.

Elles s'arrêtèrent dans l'eau peu profonde en bordure d'une île de la taille d'un placard, à peine un petit rocher à fleur d'eau. Sans les faire descendre de leurs kayaks, que les pagaies posées en travers des coques retenaient groupés, Jan fit circuler les collations. La ration des campeuses : deux biscuits secs à l'avoine et une petite conserve de pêches dans le sirop. Jan leur parla des familles de loutres de mer qui se tiennent par la main en dormant pour rester ensemble.

Elle jeta un coup d'œil à sa montre sport et annonça :

— On a beaucoup d'avance sur l'horaire, les filles.

Elle aspira le sirop de pêches au fond de la conserve.

— Vous êtes rapides, c'est incroyable !

Siobhan voulut répliquer qu'elles n'avaient pas eu un mot à dire sur leur vitesse. Elles l'avaient suivie, c'est tout. En fait, Siobhan n'aurait pas été fâchée de ralentir le rythme. Une ligne rouge barrait ses mains à la base des doigts. Elle avait enfilé des gants de laine, mais ils étaient aussitôt devenus détrempés et ne servaient plus à rien. La veille, la leçon avait commencé sur la terre ferme, et avait été composée d'une bonne dose de distractions et de bavardages pendant que l'instructrice s'occupait d'une autre campeuse. Pagayer sans relâche toute la matinée, dans le seul but de se rendre du point A au point B, en se dépêchant comme si elles risquaient de rater un vol, n'était vraiment pas une partie de plaisir.

Siobhan hésitait à prendre la parole – Nita aurait été trop contente – quand Jan reprit :

— On sera sans doute à Lumpen avant l'heure du midi.

Siobhan se détendit. Tout un après-midi à établir le campement et à jouer sur la plage au soleil.

— Je me demande… poursuivit Jan, l'air de réfléchir tout haut. On vous a promis une journée entière de kayak. Déjà, trois heures de sport et quelques pauses, on pouvait difficilement appeler ça une journée. Mais là, on en a pour à peine deux heures et quelques. Peut-être qu'on devrait changer notre destination et camper ailleurs, pour que vous viviez l'expérience totale, comme nous dans le temps.

Jan hocha la tête. Elle avait pris sa décision.

— On va à la grosse île !

— Mais c'est tricher, protesta Nita. On était censées faire du camping *sauvage* sur une île *déserte*. C'était ça, le but.

— Ouais, renchérit Siobhan, convenant à regret qu'elle lui en devait une. Sur la grosse île, ils ont un motel, et un restaurant, et un traversier, et… ils ont tout !

— Pas de panique : c'est une très grosse île. Pleine de petits recoins partout. Je connais des tas de sites à des kilomètres et des kilomètres de la civilisation, où on ne risque pas de croiser qui que ce soit.

Jan se tourna alors vers Isabel. Toutes les autres avaient déjà engouffré leurs collations, ayant brûlé depuis longtemps les calories du déjeuner – des rôties flasques, des œufs réhydratés trop cuits –, elle seule suçotait encore son premier biscuit, comme si ses dents n'arrivaient pas à le rompre.

— Qu'est-ce que tu en dis, Isabel ? Tu es partante ?

Isabel hocha la tête, l'air sombre et résigné, comme si on l'envoyait affronter une tempête imminente. « Tu peux dire non, formula Siobhan dans un effort de télépathie avec Isabel. Dis-le, à Jan, que tu es fatiguée. »

Elles mangèrent leur lunch sur l'île de Lumpen. Le soleil, caché derrière les nuages et la brume, n'était qu'un vague cercle argenté, si pâle que Siobhan pouvait le regarder directement sans plisser les yeux. Chacune tira son kayak sur la berge rocheuse. Jan attacha les embarcations ensemble et ancra la sienne, la plus lourde, à l'aide d'une corde qu'elle coinça solidement entre les rochers.

À mesure qu'elles s'éloignaient de l'eau, les pierres et le sable cédaient la place à la mousse et la terre ; quelques épinettes noires rachitiques semblaient étonnées de pousser là. Jan étendit une bâche là où s'arrêtait le sable, à la frontière entre plage et forêt, et elles s'assirent pour pique-niquer.

Pendant que Jan leur distribuait leurs sandwichs jambon-fromage, Andee bondit sur ses pieds en pointant la mer.

— Ooooh ! Regardez ! Un phoque !

Siobhan ne voyait rien du tout.

— Où ça ? Où ça ?

— Là ! dit Andee, agitant le doigt dans les airs.

— Je le vois pas, dit Nita.

— Juste *là* !

Tout le monde s'était levé. Siobhan aperçut un mouvement fugitif, une onde, peut-être une tête noire et luisante qui affleurait avant de disparaître aussitôt.

— Est-ce que c'était ça ? Je pense que je l'ai vu !

— Je le vois pas ! répétait Nita, de plus en plus frustrée.

— Le v'là encore, dit Andee.

— Là, je l'ai vu ! s'exclama Dina. Je pense. Peut-être.

— Est-ce que c'est lui ? fit Isabel.

— *Où ça ?*

Nita exigeait qu'on l'informe.

— Il est parti maintenant, répondit Isabel.

— Prenez vos sandwichs, les filles, intervint Jan. Vous êtes capables de regarder et manger en même temps.

Après l'épisode du phoque, elles mangèrent en silence, scrutant les eaux dans l'espoir d'une autre apparition aussi fantastique. Jan posa un contenant de plastique plein de mini-carottes et un sac de chips au centre de la bâche. Elle ouvrit le sac soigneusement et l'étendit à plat, puis replia les rebords pour former un bol. Elle s'étonna que les filles soient impressionnées par ce truc et veuillent apprendre comment le reproduire.

Siobhan eut un élan d'affection pour l'île de Lumpen, pour la terre ferme qui la portait et la bâche qui tenait ses fesses au sec. Les chips, huileuses et salées à souhait, n'avaient jamais eu si bon goût. Elle était repue. Somnolente et satisfaite du travail accompli : une sensation d'après-midi.

— J'aime tes cheveux, osa-t-elle dire à Dina.

— Merci. J'aime ta doudoune.

Nita s'était détournée d'Andee pour manger son sandwich. L'histoire du phoque semblait avoir provoqué une scission entre elles, et Siobhan s'efforçait de ne pas trop s'en réjouir.

Lorsqu'il fut temps de partir, Siobhan se leva à regret. Jan, chaussée de hautes bottes, pataugea dans l'eau pour aider chaque fille à s'éloigner de la berge. Pagayer était deux fois plus difficile que ce matin. Siobhan sentait une raideur s'installer dans son cou et ses épaules. Elle se mit rapidement à transpirer, et son chandail absorbait la sueur sous sa veste molletonnée ; sa tête bouillait, le reste de son corps était gelé jusqu'aux os. Elle se retourna pour regarder l'île de Lumpen qui rapetissait derrière elles, ses promesses évanouies.

On pouvait voir la grosse île depuis Lumpen, mais durant un long moment elles eurent l'impression qu'elles ne l'atteindraient jamais. Quand enfin le paysage se précisa, avec ses arbres, ses falaises abruptes, ses hautes parois rocheuses, Siobhan voulut accélérer – la lumière au bout du tunnel ! –, mais ses coups de pagaie courts, frénétiques et irréguliers eurent l'effet inverse. Peu importe : Jan aussi ralentissait, ses coups droits et vigoureux remplacés par une série de larges manœuvres en S le long de la côte. Des goélands et des sternes aux ailes bordées de blanc, que Siobhan observait pour la première fois, passèrent au-dessus de leurs têtes.

Jan mit une éternité à trouver l'endroit idéal où accoster. Enfin, au détour d'une saillie, elles aperçurent un croissant de sable blanc grisâtre qui descendait en pente relativement douce – la plage devait faire cinq mètres de large au total. Jan vira en direction de l'île. Même elle paraissait lessivée, découragée. Elle ne prononça pas un mot en naviguant dans l'eau peu profonde puis en accostant. À leur arrivée à Lumpen, elle leur avait servi toutes sortes d'encouragements, d'avertissements et d'instructions. Cette fois, les filles durent deviner ce qui était attendu d'elles ; elles suivirent leur monitrice aveuglément, comme des canetons leur mère. Andee rata son virage. Elle dépassa la plage et dut faire une manœuvre compliquée de demi-tour pour rejoindre le groupe.

Encore une fois, Jan les aida à s'extirper de leur kayak une à une. Elle haletait, à bout de souffle. Les filles s'éjectèrent comme si leurs embarcations étaient en feu et coururent se mettre au sec, abandonnant à Jan la tâche de tirer les kayaks hors de l'eau. Elle les hissa un à un sur la plage et les laissa en désordre là où ils avaient échoué, leurs proues fluorescentes pointant dans toutes les directions. Il fut plus ardu ensuite de les rassembler pour les fixer. Jan s'activa sous le regard des filles, qui ne manquèrent pas de remarquer sa posture défaite, sa respiration laborieuse. Elles auraient dû l'aider, mais leur fatigue était trop grande. Et puis de toute façon, c'était Jan, l'adulte : elles n'étaient que des enfants.

Une fois que son propre kayak fut ancré avec les autres, Jan se retourna vers l'est et lança un regard vers le continent d'où elles étaient venues. Siobhan suivit son regard. À l'opposé, le soleil descendait dans le ciel, déjà bien en deçà de son zénith.

Jan ouvrit la bouche pour s'adresser aux campeuses mais aucun son n'en sortit. Elle toussa un coup et s'éclaircit la gorge.

— Ouf ! Beau travail, les filles. Il commence à être tard, et on a beaucoup à faire.

Sa voix était rauque, vidée de son aplomb si contagieux.

Jan déploya les arceaux et monta les deux tentes. Les filles restaient plantées là, des piquets à la main, prêtes à les lui tendre sur demande, telles les assistantes d'une chirurgienne.

— Est-ce qu'on va souper bientôt? demanda Andee.

— Il est à peine quatre heures! répondit Jan.

— Mais j'ai faim.

— Moi aussi, dit Nita.

— C'est pas ce que vous vouliez, faire du camping sauvage, à la dure ? Vous êtes servies.

Siobhan resta interdite. Jan était raide, oui, mais pas méchante…

— Est-ce que vous vous souvenez de ce que c'est, du petit bois ?

— Des tiges et des jeunes branches bien sèches, offrit Nita.

Jan posa les mains sur ses épaules.

— Exact. Vous allez ramasser du petit bois pour allumer notre feu. Restez près de la plage autant que possible. Moi, je vais aller plus loin dans la forêt pour trouver des branches plus grosses.

— Tu vas nous laisser toutes seules ? fit Siobhan, incrédule.

— Je vais revenir vite, promis.

— Et les cougars ? Et les ours ? s'inquiéta Dina.

— On devrait pas suspendre la nourriture dans un arbre, ou quelque chose ? demanda Nita.

— On fera ça avant de se coucher. Personne n'a jamais vu de cougar ou d'ours de ce côté de l'île.

« Mais c'est une île ! songea Siobhan. Pas comme si les cougars et les ours pouvaient partir. »

— Vous avez juste à faire beaucoup de bruit, comme d'habitude, quoi.

Lorsque Jan atteignit l'orée de la forêt, elle se retourna et envoya la main aux campeuses, qui étaient toujours clouées sur place. Elles devaient avoir l'air terrifiées, puisqu'elle ajouta :

— Courage, les filles ! C'est ça, l'esprit du camp Forevermore !

Elles errèrent à la recherche de bouts de bois. Le sol était couvert d'un tapis de ronces épineuses qui pointaient entre les arbres et s'étendaient presque jusqu'à l'eau. Elles étaient visiblement trop souples, trop vivantes pour être brûlées ; leurs tiges, teintées de vert et d'un brun rosâtre, étaient si emmêlées et abondantes que Siobhan avait l'impression de les voir pousser, s'allonger et s'enrouler sur elles-mêmes en temps réel.

Siobhan suivit Dina à l'écart des trois autres. En passant, elle eut un regard pour l'endroit précis où Jan s'était enfoncée dans la forêt. Aucun sentier visible. Elle s'était simplement faufilée entre deux arbres, sa machette à la main, et avait disparu. Siobhan bourra ses poches de bois flotté et de brindilles. Dina, concentrée, scrutait le sol, son visage tendu en avant ; apparemment rien ne faisait l'affaire. D'un geste, elle repoussa une longue mèche qui lui obstruait la vue.

— Qu'est-ce qu'on fait si Jan revient pas ? fit-elle.

Siobhan s'arrêta net et leva les yeux vers Dina, qui continuait à faire semblant de chercher, le regard planté sur ses pieds.

— Si elle se perd ? ou qu'elle se blesse ? ou qu'elle se fait manger par un cougar ?

— Elle a dit qu'il y avait pas de cougars de ce côté-ci de l'île.

— Mais c'est une *île*, répliqua Dina.

Siobhan ne révéla pas qu'elle s'était fait la même réflexion. Après un moment, Dina reprit :

— Elle est vieille. Genre quatre-vingt-dix ans.

— Elle a pas quatre-vingt-dix ans.

— J'ai entendu dire que la première fois qu'elle est venue à Forevermore, c'était en 1934. Ça fait genre un trillion d'années.

— Soixante. Ça fait exactement soixante ans.

— OK, alors ça lui fait quoi ? soixante-dix ans ?

— Entre soixante-neuf et soixante-douze. Si dans le temps le camp était pour les filles du même âge que nous.

Qu'elle soit incapable de faire le calcul elle-même était préoccupant. Siobhan ne voulait pas d'une meilleure amie stupide.

— OK, donc c'est vraiment très vieux. Elle pourrait juste tomber et mourir sans raison.

— Les gens meurent pas sans raison.

— Oui, ça arrive, insista Dina. C'est arrivé à mon grand-père.

— Impossible. Il est mort de quelque chose.

— Même pas. Ma mère m'a dit qu'il était mort juste comme ça.

— Elle voulait pas te dire la cause, c'est tout.

Dina eut un mouvement sec de la tête. Siobhan se rappela la fois où elle avait dit à sa meilleure amie de maternelle que le père Noël n'existait pas, ce qui avait sonné la fin de cette amitié-là aussi.

Mues par un signal invisible, les filles se retrouvèrent spontanément près des kayaks. Elles laissèrent tomber leurs branches par terre, puis s'assirent et les classèrent selon leur taille, comme Jan le leur avait demandé. Lorsqu'elles eurent fini, que le bois fut disposé en ordre croissant sur le sable, il n'y eut plus rien à faire que de se dévisager avec inquiétude.

— On devrait faire du bruit pour éloigner les ours et les cougars, suggéra Siobhan.

— On pourrait chanter une chanson, fit Dina. Ou jouer à la tague ?

— Je suis trop fatiguée, répliqua Nita.

— Moi aussi, dit Andee en s'approchant de Nita, ce qui laissait croire qu'elles s'étaient réconciliées.

— Je peux vous montrer un jeu de mains, proposa Dina.

— Bon, OK, concéda Nita d'un ton réticent. Si tu y tiens.

Pour une raison ou une autre, elles se tournèrent toutes vers Isabel, qui aurait le vote décisif. Isabel hocha la tête. Les filles s'assirent en cercle, les jambes croisées, et se mirent à jouer au jeu de Dina. Elles chantèrent la comptine à pleins poumons dans une parodie de légèreté tandis que, quelque part, un cougar les épiait et que le soleil continuait sa course à travers le ciel.

Quand Jan revint enfin, les filles comprirent que quelque chose n'allait pas. Elle rapportait une brassée de bois, comme promis, mais sa machette avait disparu et son pantalon, déchiré dans le bas à droite, était marqué de stries d'une couleur sombre.

— Ouf ! fit-elle d'une voix encore plus éraillée qu'avant. La forêt a bien changé depuis la dernière fois.

Elle ouvrit les bras, et les grosses branches dégringolèrent en s'entrechoquant dans un grand vacarme ; on aurait dit qu'elle venait de se décharger d'un tas d'enclumes de dessin animé.

Jan s'agenouilla devant le bois, les mains sur les genoux.

— Aïe, aïe, aïe. Ouf ! répéta-t-elle.

De la manche, elle épongea la sueur de son front. À part ses joues rougies, son visage était cendreux.

— Qu'est-ce qui est arrivé ? demanda Nita.

Andee croisa les bras et scruta Jan d'un air suspicieux, flairant l'imposture.

— As-tu été attaquée par un cougar ? demanda Dina.

Jan rejeta la tête vers l'arrière et éclata de rire, dévoilant ses dents. Certaines molaires manquaient. C'était la première fois qu'elles entendaient son rire, et Siobhan se rendit compte qu'elle l'avait imaginé tout autre. Celui-ci était un ricanement de sorcière, quasi hystérique.

— Pas de cougar, dit Jan en reprenant son souffle. J'ai juste trébuché sur les maudites ronces.

Puis, comme si elle se rappelait soudain la mission éducative de ce périple :

— Ces plantes-là ne sont pas indigènes. Elles ont été apportées d'Europe, et là elles sont en train de tout coloniser.

— On appelle ça des espèces envahissantes, offrit Nita.

— Elle est où, ta machette ? demanda Siobhan.

— Quoi ?

Jan tapota sa ceinture.

— Ah, flûte ! Il faut croire que je l'ai perdue.

À la demande de Jan, elles transportèrent le bois et les sacs de provisions vers le campement et reconstituèrent leur arrangement de branches sur la terre battue entre les tentes. La lumière baissait, le soleil s'étalait comme une mince couche de confiture sur l'horizon.

les ingrédients : pissenlit, aiguilles de pin, églantier, tous les délices que la forêt recelait.

L'obscurité libéra les étoiles dans le ciel et fit disparaître tout ce qui se trouvait à quelques mètres à la ronde. Chaque fois qu'un silence ponctuait leur conversation ou leurs rires, on pouvait entendre le ressac des vagues sur le rivage. Jan voulut savoir si les filles pouvaient repérer des constellations. Nita dessina les contours de la grande casserole du doigt. Andee prétendit reconnaître la forme de quelque chose dans les étoiles qui l'entouraient et Jan approuva :

— Très bien ! C'est Ursa Major.

Siobhan n'en revenait pas que ces approximations aient récolté des félicitations, mais elle s'en voulait surtout de ne pas pouvoir relier les points brillants dispersés dans le ciel, de ne pas avoir retenu la leçon toutes les fois où des gens avaient essayé de lui faire voir les héros et créatures censés s'y trouver.

Les pommes de terre mirent une éternité à cuire, de sorte que les filles les mangèrent après le dessert. Jan les coupa en deux à l'aide de son canif, et de la vapeur s'échappa de la chair sèche et parfumée. Tandis que tout le monde mangeait avec appétit, Andee s'extasiant du fait qu'une patate puisse être si délicieuse même sans beurre ni crème aigre, Siobhan vit que Jan avait relevé le bas de son pantalon. Elle tournait sa jambe dans tous les sens en examinant son tibia lacéré. Elle intercepta le regard de Siobhan et lui offrit un grand sourire tout en laissant rapidement retomber son pantalon par-dessus ce qu'on devinait être du sang séché et de la boue pris dans les poils.

Jan décréta qu'il était l'heure de se coucher, et les filles répondirent par un « oooh » de déception unanime. Les sacs de couchage furent déroulés, le feu de camp arrosé, la nourriture suspendue, les lampes de poche allumées puis éteintes. Le souhait de Siobhan se réalisa : elle se fit une petite place entre Dina et Jan. Dina, qui jusque-là semblait avoir oublié leur conversation dans la forêt, comme si sa mauvaise humeur avait été mise en sourdine le temps des jeux et des guimauves, lui jeta un regard de haine pure et roula dans son sac de couchage pour s'éloigner d'elle. Siobhan aurait finalement préféré dormir à côté d'Isabel, dont la timidité lui paraissait maintenant mystérieuse, voire réconfortante.

Siobhan n'arrivait pas à dormir. Trop de sons dehors : vagues, grillons, bruissements non identifiés. Dina ronflait. Chaque fois qu'elle ou Jan bougeait dans leur sommeil, leurs sacs de couchage se frottaient contre le sien ou contre les parois de la tente dans un froufroutement synthétique. Siobhan tripota la tirette en forme de cœur de sa doudoune dans l'espoir que la texture lisse et métallique la calmerait.

Comme les montres étaient interdites au camp Forevermore, Siobhan n'avait aucune idée de l'heure qu'il était. On aurait dit qu'elle était étendue là, complètement réveillée, depuis des heures. Demain matin, pas de doute, elle serait irritable, déshydratée, aurait la sensation d'avoir le cerveau en guenille à cause du manque de sommeil, comme après un pyjama-party. Et il faudrait encore se taper le chemin du retour.

Un son nouveau la fit sursauter. Un gémissement grave et douloureux. « Un fantôme, pensa-t-elle. Il y a un fantôme ! » Elle tâtonna à l'intérieur du sac de couchage à la recherche de la lampe de poche qu'elle avait cachée là exactement dans cette éventualité. Elle hésita à l'allumer, de peur de réveiller Jan et Dina. Elle avait vu assez de films à la télé pour savoir ce qui arriverait : elle seule pourrait entendre le fantôme, et les deux autres se moqueraient d'elle.

Lorsqu'elle entendit le gémissement de nouveau, elle alluma la lampe de poche, qu'elle tenait toujours près de sa cuisse. Lentement, elle glissa le bras hors de son sac de couchage et dirigea le faisceau vers le bruit.

Il se planta droit sur le visage de Jan. Le gémissement suivant fut étranglé, interrompu par son réveil brusque, un moment de mutisme.

— Qu… Quoi ?

Siobhan détourna légèrement la lumière pour éclairer le sac de couchage plutôt que le visage de Jan.

— Tu faisais un drôle de bruit, expliqua-t-elle timidement.

Que ce bruit soit venu de Jan plutôt que d'un fantôme ne la rassurait pas. Dans l'ouverture serrée de son sac de couchage momie, le visage cadavéreux de Jan était plus effrayant que n'importe quel monstre sorti de son imagination. Sa peau était d'un ton cireux, ses yeux exorbités brûlant d'une intensité féline.

— Jan… chuchota Siobhan. Est-ce que ça va ?

Jan mit un long moment à répondre. Elle prit quelques inspirations sifflantes, saccadées, visiblement douloureuses, avant de lâcher enfin :

— Oui, t'en fais pas. Tout va bien. Éteins ta lampe.

Dina continuait de ronfler comme si de rien n'était.

Siobhan obéit. Elle s'enfonça davantage dans son sac de couchage et s'efforça d'oublier le visage altéré de sa monitrice. Elle savait bien que quelque chose n'allait pas, mais elle ne savait pas comment contredire une adulte qui affirmait le contraire.

La respiration de Jan sembla s'apaiser après quelques minutes. Siobhan était certaine qu'elle était retombée dans le sommeil lorsque Jan dit tout bas :

— As-tu du mal à t'endormir, Siobhan ?

— Oui.

— Quelque chose te tracasse ?

Beaucoup de choses ! Elle formula la question qu'elle rêvait de lui poser depuis que Jan lui avait dit avoir été témoin de la fondation du camp.

— C'était comment, Forevermore, quand tu étais campeuse ?

— Oh, c'était merveilleux.

— Est-ce que c'était comme aujourd'hui ?

— Pas tout à fait.

— Comment ça ?

— On avait des chevaux. Ils s'en sont débarrassés. Et on avait de vrais arcs et de vraies flèches. C'était avant qu'ils inventent les modèles sécuritaires que vous allez utiliser la semaine prochaine durant l'atelier de tir à l'arc. Et je pense que la forêt était plus dense, et qu'il y avait plus d'oiseaux – mon Dieu qu'ils chantaient fort ! –, mais peut-être que c'est juste une impression parce que j'étais plus jeune.

Elle chuchotait sur le ton excité et exubérant de celle qui vous parle de la chose qu'elle aime le plus au monde. Siobhan commençait à se détendre.

— Ça devait être vraiment cool.

— Il y a quand même eu des changements qui étaient pour le mieux. Par exemple, au moins quatre d'entre vous n'auraient pas été admises comme campeuses à l'époque.

— Qu'est-ce que tu veux dire ?

— Eh bien… Tu es catholique, je me trompe ?

— Ouais.

— Forevermore était réservé exclusivement aux filles blanches protestantes, dans les débuts. Alors tu n'aurais pas eu le droit de venir. Même chose pour Nita, Dina et Isabel. Pour Andee, je ne suis pas certaine. Il y avait des camps juste pour les catholiques ; tu aurais pu aller à un de ceux-là.

Siobhan médita un instant. Et Nita, Dina et Isabel ? Que leur serait-il arrivé ? Elle était trop fatiguée pour pousser la réflexion.

— Et l'hymne, c'était le même ?

— Oui. C'est une chose qui n'a pas changé. J'ai entendu des centaines de filles le chanter. Mais il y avait d'autres chansons aussi.

— Quel genre de chansons ?

— Oh, des chansons qui parlaient de camping, du fait d'être une fille, certaines de Dieu. Tu les trouverais sans doute un peu bizarres aujourd'hui.

Siobhan eut une idée, une façon de vérifier que Jan allait aussi bien qu'elle le prétendait.

— Pourrais-tu m'en chanter une ?

— Je ne suis pas censée faire ça, dit Jan après un temps.

— Je le dirai pas.

Une pause, encore. Puis :

— OK. On chantait celle-ci en randonnée…

Elle s'éclaircit la gorge, toussa très légèrement, puis entama d'une voix basse et rocailleuse :

— *En avant, soldats chrétiens, marchons comme à la guerre. Avec la croix de Jésus, allons tous en avant…*

Sans le vouloir, Siobhan luttait difficilement contre le sommeil, s'assoupit, rouvrant l'œil quelques fois, puis, tandis que la chanson tirait à sa fin, sombra complètement, laissant Jan toute seule dans le monde conscient.

Kayla (Andee)

1

Le jour où le père de Kayla et d'Andee les quitta, trois ans avant que cette dernière séjourne au camp Forevermore, il dit seulement :

— Bon, je m'en vais.

Il n'emporta que son fidèle canif, son portefeuille et les vêtements qu'il avait sur le dos. Kayla en déduisit la différence fondamentale entre les hommes et les femmes : les hommes pouvaient partir, les femmes devaient rester.

Dans la cuisine, leur mère arracha une des portes d'armoires, moins par colère que parce qu'elle avait momentanément oublié qu'elle était plus forte que les pentures. Leurs parents avaient toujours qualifié cette maison de « trou à rats », mais Kayla la trouvait plutôt charmante, en fait. C'était une maisonnette couleur bleuet avec des volets, sise tout près de Waco sur son petit carré de pelouse envahi par la moutarde des champs, les pissenlits et les gloires du matin. Les deux sœurs dormaient dans la véranda qui donnait sur la chambre de leurs parents, à l'arrière ; ceux-ci les envoyaient se coucher avant que la nuit ne tombe, et elles passaient leur temps à écouter les cigales et à suivre le ballet aérien des semences de pissenlits. Kayla s'en souvenait comme du plus bel endroit où elles aient vécu.

Deux jours plus tard, leur mère avait chargé la voiture. De la banquette arrière, Andee demanda :

— On va où ?

Assise à côté de sa grande sœur, Kayla suçotait l'oreille d'un lapin en peluche dont la fourrure, autrefois toute blanche, était maintenant sale et collante.

Avant de répondre, leur mère s'engagea sur la grand-route et roula à toute vitesse sur un nid-de-poule, ce qui fit rebondir les deux filles sur leur banquette.

— J'ai des amis partout, saviez-vous ça ? On vivait ensemble dans une ferme en Californie. Ils sont allés se fourrer aux quatre coins du maudit pays. D'un océan à l'autre, et au Mexique aussi. Votre père a jamais pu les blairer, mais il est plus là maintenant, alors on va aller leur rendre visite. C'est pas cool, ça ?

Kayla se sentit obligée d'acquiescer. Andee insista :

— Mais on va *où* ?

Elles se rendirent d'abord à Austin. À Austin, l'ami de leur mère offrit à Kayla un ukulélé. Pendant plusieurs semaines, il lui apprit à jouer de la guitare acoustique. Kayla comprit que ces leçons avaient une nature transactionnelle : pour en bénéficier, elle devait s'asseoir sur ses genoux pendant qu'il portait ses cheveux à son nez pour les humer, en enroulait une grosse mèche dans son poing, lui caressait le menton et lui disait des choses comme : « Oh les

Jan leur expliqua chaque étape de l'allumage d'un feu à mesure qu'elle faisait les gestes : enflammer le bout de feutrine sèche avec son briquet, puis les brindilles de la taille d'une allumette, puis les rameaux, et finalement les plus grosses branches, qu'elle cassait en deux sur sa cuisse. Elle décrivit la structure pyramidale qu'elle érigeait et la façon dont le feu la consumerait progressivement. Elle ne parut pas remarquer que les filles s'étaient toutes plantées à bonne distance d'elle, là où elles pouvaient l'entendre sans être à sa portée. Quelque chose avait changé chez leur monitrice, leur semblait-il. Elle parlait trop vite, et chacune de ses phrases se concluait par un silement qui rappelait le bourdonnement d'un oiseau-mouche : inspiration, expiration. Puis elle reprenait avec le même débit. Son visage éclairé par les flammes avait pris un aspect cadavérique, ses lèvres comme aspirées vers l'intérieur, ses yeux enfoncés dans leurs orbites.

La vue de la nourriture qu'on sortait des sacs ranima les filles. Elles emballèrent des patates dans du papier d'aluminium et les enfoncèrent dans les braises. Jan, en deuil de sa précieuse machette, aiguisa cinq branches à l'aide d'un couteau de poche, et les campeuses firent griller des saucisses à hot-dog et des guimauves. Jan leur montra sa technique secrète pour faire des s'mores, qui consistait à enfoncer un petit carré de chocolat dans la guimauve. Par-dessus le feu de camp, Siobhan vit que Nita avait la joue tachée de chocolat. Dans sa tasse de fer-blanc cabossée, Jan sirotait une tisane de plantes cueillies durant son expédition et bouillies sur le feu. Elle énuméra beaux grands yeux bleus de chaton. » Andee refusait de s'asseoir sur lui, alors pas de cadeaux pour elle. Puis, une nuit, Kayla se réveilla dans la voiture, où sa mère l'avait portée dans son sommeil. À côté d'elle, il n'y avait que sa sœur, son sac de couchage et le ukulélé. Ses vêtements et ses jouets, pour ce qu'ils valaient, étaient restés à Austin.

Elles roulèrent dix-sept heures d'affilée, quittant le Texas, traversant l'Arkansas, puis le Tennessee. Kayla passa le temps en faisant l'inventaire de tout ce qu'elle venait de perdre :

— Mon lapin. Ma jaquette avec des cornets de crème glacée et les épaules en dentelle. Mes bas jaunes. Mon chandail jaune. Mes bas bleus. Mon t-shirt bleu. Mon t-shirt avec un pingouin…

— On t'en achètera d'autres, ma chérie, promettait sa mère.

Elles s'arrêtèrent à un casse-croûte, où leur mère acheta trois sandwichs au jambon durs comme de la roche. Elle en passa deux aux filles. La viande sentait les vieilles chaussettes, alors Kayla donna le sien à Andee, qui le goba à toute vitesse comme si elle craignait que sa sœur change d'idée.

À Knoxville, Kayla, Andee et leur mère partagèrent la chambre d'invités de la parente d'une amie – ou bien l'amie d'une parente, quelque chose de lointain comme ça –, une prof retraitée à l'air aigri qui s'appelait Marianne. Kayla eut encore droit à des leçons, dans la cuisine cette fois, pendant qu'Andee se sauvait de l'appartement et courait librement dans les rues.

— Votre mère est une pécheresse, déclara Marianne un bon matin, l'un des premiers qu'elles passaient ensemble. Si vous n'acceptez pas Jésus dans votre cœur, vous irez en enfer avec elle.

— Comment on fait ?

— Eh bien, d'abord, il faut que tu le dises. Dis que tu acceptes Jésus dans ton cœur.

— J'accepte Jésus.

Marianne lui ôta le pouce de la bouche.

— Arrête-moi ça. C'est vilain.

Elle cala ses mains sous ses fesses ; c'était la seule façon qu'elle avait de s'empêcher de sucer son pouce.

— Pourquoi maman est une pécheresse ?

— C'est dans la nature des femmes de séduire les hommes. C'est notre sort depuis le début des temps, et c'est pour ça que Dieu nous punit par le sang et la douleur de l'enfantement. Tu comprends ce que je te dis ?

Kayla ne comprenait pas, mais elle hocha la tête quand même.

— Tu peux expier ce péché, l'impureté de ton corps, son *obscénité*. Ou bien tu peux suivre la voie du démon et te servir de ton corps pour obtenir des faveurs. Comme le fait ta mère.

Leur mère ne rentra pas ce soir-là. Marianne leur cuisina des pommes de terre sautées avec des oignons, qu'elle accompagna d'un morceau de pain de maïs et d'un verre de lait pour chacune. Les oignons n'étaient pas assez cuits, toujours croquants, et le lait avait absorbé l'odeur de moisissure du frigo. Kayla donna la plus grande part de son repas à Andee. Andee mangea les pommes de terre jusqu'à la dernière miette, but le lait jusqu'à la dernière goutte, et glissa le pain dans sa poche.

— Il faut que tu arrêtes avec tes caprices. Et si maman revenait jamais ? Et si Marianne arrêtait de nous nourrir ?

— Pourquoi Marianne arrêterait de nous nourrir ?

Trois mois à Knoxville avant que leur mère les pousse hors de l'appartement et dévale l'escalier extérieur en gueulant par-dessus son épaule :

— Va chier avec tes jugements !

De retour dans la voiture. Cette fois, elles roulèrent vers le nord-ouest. Andee pointait du doigt tous les animaux qu'elle voyait en traversant le Dakota du Sud et le Wyoming : un mouton ! Une antilope ! Des faisans ! Des lapins ! Des oies ! Des aigles ! Les chevreuils bondissant sur l'autoroute, brandissant leur adorable queue en guise de drapeau blanc. Les dindons sauvages, gras et paresseux, qui ne se gênaient pas pour se mettre en travers de leur chemin. Des centaines et des centaines de vaches.

— C'est pas vrai, t'as pas vu un aigle, dit leur mère.

— Oui c'est vrai !

— Eh ben, ce qu'il faut pas entendre !

Une chambre de motel à Billings, dans le Montana. Leur mère disparut durant deux jours et une nuit. Les filles laissèrent les rideaux tirés et la télévision allumée tout le temps, faisant le tour de la programmation entière, des dessins animés aux matinales, des comédies aux drames policiers, puis aux infopubs, et de retour aux dessins animés. Elles firent les cent pas, elles firent la sieste. Andee rassembla les pièces de monnaie que leur mère avait laissées sur le radiateur et acheta un sac de chips à la distributrice au coin de l'immeuble.

Leur porte donnait sur le parking. En fin d'après-midi le deuxième jour, on secoua la poignée. Andee alla ouvrir, certaine que c'était leur mère qui avait du mal à insérer la clé. C'était un homme penché sur la serrure. Il se redressa, l'air surpris de les voir.

— Oh, bonjour. J'étais sûr qu'il n'y avait personne. Qu'on avait oublié d'éteindre la télé.

Il étira le cou par-dessus l'épaule d'Andee. Kayla était assise sur l'un des lits jumeaux, vêtue de son pyjama à licornes, son visage barbouillé de poudre de Cheetos.

— Vous êtes toutes seules ?

— Non, répondit Andee. Notre père est aux toilettes.

— Ah bon ?

L'homme portait un manteau trop grand pour lui, mais de bonne qualité, en cuir beige doublé de mouton, son corps fluet d'épouvantail flottant dedans comme un cure-dents planté dans un raisin.

— Je peux entrer pour l'attendre, dans ce cas-là ?

— Papa a dit qu'il fallait laisser entrer personne.

L'homme dévisagea Andee, comme s'il la voyait pour la première fois.

— Eh ben, tu diras à ton papa qu'il va falloir qu'il paye pour la journée de plus.

Puis, d'un air entendu, il ajouta :

— Tu le diras à ta maman aussi.

Andee verrouilla la porte derrière lui, puis tira une chaise qu'elle coinça sous la poignée. Kayla s'émerveillait de l'habileté de sa sœur à improviser des mensonges à la face d'un adulte avec autant d'assurance.

Lorsqu'elles furent à nouveau dans la voiture, roulant vers le sud, Kayla remarqua que quelque chose avait changé, s'était assombri chez Andee. Elle essaya de la ranimer en lui faisant remarquer les bestioles qui s'abreuvaient aux ruisseaux le long de la route. Mais elle n'en connaissait pas les noms aussi bien que sa sœur.

— Un oiseau, disait-elle.

Neuf mois à Denver : pour la première fois depuis le Texas, les filles furent inscrites à l'école. Andee rattrapa sa classe de troisième comme si de rien n'était. À l'étage du dessous, en première année, Kayla ne lâchait pas l'horloge des yeux : chiffres noirs sur fond blanc sous dôme de verre, et la trotteuse, petit triangle rouge tournant avec une stricte régularité. Promettant à Kayla que la minute aurait une fin. L'heure. La journée. Leur séjour ici.

Un sous-sol à Ontario, en Oregon. Dans chaque nouvelle ville, Kayla suivait aveuglément Andee partout : chez l'épicier du coin, autour des bornes-fontaines jaillissantes durant l'été, dans les bibliothèques offrant l'air conditionné, aux parties de base-ball sur des terrains de fortune, aux parties de soccer sur de vrais terrains verdis par la municipalité au printemps. Durant ces sorties, Kayla se sentait en stand-by, exactement comme en classe, lorsqu'elle attendait la fin de la journée, pressée que cela s'achève même s'il n'y avait rien de mieux à faire. À la fenêtre ou cachée derrière un buisson, elle voyait Andee subir les insultes des enfants du quartier, souvent plus âgés, jusqu'à ce que son refus de bouger de là les impressionne : cette enfant de huit, puis neuf ans se tenait droite sur le trottoir, les poings serrés, en périphérie de leurs jeux. Ils finissaient toujours par la laisser se joindre à eux.

Une maison pleine de gens – dont un grand nombre d'enfants – dans le sud de Seattle. Cela semblait être, d'une façon plus concrète, la vraie destination de leur mère. Les adultes avaient l'air contents de la voir, l'enlaçaient sans arrêt. La cuisine et la salle à manger débordaient de monde durant les repas ; la nourriture, servie dans des soupières et des marmites, était bonne. Andee et Kayla déroulèrent leur sac de couchage par terre dans une chambre déjà occupée par cinq ou six fillettes ; leur mère, elle, crécherait avec autant d'adultes. Il y avait des montagnes de vêtements de seconde main. Kayla fouilla pour dénicher ceux qui lui plaisaient : une blouse blanche campagnarde, un jean à peine trop grand pour elle, une robe-chemise à carreaux, une veste en tricot rose pâle. Andee prit un kangourou doublé de flanelle, plusieurs paires de chaussettes d'hommes. Elle choisit toutes sortes de morceaux indifféremment, tout ce qui était à sa taille, pour toutes les saisons, et les enfouit au fond de son sac de couchage, là où elle gardait aussi des réserves de nourriture.

Des familles arrivaient puis repartaient, les enfants les plus âgés s'enfuyaient. Charlotte, une femme que leur mère leur avait présentée comme sa « plus vieille amie au monde », était la seule constante dans la maisonnée, celle qui répondait au téléphone beige accroché au mur de la cuisine, celle qui, à force de cajoleries, exhortait les autres à touiller, à hacher, chacun son tour. Elle les avait accueillies avec effusion à leur arrivée, les avait serrées dans ses bras et embrassées sur les joues de ses lèvres maquillées. Mais, graduellement, Kayla se rendit compte que Charlotte ne la quittait pas du regard chaque fois qu'elles se retrouvaient toutes les deux, sursautait dès que Kayla entrait dans la pièce. Plus d'une fois, Charlotte lui dit :

— Tu ressembles tellement à ta mère quand elle avait ton âge…

Et, bien qu'elle sourît en le disant, quelque chose dans sa voix provoquait chez Kayla un inexplicable sentiment de culpabilité, comme si sa seule présence réveillait une hostilité ancienne, menaçait leur fragile quiétude.

Vers la fin de sa troisième année, en classe, Kayla fut tirée de sa stupeur lorsqu'elle entendit le nom d'Andee mentionné à l'interphone durant les annonces matinales. Sa sœur avait remporté un concours national d'écriture. Lorsque Kayla tenta de la féliciter cet après-midi-là, Andee marmotta :

— Ça veut rien dire. Ça donnera probablement rien.

Kayla n'était pas certaine de savoir de quoi elle parlait – qu'est-ce que c'était censé donner ? –, mais elle voyait bien qu'Andee luttait contre l'espoir, s'efforçait d'éviter une nouvelle déception. Elle la surprit à imiter la signature de leur mère sur une pile de documents, plus de paperasse qu'elles n'en avaient jamais eu à signer par le passé.

Cet été-là, Andee disparut pendant plus d'une semaine. Dans cette maison de passage toujours saturée de monde, seules Kayla et sa mère s'en rendirent compte, et seule Kayla parut s'en soucier.

— Andee reviendra quand elle sera prête, affirma sa mère. Sais-tu avec qui elle est partie ?

Kayla ne comprenait plus rien. Pourquoi Andee aurait-elle fugué ? Elle s'était pourtant si bien adaptée à cette version de leur vie. Elle aimait leur école et, bien qu'elle l'eût intégrée en plein milieu de l'année, elle avait de bonnes notes, elle avait gagné ce concours. Les fois où un gars avait tenté de se chamailler avec elle dans la cour d'école, elle s'était vaillamment défendue en le bousculant. Kayla arpenta la maison à la recherche d'indices. Le sac de couchage et le tas de vêtements qu'Andee y cachait avaient disparu.

Kayla finit par trouver dans un cahier de notes le brouillon du texte qui avait valu son prix à Andee. C'était une version romancée de l'interminable périple en voiture avec leur mère, une version plus triste et plus poignante que la réalité telle que l'avait vécue Kayla. Elle pleura pour les deux petites filles du récit. La narratrice était si différente d'Andee : démunie, désespérée et misérable, une orpheline de conte de fées. Kayla, au contraire, voyait sa sœur comme de la mauvaise herbe, dans le meilleur sens du terme : vigoureuse et capable de conquérir n'importe quel sol ingrat, de fleurir à travers le béton. Dans le récit, la petite sœur était non pas une élève du primaire, mais un bébé, un bête accessoire bavant, un fardeau. Kayla voulut se convaincre qu'Andee avait fait ça par calcul – elle les avait rendues plus pitoyables pour améliorer ses chances de remporter le concours –, pour ne pas révéler comment elle s'était réellement sentie, comment elle voyait les choses. La

Andee du texte était seule au monde. Le brouillon se terminait sur une phrase incomplète qui semblait recopiée d'ailleurs, peut-être d'après la rubrique d'un formulaire : « Ce qu'un séjour au camp Forevermore signifierait pour moi », puis des lignes blanches.

Quand Andee revint, leur mère s'était encore volatilisée. Charlotte avait dû aller la chercher quelque part à près d'une journée de route et se faire passer pour une tante, comme elle l'avait fait plus d'une fois pour plusieurs autres enfants. Andee n'avait plus son sac de couchage. Elle dormait à présent enroulée dans une couverture de laine couverte de poils de chien qu'elle avait trouvée dans la maison.

La première nuit après son retour, Andee offrit à Kayla un bracelet d'amitié tressé, prétextant qu'elle n'en voulait plus. Kayla le noua autour de son poignet et l'admira longuement. Elle se lova contre sa sœur et murmura :

— J'avais peur que tu sois partie pour toujours.

— Et si je partais pour toujours, qu'est-ce que tu ferais ?

— Je m'ennuierais de toi.

— Mais qu'est-ce que tu *ferais* ? Tu sais que tu peux pas compter sur maman. Tu peux compter sur personne. Qu'est-ce que tu ferais ?

Kayla battait des cils, troublée.

— Oublie ça, dit Andee.

Une nuit, autour de son anniversaire de onze ans, Kayla et sa sœur se mirent au lit avant les autres. Un rare moment de complicité où elles pourraient s'écouter respirer, tendre l'oreille aux paroles et aux rires des adultes de l'autre côté des cloisons.

Soudain, quelqu'un s'introduisit dans la chambre. Quelqu'un s'introduisit dans le sac de couchage de Kayla. Un garçon, ou un homme. Malgré sa grande sœur à un mètre, malgré une maison pleine de gens, un autre corps, soudain là, dans le noir. Une large main plaquée sur sa bouche, une autre main soulevant sa chemise de nuit.

Elle dirigea toutes ses pensées vers Andee : « Aide-moi. » Andee ne bougeait pas. Andee, juste là dans sa couverture pour chien, ne faisait rien tandis que la main, elle, ne s'arrêtait pas. Il émit un son qui exprimait la douleur, comme pour laisser entendre que Kayla l'avait blessé, et elle sut qu'il lui ferait mal à son tour jusqu'à ce qu'il tire d'elle le même son. La main sur sa bouche se souleva légèrement quand elle se mit à pleurer.

Tout près de son visage, elle entendit un bruit sourd, comme un livre épais tombé par terre, et alors la masse qui l'avait immobilisée roula sur le côté. Le plafonnier fut allumé, puis la porte donnant sur le couloir ouverte d'un coup. Andee était plantée dans un coin de la chambre, la botte qu'elle avait utilisée pour frapper l'homme à la nuque toujours dans sa main. Kayla ne voulait pas regarder l'individu à quatre pattes à côté d'elle, ne voulait pas voir en détail ce qu'elle venait de sentir. Elle le reconnaissait : c'était un jeune adulte en visite, le fils d'une résidente. Andee retraversa la pièce pour rejoindre sa sœur, la fit lever en la tirant par le poignet et l'entraîna dans le couloir.

— Merci, prononça Kayla avec peine.

— Dis pas merci ! répliqua Andee en tremblant. Dis pas merci.

Elle lui remit la botte.

2

Finalement, leur mère fut expulsée de la commune. Il y avait longtemps que Kayla n'était pas montée dans leur voiture – elle avait servi de véhicule commun pour les résidents de la maison –, et elle eut l'impression qu'elle avait rapetissé : la banquette arrière, autrefois tout un monde, n'était plus qu'un siège défoncé et si étroit qu'il la forçait à relever les genoux. Le tableau de bord était illuminé comme un sapin de Noël, tous les voyants clignotaient. De mémoire, la clim n'avait jamais fonctionné, mais maintenant c'était le chauffage qu'elles n'arrivaient plus à baisser, ou alors quelque chose d'autre se tramait sous le capot qui les rôtissait vivantes dans l'habitacle d'acier. Elles réussirent presque à se rendre à East Portland, chez Sally, l'amie de leur mère, avant que la voiture crachote et rende l'âme. Les filles la poussèrent tandis que leur mère maniait le volant sur les deux derniers pâtés de maisons.

Eric, le copain de Sally, était le directeur musical d'une petite église évangélique communautaire. La première fois qu'il passa à la maison après qu'elles se furent installées, Kayla était assise devant la grande baie vitrée et jouait du ukulélé. En neuf ans, elle n'avait jamais changé les cordes, et le son qui en sortait était si tordu et faible qu'on croyait davantage au râlement d'un animal blessé qu'à un instrument de musique. Elle avait quatorze ans maintenant, et elle avait beaucoup grandi : ses petits seins d'adolescente étaient compressés par un soutien-gorge trop serré pour elle, tout comme ses shorts en denim et son t-shirt. Une poule toujours coincée dans sa coquille.

— Bonjour ! À qui ai-je l'honneur ? dit-il.

Kayla sourit et attendit que quelqu'un fasse les présentations.

— T'en fais pas, dit Sally. Elles sont juste ici pour un petit bout. J'en devais une à leur mère.

Eric s'avança vers Kayla et lui prit son ukulélé des mains. Elle ne tenta pas de l'en empêcher, mais au moment où le bois lui glissait des mains, elle émit un petit couinement de détresse.

— Pauvre petite chose, fit-il en examinant le ukulélé. Personne n'a jamais pris soin de toi.

Il envoya un clin d'œil à Kayla.

— Tu sais jouer ?

— Un peu… Pas vraiment, admit-elle timidement.

— Je peux t'apprendre.

Il lui rendit l'instrument, que de soulagement elle serra contre sa poitrine.

— Si tu m'aides un petit peu à l'église en échange. *Deal?*

Kayla hocha la tête.

Sally, qui avait tout suivi de leur conversation, intervint :

— Bon, allez, c'est l'heure du souper. Je meurs de faim.

— À dimanche, dit Eric.

Peu de temps après, Sally et Eric rompaient, mais Kayla continua d'aller à l'église tous les dimanches. Elle rejoignait Eric au coin de la rue, et il la conduisait dans sa familiale. Dans le coffre s'entassaient deux guitares, un gros bidon d'essence, des couvertures, beaucoup de déchets.

— Excuse le tacot, disait-il en lui envoyant un de ses clins d'œil.

Il l'appelait « cocotte » ou « chérie », lui faisait des câlins en guise de salutation et d'au revoir, embrassait parfois le sommet de sa tête.

L'église était un entrepôt converti percé de vitraux modernes, dont un Jésus des années 1970 composé de pièces de tangram aux couleurs primaires. Le travail de Kayla consistait à disposer les rangs de chaises pliantes tôt le matin, pendant que la chorale répétait. Eric écrivait beaucoup des chansons lui-même, ou du moins simplifiait des passages de la Bible pour les adapter au format « couplet, refrain, couplet, bridge, refrain » avec mélodie à trois accords. Il avait une voix larmoyante de chanteur country, un timbre nasillard que Kayla savait affecté – lorsqu'il parlait, il avait plutôt l'accent sec et neutre du Nord –, mais qui la faisait néanmoins sentir chez elle, lui rappelait vaguement la maisonnette couleur bleuet.

Après la messe, Kayla suivait Eric dans le local qu'il partageait avec le pasteur jeunesse, autrefois un des bureaux administratifs de l'entrepôt. Une bannière suspendue au mur du fond citait l'évangile selon Matthieu : *Et Jésus dit : laissez venir à moi les petits enfants, ne les empêchez pas ; car le royaume des cieux est pour ceux qui leur ressemblent.* Outre un petit bureau, il y avait quelques fauteuils poires dans un coin, une étagère remplie de bibles pour enfants et de livres d'histoires chrétiennes, et des pots toujours remplis de jujubes et de bâtonnets de fromage.

Ils avaient récuré et poli le ukulélé de Kayla, puis changé les cordes. Eric la laissait aussi jouer de l'une de ses guitares, et durant plusieurs mois, plusieurs saisons – les pluies froides, les pluies chaudes, le soleil diffus de la côte Nord-Ouest du Pacifique –, il lui apprit à reconnaître les accords, à gratter et à pincer les cordes, à jouer ses chansons et les classiques du rock chrétien, à transposer les partitions au ukulélé. Si elle finissait son travail d'assez bonne heure, il la laissait répéter seule dans le petit local. Elle n'avait jamais connu le luxe d'un espace privé.

Un après-midi, il lui demanda :

— Allais-tu à la catéchèse quand tu étais petite ?

— Non.

Les leçons pêle-mêle de Marianne – lecture, arithmétique et damnation éternelle – ne comptaient sûrement pas.

— Comment tu trouves les sermons du pasteur Mike ?

Kayla tripotait machinalement une des clés de la guitare.

— Corrects.

Eric posa sa main sur celle de Kayla, qui s'immobilisa.

— Tu peux être honnête.

— Ils sont peut-être un peu ennuyants. Ou trop compliqués. Je me demande tout le temps de quoi il parle.

— As-tu commencé à lire la bible que je t'ai donnée ?

— Oui. J'aime le… le début. Les premières pages. Je les ai lues plusieurs fois. Mais après, ça devient trop difficile.

— Mmm, je comprends. Est-ce que tu serais vexée si je te suggérais une lecture un peu plus accessible ?

Il prit sur l'étagère une bible illustrée pour enfants.

— Je sais que tu es trop vieille pour ça, mais peut-être que ça t'aiderait à te faire une idée.

Kayla examina l'illustration de la couverture : une colombe tenant dans son bec une branche d'olivier et survolant une mer agitée. Elle toucha l'image du bout des doigts ; elle se sentait une affinité avec l'oiseau. Elle aimait bien qu'Eric la traite comme une enfant. Personne avant lui ne l'avait fait.

— Tu voudrais bien me faire la lecture ? demanda-t-elle.

Eric parut d'abord surpris, puis enchanté. Plus que ça : il était pétri de joie.

— Ce serait un honneur, dit-il.

Ils se lovèrent l'un contre l'autre dans un fauteuil poire. Kayla pigeait dans une poignée de jujubes en se faisant aussi petite que possible. La tête contre sa poitrine, elle pouvait sentir sa voix gronder doucement entre ses côtes. Eric lui faisait beaucoup penser au Jésus illustré dans le livre : sa barbe brune hirsute, ses yeux bruns chaleureux, le fait qu'il ne lui en voulait pas pour les miettes ou les larmes qu'elle laissait tomber sur sa chemise. Ces lectures devinrent la conclusion naturelle des leçons de guitare, et ils parcoururent ainsi les douze volumes de la série. Kayla savait qu'elle ne devait parler à personne de ces moments de lecture. Les gens ne comprendraient pas. Ils gâcheraient tout, en feraient quelque chose de sale.

Eric éprouvait bel et bien une attirance pour elle, mais il y résistait, et c'est ce qui en faisait un être à part. Kayla savait qu'elle était une tentatrice. La fille d'Ève. Elle savait que Dieu la mettait à l'épreuve, et elle l'acceptait ; les avertissements de Marianne prenaient enfin tout leur sens. Mais Eric était fort. En sueur et tout rouges à cause du recouvrement en vinyle, ils ignoraient l'érection qui se gonflait entre eux ; elle oubliait parfois où ils étaient, la voix d'Eric se perdait doucement au loin, et elle se remettait à sucer son pouce, ses dents contre l'ongle, goûtant le sel de sa propre peau.

Parmi les chansons qu'elle préférait et qui n'étaient pas d'Eric, il y avait une ballade récente intitulée *Jésus, amant de mon âme*. Elle avait commencé par en aimer la mélodie, tendre et dévote comme celle d'une chanson d'amour, et qui se prêtait si bien au ukulélé. Puis, à force de la jouer, elle avait fini par en *ressentir* les propos, la soumission entière et totale à Dieu, l'abandon de ses désirs et ambitions terrestres, leur petitesse et leur futilité. Ce qu'elle voulait n'avait aucune importance, rien d'autre ne comptait que Sa volonté. Cela transforma l'expérience qu'elle avait eue du monde jusque-là. Sa vie lui avait été infligée. Mais le pouvoir qui la subjuguait n'était pas celui de sa mère, des amis de sa mère, d'Andee, des professeurs, des hommes – tous ces hommes, partout, qui la convoitaient du regard –, non, c'était le pouvoir du Seigneur. Elle se sentit absoute de son passé et de son avenir. Tant qu'elle resterait passive et pieuse, tant qu'elle aurait la foi, la vie lui sourirait.

Étendue près de sa sœur sur le canapé-lit de Sally, Kayla demanda :

— Andee ? T'as pas peur d'aller en enfer, toi ?

Andee mit tant de temps à répondre que Kayla crut qu'elle s'était assoupie.

— Celui qui a inventé l'enfer est un trou de cul, dit-elle enfin. Et les trous de cul me font pas peur.

Le jour fatidique finit par arriver. Sally, hurlant :

— Je veux plus vous voir ! Plus jamais ! Je m'en vais travailler, et si vous êtes encore dans mes pattes à mon retour, toi et tes sangsues de filles, j'appelle la police !

Andee et Kayla n'offrirent pas à leur mère de l'aider. Elles se contentèrent de la regarder jeter leurs affaires en vrac dans sa vieille valise défoncée.

— On a pas de voiture, dit Andee.

— On prendra l'autobus.

— Pour aller où ?

— Rosarito. Au Mexique. J'ai des amis là-bas.

Elle pivota subitement pour leur offrir un de ses rictus enflammés, alarmants.

— C'est pas cool, ça ? De la chaleur, du soleil... des margaritas et des carnitas sur la plage...

Les deux sœurs échangèrent un regard.

— Je veux pas y aller, dit Kayla. Je suis bien ici.

— C'est bien dommage, ma chérie, mais on a pas le choix. Sally nous met à la porte.

— Peut-être qu'elle nous laisserait rester si toi tu t'en allais, dit Andee. Juste le temps qu'on se trouve un appart à nous.

Leur mère éructa un rire. Juste un, tranchant et mauvais.

— C'est ça, ouais. Et vous comptez faire ça comment ?

— On travaillera, fit Andee.

Clac, la valise se referma.

— Ah, et puis allez-y. Essayez donc, pour voir. Merde ! Vous avez aucune idée de ce que ça prend pour… pour *vivre* ! Vous avez toujours été des petites connes mesquines, des sans-cœur. C'est à cause de vous qu'on s'est fait jeter dehors chaque fois qu'on se trouvait une place qui avait du bon sens. Essayez de vous débrouiller sans moi, maintenant. *Essayez*, pour voir !

Et comme ça, elle était partie.

Sally consentit à ce qu'elles restent mais en échange d'un loyer – juste un petit montant, bien en deçà des prix habituels, même pour un canapé-lit à partager. Andee manqua les dernières semaines d'école mais obtint quand même son diplôme ; Kayla abandonna ses études, soulagée de ne plus jamais avoir à remettre les pieds dans une salle de classe.

Andee trouva un emploi dans une librairie. Kayla travailla comme serveuse durant quelques années, jusqu'à ce que sa congrégation fasse l'acquisition du café voisin. Elle venait d'avoir dix-huit ans. Elle devint alors barista et, techniquement, l'une des trente-six copropriétaires, grâce aux heures effectuées. En plus du boulot à temps plein au café, elle faisait le ménage des bureaux et des toilettes de l'église, ramassait les feuilles et désherbait le terrain, comptait l'argent de la quête, chantait avec la chorale, s'occupait des enfants au service de garde. La cohésion que cela apportait à sa vie lui plaisait : tout pour l'Église.

Eric fut « appelé » à rejoindre leur paroisse jumelle, à Eugene. Il passa chez Sally pour dire au revoir alors que Kayla était seule à la maison. Il pressa son visage contre le sien dans un semblant de baiser, pétrissant des doigts la chair de ses épaules, écartant les bretelles de son débardeur. Elle se dégagea avec force. Il se laissa repousser et, piteux, éclata en sanglots.

— Pardonne-moi !

— Le Seigneur te pardonnera, dit-elle.

Sally déménagea et céda son bail aux filles. Andee prit la chambre et Kayla resta sur le canapé-lit ; pour la première fois, leur sommeil n'était plus contaminé par le souffle de l'autre. Andee, promue assistante-gérante, avait une vie sociale et amoureuse très active. Kayla avait l'Église. Elles payaient les factures, veillaient l'une sur l'autre, tenaient l'appartement relativement propre. Ce genre de choses était donc possible. Ces années-là dégageaient une impression paisible d'après-guerre. Un goût nouveau pour le silence, l'ordre, la similarité des jours qui s'enchaînaient.

Les rares soirées où elle ne travaillait pas, Kayla, de sa propre initiative, s'adonnait à une autre mission. Une mission évangélique.

Le café avait un nom quelconque, des divans et tables quelconques, des peintures inoffensives produites localement (des natures mortes représentant des fruits, œuvres de la pianiste de la chorale), un micro et un tabouret dans un coin : rien qui évoquât son affiliation avec l'Église.

Ces soirées-là, Kayla prenait place sur le tabouret et jouait des chansons dévotes, chantant de sa voix aiguë et délicate. Même amplifiée, elle était souvent enterrée par la buse à vapeur de la machine à espresso.

Maintenant adultes, Andee et elle avaient hérité de leur mère son front large, son arcade sourcilière proéminente et ses cheveux fins d'un blond cendré. Andee les portait dans une coupe pixie peu flatteuse qui faisait paraître son visage dur et anguleux, ses pommettes saillantes comme celles des femmes de Neandertal. Kayla laissait les siens pousser librement sans se soucier des pointes cassées et des frisottis. Elle les relevait en un chignon serré quand elle chantait. Les cheveux qui s'en échappaient faisaient un halo lumineux sous les spots encastrés du café alors que sa tête marquait doucement le rythme de ses chansons ; c'était le faciès d'une prêtresse nordique ancienne. Elle avait adopté la tendance rétro du moment : des robes achetées à l'Armée du Salut, boutonnées jusque sous le menton, étroites et sans élasticité dans le haut, évasées à partir de la taille. Le coton élimé l'enveloppait comme un souffle éthéré ; couverte de la tête aux pieds, elle n'en semblait pas moins nue, d'une séduisante vulnérabilité.

Les fidèles la reconnaissaient de la chorale, puisqu'elle montait sur la petite scène de l'église chaque dimanche avant le sermon, et ils applaudissaient poliment entre chaque chanson. Mais ce n'était pas pour eux qu'elle jouait. Elle jouait pour les autres clients, ceux qui buvaient leur latté tout en pianotant sur leur ordinateur, ceux chez qui elle devinait une certaine tristesse, une solitude. Un abîme que Dieu saurait combler. Distraits par sa présence et sa musique, ils s'interrompaient pour l'écouter malgré eux. Même ceux qui riaient d'elle, roulaient les yeux, se bouchaient les oreilles d'un geste moqueur, pouvaient se taire et succomber. La musique pouvait être leur passerelle, comme elle l'avait été pour Kayla.

— *Louez-le en sonnant du cor!* chantait-elle. *Louez-le sur la harpe et la cithare! Louez-le par la danse et le tambour; louez-le par les cordes et les flûtes! Louez-le par les cymbales triomphantes!*

Elle aperçut un homme assis à la table la plus proche, les yeux clos et les épaules détendues, peut-être endormi. Ses mains étaient jointes sur la table devant lui. Alors que sa chanson tirait à sa fin, elle vit ses yeux s'ouvrir. Ils étaient d'un bleu plus pâle que les siens, éclats de ciel dans un visage renfrogné. Il paraissait bien conservé, avec ses joues roses à la douceur incongrue, artificielle; ainsi vieillissent les gens très riches. Elle lui sourit tout en chantant, irradiant l'amour et la grâce de Jésus.

Il l'approcha alors qu'elle rangeait son ukulélé dans son étui. Il se tenait les mains derrière le dos, comme devant une toile au musée.

— Vous avez une jolie voix, dit-il. Est-ce que je peux vous offrir un thé?

Kayla n'avait jamais vraiment su repousser les avances des clients. Elle prenait leurs cartes d'affaires, leurs numéros de téléphone griffonnés à la hâte, préparait elle-même les cafés qu'ils commandaient pour elle, pour ensuite les vider dans l'évier. Elle s'assit à la table, son ukulélé serré contre elle, alors qu'il lui rapportait du comptoir une grande tasse de tisane à la menthe poivrée. Elle détestait ça : ç'avait le goût du dentifrice. Elle en prit une gorgée sans perdre son sourire aimable.

— Je m'appelle Walter Groff.

Il s'exprimait avec l'accent distingué de la côte Est que Kayla associait aux vieux films.

— Kayla.

— Faites-vous partie de la congrégation d'à côté ?

— Oui, dit-elle avec empressement. Voudriez-vous en savoir plus sur nous ?

— Je ne dirais pas non. Je suis le propriétaire des deux bâtisses.

Le visage de Kayla se décomposa. Elle parcourut le café du regard à la recherche d'une personne d'autorité, mais ne reconnut que les membres du groupe d'entraide pour divorcés du mercredi soir.

— Le terrain appartient à ma famille depuis des lustres. Apparemment, votre Église le loue pour une bouchée de pain.

— Ce n'est pas *mon* Église. Je veux dire… c'est la mienne, dans la mesure où c'est celle où je… Ce n'est pas avec moi que vous devriez parler.

— De ce que j'ai compris, l'Église est détenue collectivement par tous ses membres. N'est-elle donc pas précisément à vous ?

— Non, elle n'est pas… Juste le café, et il n'est pas à tout le monde, seulement… Je ne connais pas les détails. Les détails légaux.

Walter paraissait amusé.

— Détendez-vous, ma chère. C'est juste une infime partie du bourbier que m'a légué mon père. Quand il est mort, on s'est rendu compte que tout notre patrimoine était lié à des biens fonciers complètement farfelus aux quatre coins du pays, sans apparente logique ni plan. J'ai passé ma vie à tenter d'en faire quelque chose d'utile. Mais ce lot en particulier est pour moi une épine dans le pied : comment se fait-il qu'il n'ait pas encore été développé à son plein potentiel commercial ?

— Peut-être, osa Kayla, que votre père était sensible à nos bonnes œuvres ?

— Il n'était pas religieux.

— Pas besoin d'être religieux pour reconnaître les bienfaits de notre congrégation. Peut-être qu'il était… sympathique à notre cause. Et généreux.

Walter émit un petit rire. Un rire pudique et mesuré qui aurait pu tenir dans un dé à coudre.

— Je ne crois pas. C'était plutôt un ivrogne sans cervelle. Au moment du boom immobilier, il avait sans doute oublié depuis longtemps qu'il en était propriétaire.

Kayla perçut en elle un léger tremblement, comme une aiguille qui oscille dans son cadran.

— Alors qu'est-ce que vous allez faire ?

— Pour l'Église ? Je n'ai pas encore décidé. Plusieurs entrepôts sont vacants dans le quadrilatère. Ceux-là, je vais les convertir ou les démolir. Pour ceux qui sont occupés, on verra au cas par cas.

— Comment est-ce qu'on peut vous convaincre ?

Walter s'éclaircit la gorge. Il baissa le regard vers la table et tripota la serviette de papier qu'il avait utilisée pour porter la tasse. Sa posture rigide se ramollit légèrement. D'intimidant, il devint d'un seul coup mal à l'aise, presque juvénile.

— Je peux vous inviter à souper ?

Elle prit une autre gorgée de sa tisane. Le goût était encore plus désagréable maintenant qu'elle avait refroidi.

Ils marchèrent ensemble dans le quartier industriel, passé l'église, vers un restaurant dont Kayla était certaine qu'il venait d'apparaître. Il n'y avait pas d'enseigne, mais un éclairage vif provenait de l'intérieur, un phare au loin dans l'obscurité. En approchant, Kayla aperçut une petite foule massée devant les portes.

Walter l'entraîna à l'intérieur. Le bâtiment avait gardé l'aspect caverneux et la tuyauterie exposée de l'usine qu'il avait abritée. Du même genre que l'église de Kayla, mais l'effet était différent. Des lustres pendaient très haut au-dessus de leurs têtes, lointains comme des étoiles.

Une fois qu'ils furent assis, elle dit :

— Ça aussi, c'est à vous.

Elle commanda le steak comme lui, même si elle n'aimait pas la viande rouge, le goût prononcé du sang et la violence de la mastication. Ce qu'on leur apporta était tout autre que ce qu'elle avait anticipé : du beurre à la place du bœuf. Le vin, la mousse au chocolat, même la salade, tout était d'une richesse insoupçonnée, incomparable : c'était exquis, mais c'était mal, à donner la nausée.

Walter se plaignit de sa vie. Son père avait dilapidé l'argent hérité de son père à lui avec la spéculation immobilière : des décennies de mauvais calculs, de ventes précipitées ou inutilement retardées. Des développements entiers avaient été abandonnés avant leur achèvement, îlots déconnectés dans le désert, villes fantômes modernes. La famille, passée d'extrêmement riche à juste assez riche pour maintenir les apparences, s'en remettait à peine, maintenant que Walter avait déniché quelques pépites dans les décombres. En plus, prendre soin de sa vieille mère en fin de vie pompait toutes ses ressources. À soixante-dix-neuf ans, elle avait prépayé sa place pour cinq ans dans un centre de retraite hors de prix du sud de la Californie, prévoyant qu'elle ne vivrait pas plus vieille que sa propre mère. Maintenant âgée de quatre-vingt-quatorze ans, elle refusait de déménager. Elle voulait mourir en regardant les chevreuils gambader sur le terrain de golf, autour de l'étang à carpes japonaises.

Kayla s'efforçait de compatir.

À la fin du repas, sur le trottoir, Walter demanda si elle acceptait qu'il la raccompagne chez elle. Une voiture de luxe apparut au bout de la rue, plus loin, là où des entrepôts placardés, non encore convertis, gardaient la mémoire de l'ère industrielle.

Dans la voiture, il dit :

— J'espère que vous me considérerez comme un ami et que je vous reverrai la prochaine fois que je serai en ville.

Il lui lança un regard affectueux, comme on regarde la photo d'un endroit qu'on a déjà visité. Il ne l'avait pas touchée.

Il ne mentionna pas l'avenir de l'Église, alors elle ne le fit pas non plus. La soirée n'avait pas été si désagréable, et il ne serait pas si désagréable de remettre ça.

3

— Je me rappelle pas la dernière fois qu'on a soupé ensemble à la maison, dit Andee alors qu'elles ouvraient des conserves de fèves et de tomates et les vidaient dans un chaudron pour faire un chili. Y'en a toujours une de nous deux qui travaille.

Kayla émit un son indistinct. Elle n'avait pas dévoilé à Andee sa relation d'amitié avec Walter, les repas – parfois à plusieurs semaines d'intervalle – qu'ils avaient partagés dans la dernière année. Il n'y avait rien à en dire, se raisonnait-elle. Il n'avait jamais fait un geste déplacé. Ce n'étaient que des repas. Il avait bien tenté de lui offrir des bijoux et vêtements griffés en cadeau, mais elle les avait gentiment refusés et il n'avait pas insisté. Et personne de la congrégation n'avait mentionné un changement dans leur bail.

— C'est chouette, répondit-elle.

Kayla craignait que sa sœur la traite d'hypocrite, même si elle n'avait jamais dit un mot sur les habitudes impies d'Andee, les hommes et les femmes qui se succédaient dans son lit. Kayla savait qu'elle aurait dû s'inquiéter davantage du salut de son âme. La priorité de tout membre de la congrégation était de convertir ses amis et sa famille, et Kayla n'avait aucun ami hors de l'Église et aucune famille à part Andee. Cette dernière pouvait être frappée par un camion demain, et elles ne se retrouveraient jamais au royaume de Dieu. Mais Kayla savait aussi qu'elle devait montrer l'exemple plutôt que de juger. Laisser sa lumière éclairer les autres pour qu'ils voient ses bonnes actions. Et Kayla avait l'impression qu'Andee était indestructible, à sa manière – le penser semblait blasphématoire, arrogant, mais ce n'en était pas moins vrai. Si elle était frappée par un camion, elle survivrait. Elle survivrait à tout. Il restait amplement de temps pour la convertir.

Pendant que le chili mijotait, Andee lisait à table et Kayla répétait au ukulélé les chansons qu'elle jouerait cette semaine-là. Une petite pluie d'été tambourinait doucement à la fenêtre. Andee, peut-être sans s'en rendre compte, s'était mise à fredonner de concert.

La sonnerie de la porte principale retentit. Elles sursautèrent toutes deux.

— Tu attends quelqu'un ? demanda Kayla.

— Non.

Ni l'une ni l'autre ne se leva. Leurs regards traversèrent le salon pour se fixer sur l'entrée, comme si quelqu'un allait faire irruption.

— Est-ce qu'on attend qu'il ou elle s'en aille ? proposa Kayla.

Andee allait lui répondre quand la sonnette retentit à nouveau, cette fois longuement, avec insistance. Elle se rendit à la porte pour appuyer sur le bouton de l'interphone.

— Allô ? C'est qui ?

— Les filles ! C'est maman !

Kayla, en voyant le reflet de sa propre stupeur dans le visage d'Andee, songea que sa sœur et elle ne s'étaient jamais ressemblé autant qu'à ce moment précis.

La sonnerie agressive se fit entendre une troisième fois.

Andee tendit le doigt vers le bouton qui permettait d'ouvrir, puis se rétracta.

— Merde. Qu'est-ce qu'on fait ?

Kayla songea : « On aurait dû déménager, elle aurait pas pu nous retrouver. » Elle songea : « Honore ton père et ta mère, afin que tes jours se prolongent dans le pays que l'Éternel, ton Dieu, te donne. »

— Laisse-la entrer, murmura-t-elle en espérant que sa sœur ne le ferait pas.

Andee appuya sur le bouton.

Elles l'écoutèrent gravir les marches. Andee ouvrit la porte de l'appartement avant qu'elle ait pu frapper. Leur mère était là. Chez elles.

— Salut, les filles ! Vous vous êtes ennuyées de moi ?

Elle les embrassa sur les deux joues ; Kayla ne se souvenait pas qu'elle ait jamais fait une chose pareille. Elles reçurent ses baisers sans bouger. Malgré la pluie, leur mère portait une robe tube bleue à fleurs orange et des espadrilles sans chaussettes.

— Est-ce que Sally est là ?

— Elle a déménagé, dit Andee.

Elle avait laissé la porte d'entrée ouverte.

— L'appartement est juste à nous, maintenant, dit Kayla.

Leur mère s'assit sur le canapé, posa les pieds sur la table basse, les mains sur son ventre fleuri, et les regarda avec un air intéressé.

— Eh ben, on peut pas vous plaindre. Qu'est-ce qui sent si bon ?

Andee referma la porte lentement, en scrutant le palier comme si elle y trouverait quelque chose qui les sauverait. Kayla répondit :

— Le souper.

— Qu'est-ce qu'on mange ?

Andee s'avança vers leur mère et se planta devant elle.

— Combien de temps tu comptes rester ?

— Je viens juste d'arriver.

Elle reposa ses pieds par terre dans un grand bruit qui les fit grimacer.

— Si je me souviens bien, je vous ai vêtues, nourries, logées et protégées pour la plus grande partie de votre maudite vie. J'aurais cru qu'au moins vous m'inviteriez à souper.

Andee ravala sa salive.

— Juste pour le souper. Après, tu… tu t'en vas.

— Vous allez me jeter à la porte en plein milieu de la nuit ? Avec nulle part où coucher ? Moi, votre propre mère ?

Elles l'avaient vue faire ce petit manège si souvent : leur mère avait des amis partout au pays.

— Tu ne parles pas beaucoup ce soir, dit Walter alors qu'ils attendaient son chauffeur sur le trottoir.

Kayla n'était pas habillée assez chaudement : un tricot léger par-dessus une robe, en cette nuit de début d'automne qui aurait requis un manteau.

— As-tu déjà été marié ?

— Oui, deux fois, dit-il en la regardant avant d'ajouter : Deux mariages heureux.

— Tu es doublement veuf ?

— Non, doublement divorcé. On a eu plusieurs années de bonheur, le mariage a fait son temps, on s'est séparés à l'amiable. Les deux fois. C'est la meilleure chose qu'on puisse espérer, vraiment.

Pour Kayla, un mariage heureux, par définition, n'était interrompu que brièvement par la mort et se terminait par des retrouvailles au paradis, mais elle ne le dit pas.

— Des enfants ?

— Non, Dieu merci.

La voiture arriva, et ils montèrent dans l'habitacle chaud, sombre et anonyme comme on se plonge dans l'eau noire par une nuit sans lune.

La prière l'avait menée à cette décision. Car c'était bien une décision ; elle ferait advenir quelque chose, plutôt que de se soumettre aveuglément au désir d'un autre, et si c'était un péché, elle devait en prendre la responsabilité.

Walter regardait par la fenêtre ; un cercle de lumière orangée passait sur son visage à chaque lampadaire, entre de longues plages d'obscurité.

Elle avait décidé, au bout du compte, que Jésus lui pardonnerait si tout ce qu'elle faisait était dans le but de nouer une union sacrée. Si elle apprenait à aimer Walter, comme souvent elle s'en croyait capable, et devenait sa femme, qu'elle lui donnait tout ce qu'une femme est appelée à donner.

Elle tendit la main et pressa légèrement le bras de Walter. « Hé, disait la main, je suis là ! » Il se tourna vers elle avec un air interrogateur. Elle porta les doigts à son menton.

— M'aimes-tu ?

Walter répondit avec précaution :

— J'aime passer du temps avec toi. Beaucoup.

— Je pense que tu devrais m'embrasser.

Elle sentit qu'il essayait de se soustraire à ses gestes. Il dit :

— Tu ne me dois rien.

Embrasser Walter posait des problèmes de logistique : elle l'abordait de profil, dans un espace restreint et tandis qu'il résistait. Alors elle prit sa main et la plongea dans l'encolure de sa robe pour la poser juste à gauche du sternum, sur son cœur. Il laissa échapper un soupir, comme un ballon percé.

— Ta peau est tellement douce…

Ils regardèrent la main dans la robe comme si c'était une créature autonome, attendant tous deux de voir ce qu'elle ferait.

Plus tard dans la soirée, Kayla choisit son moment pour redemander :

— Walter, m'aimes-tu ?

— Oui, répondit-il. Oui, je t'aime. Je t'aime tellement…

Kayla se réveilla frigorifiée. Andee n'était plus à ses côtés et la couverture qu'elles avaient partagée était roulée en boule au pied du canapé-lit. Le pouce de Kayla avait franchi la frontière de ses lèvres. Il lui fallut quelques minutes pour se rappeler où elle était, quel âge elle avait, pour être sûre qu'elle n'avait pas régressé ou remonté le cours du temps durant la nuit.

Elle se redressa et examina la pièce. Leur mère faisait du tapage dans la cuisine. La porte de la salle de bains était fermée et un rai de lumière filtrait par en dessous. Andee devait être là. Kayla se rendit dans la chambre pour prendre un chandail dans le placard qu'elles étaient maintenant trois à partager. Elle remarqua une nouvelle brûlure de cigarette dans le lit, un trou bien défini qui perçait le drap et entamait le matelas. Au moins, le lit n'avait pas pris feu, se dit-elle.

Elle suivit une odeur de brûlé différente jusqu'à la cuisine.

— Je fais des crêpes, lança leur mère, postée devant la cuisinière.

Les crêpes n'étaient pas la source de l'odeur. Kayla enfila les mitaines et sortit du four une poêle en fonte contenant des tranches de bacon carbonisées.

— Merci, mais je n'ai pas le temps. Il faut que j'aille travailler.

Leur mère fit une moue dégoûtée.

— Pareil pour Andee. J'essaye de faire quelque chose de gentil pour vous et tout ce que je me fais dire, c'est « pas le temps ». Pas de temps pour votre pauvre vieille mère et son beau déjeuner qui va finir à la poubelle.

Le capuchon du détecteur de fumée pendait du plafond ; leur mère l'avait désactivé. Kayla toussa et agita une mitaine de four au-dessus des restes de bacon. Elle s'étonna que leur mère, occupée à retourner allègrement les crêpes à deux pas de là, puisse ignorer l'odeur.

— Merci, répéta Kayla. Si tu mets quelques crêpes au frigo, je les mangerai plus tard.

Andee bondit hors de la salle de bains dans son uniforme de libraire, ses cheveux mouillés dégoulinant le long de son dos.

— Où il est ?

Leur mère continuait de tapoter le bord de sa crêpe.

— Quoi ?

— Tu le sais très bien. Le pot.

— Je l'ai apporté à l'épicerie pour faire compter la monnaie dans la machine. À quoi ça sert de laisser un pot plein de monnaie en dessous du lavabo de la salle de bains ?

Andee ne s'embarrassa pas d'une discussion sur la valeur de chaque pièce de monnaie.

— Qu'est-ce que t'as fait avec l'argent ?

— J'ai acheté ce qu'il fallait pour faire à déjeuner pour mes filles.

— Et ?

— Qu'est-ce que tu veux dire, « et » ?

Andee leva le ton :

— Et le reste de l'argent, il est où ?

Elle haussa les épaules.

— J'en devais à une amie.

Elle fit glisser la première crêpe dans un plat de service sur le comptoir.

— Pourquoi tu t'énerves comme ça ? Vous vivez comme des reines, vous courez dans tous les sens, vous entrez et sortez à toute heure du jour et de la nuit. Pas capables de donner un petit peu d'argent à la femme qui vous a élevées et protégées toute votre vie ? Des pièces de un ou de cinq *cents*, c'est tout ce qu'il y avait là-dedans. À peine de quoi payer le bacon.

Andee, Kayla le savait, gardait une petite somme dans un compte bancaire. Tout ce que Kayla gagnait allait aux dépenses communes ou à la congrégation, soit directement dans la quête, soit à l'achat de nourriture et d'équipement pour les pique-niques de recrutement lorsque c'était son tour. Pour Kayla, c'était plus qu'équitable : ainsi, elle accomplissait son devoir chrétien, mais en plus, elle savait que l'Église prendrait soin d'elle s'il lui arrivait malheur, si elle se retrouvait dans le besoin. C'était mieux qu'un compte épargne. Le Seigneur, par le partage et les bonnes œuvres, veillait.

Le pot était un truc bête entre elles : des années à accumuler des pièces de monnaie dans un gallon de cornichons vide que Kayla avait rapporté du café. Elles prévoyaient de faire quelque chose d'amusant ensemble avec l'argent, un jour ; elles énuméraient pour rire tout ce que le pot ne pourrait jamais leur payer : un jet, un bateau, un voyage à Paris.

Kayla s'approcha d'Andee dans le but de la réconforter, mais celle-ci se dégagea brusquement. Elle entra dans la cuisinette et souleva le plat de crêpes à deux mains. Kayla eut le temps de se rappeler d'où elles tenaient ce plat de seconde main – un fidèle le leur avait donné à l'époque où elles venaient de reprendre le bail et devaient meubler l'appartement – avant qu'Andee le jette par terre de toutes ses forces. Le plat éclata aux pieds de leur mère, la crêpe gisant entre les morceaux comme une langue. Leur mère ne broncha pas, n'eut pas le réflexe, tout à fait naturel, de pousser un grand cri : pratique, de pouvoir mettre ses sens au neutre.

Kayla avait attendu une éternité, s'était soumise de toutes les manières imaginables. Abjecte. Obéissante. Walter ne voyait-il pas à quel point elle ferait une bonne épouse ? Pourtant, il n'avait jamais fait la demande, n'avait même jamais fait mine d'y venir. Et puis, un jour, elle se dégagea de son étreinte pour la première fois, se redressa dans le lit de sa chambre d'hôtel avec vue sur la rivière, et dit doucement, sans hausser le ton :

— Tu ne m'épouseras jamais.

— Hum ?

Walter, toujours dans la brume après leurs ébats, tardait à se remettre de la fugue du plaisir.

Elle baissa le menton sur sa poitrine, posa mollement les mains sur ses cuisses.

— Tout ce qu'il me reste à faire, c'est de prier pour être absoute.

Walter s'appuya sur ses coudes.

— Qu'est-ce que tu dis ? Tu veux qu'on se marie ?

— Il *faut* qu'on se marie, et vite. Je ne peux pas continuer comme ça.

Il restait parfaitement immobile, comme en présence d'un animal effrayé qui menaçait de s'enfuir. Il la contempla un long moment : sa lèvre tremblotante, les cheveux blonds coulant jusqu'à sa taille.

— Tu vois bien, dit-il, le piège que tu me tends.

— Je n'essaie pas de te piéger.

— Je crois que tu ne comprends pas ce que tu es en train de me dire, fit-il en lui donnant un petit coup sur le bras, rieur. Et si on partait ensemble pour quelques jours ? Un voyage ? Ça te plairait ?

Elle secoua la tête.

— Tu ne comprends pas. Il faut que je m'en aille.

— Non, attends, l'arrêta-t-il en se redressant à son tour. Écoute. Je ne suis pas aussi riche que tu le crois.

Il balaya la pièce d'un geste du bras. Le demi-mur qui les séparait de la baignoire, le foyer, la vue sur la Willamette.

— Ce n'est pas ma vraie vie. Je peux te gâter quand je te rends visite, mais ça ne pourrait pas toujours être comme ça. Je ne serais pas à la hauteur de tes attentes.

— Je ne suis pas…

— Laisse-moi finir, l'interrompit-il en lui prenant les mains. Je sais que tu n'attends pas ma mort pour t'arroger ma fortune, tu n'es pas une profiteuse. Je ne t'accuse pas de ça. Et tu sais que je paye toujours une pension alimentaire à mes deux ex-femmes. Tu sais que ma famille va protéger son patrimoine cette fois-ci, qu'elle ne te laissera rien une fois que je ne serai plus là. Il y aurait un contrat de mariage et ma famille le défendra jusqu'à ce que tu meures toi aussi. Je suis sûr que tu es consciente de tout ça. Dieu sait à quel point tu m'as écouté en parler. Ce que j'essaie de te dire, c'est que je n'ai pas d'énergie à te donner. Je n'ai pas l'énergie de te traiter comme tu le mérites. Ce qu'on a maintenant, c'est tout ce que je peux t'offrir.

Il fit une pause.

— J'y ai beaucoup pensé. À ce que ce serait de t'avoir tout le temps à mes côtés. Chez moi. Pour prendre soin de moi. C'est cruel. C'est trop cruel.

Ils étaient tous deux nus jusqu'à la taille et séparés par un désert de literie. Elle était gênée de le regarder, se sentait vulnérable dans sa nudité, d'une manière inédite. « Peut-être, se dit-elle, que je ne l'ai jamais vraiment aimé avant ce moment. » Elle dit :

— Ça ne devrait pas être à moi de décider de ça ?

Il voulut parler mais elle l'interrompit :

— C'est ce que je veux. Pour des tonnes de raisons. Je t'en prie, fais-moi confiance.

Elle prit sa tête dans ses mains et la cala contre son épaule. Il exhala un long souffle chevrotant, et elle le sentit se relaxer, surprise de constater à quel point son crâne était lourd. Elle sentit son propre sang pulser sous sa peau chaude et jeune comme la vie même.

— Je vais me marier, annonça Kayla.

— Avec qui ? hurla leur mère. T'es rien qu'un *bébé* !

Andee, comme si elle avait attendu ce moment, comme si cette annonce scellait son propre sort, déclara :

— Je m'en vais en Alaska.

Walter consentit un bail de cent ans à la congrégation.

4

Walter eut une grippe qui se changea en pneumonie. Pour la première fois, il faisait vraiment son âge. Il avait toujours été mince, souple, bien découpé : des lignes droites dans des costumes sur mesure. Maintenant, sa peau se distendait sur les pommettes et ses joues tombaient. Ses yeux semblaient vouloir jaillir de leurs orbites. Ses poignets et ses chevilles, qu'autrefois on aurait pu qualifier de délicats comme ceux d'un danseur, avaient un aspect osseux, cadavérique.

Assis sur la table d'examen, Walter regardait droit devant lui, ignorant Kayla et le médecin à ses côtés, son corps se balançant doucement, rêveur, comme un roseau dans la brise.

— On ne devrait pas aller à l'hôpital ? demanda Kayla.

— Pas à ce stade, dit le docteur. Ses symptômes sont relativement bénins. La pneumonie peut être très grave à son âge, mais pour le moment je me contenterais de surveiller son état.

Alors, Kayla ramena Walter à la maison et le borda, convaincue que c'était en vain puisqu'il était mourant.

Leur temps était compté.

Sur le plateau qu'elle utilisait d'habitude pour lui apporter son déjeuner et le journal, elle posa un verre d'eau et sa bible.

Kayla, malgré ses efforts, n'aimait pas sa nouvelle église, à Sherman Oaks – ils y avaient emménagé pour se rapprocher de la mère de Walter, maintenant défunte. Pourtant, elle s'annonçait semblable à l'ancienne : elle faisait partie du même mouvement évangélique, avait cet air de renouveau, informel, coloré, presque commercial. Le pasteur était marié et avait des enfants, mais paraissait très jeune avec son visage de poupon ; un garçon dans le costume de son père. Il portait un micro serre-tête et parcourait la scène de long en large durant ses sermons, leur posait des questions rhétoriques, leur parlait avec le ton brusque et belliqueux d'un adolescent. Ses sermons manquaient de subtilité, ne laissaient aucune place aux pensées de Kayla, à ses compromis. Aucune place à Dieu. Il y avait le Bien et le Mal, et beaucoup de choses étaient mal. En plus, la chorale et ses musiciens ne recrutaient pas. Kayla devait se contenter de chanter avec tous les autres, de lever les mains au ciel. Ce n'était pas pareil. Elle s'ennuyait de Walter, qui ne l'accompagnait jamais. Elle se sentait muselée plutôt que portée par les autres fidèles. Sans s'en rendre compte, elle bougeait les lèvres sans émettre de son ; sa voix disparaissait.

Elle posa le plateau et prit la température de Walter. La fièvre n'avait pas baissé. En l'aidant à se redresser, elle crut voir une ombre derrière lui avant de comprendre que c'était l'empreinte de son corps en sueur. Elle le berça et fredonna un air. Son corps restait tendu, il résistait, comme s'il la prenait pour une étrangère. Il gémit.

— Walter, murmura-t-elle. Je vais te baptiser. Est-ce que tu comprends ce que je te dis ?

— Pourquoi ?

— Pour qu'on puisse être ensemble pour toujours.

Il plongea le visage dans son cou et gémit une fois de plus, presque un mugissement.

— Je veux qu'on soit ensemble maintenant.

— On est ensemble. Je suis là.

— Prends ma main.

Elle prit ses doigts entre les siens et exerça une légère pression. Il dit :

— J'ai peur.

Elle se souvenait de son propre baptême, à Portland. Un samedi par mois était réservé au baptême des adultes récemment convertis, et alors ils tiraient ensemble une baignoire sur pattes hors du débarras. Son souffle coupé par la force de l'eau et la main du pasteur Mike sur sa tête. Submergée assez longtemps pour que ses pensées la traversent puis la quittent, pour que la Kayla qu'elle avait été se noie ; une peur mortelle avait sinué de son ventre jusqu'à ses poumons glougloutant, puis s'était échappée à jamais. Sa première inspiration après sa résurrection. La lumière. L'extase. Les cris de joie des témoins.

Elle chuchota, ses lèvres tout contre le sommet de la tête de Walter :

— Le temps est venu de te réconcilier avec Dieu. Es-tu prêt ?

Il se contenta de courber le cou vers l'avant.

— J'ai besoin de t'entendre dire oui.

Elle lui massa le dos. Elle sentit ses muscles commencer à se détendre.

Faiblement, il acquiesça :

— Oui.

Elle tendit une main vers le plateau sans pour autant relâcher son étreinte. Elle saisit le verre d'eau.

— Walter Groff, renonces-tu à Satan ? Te repens-tu de tes péchés ? Acceptes-tu Jésus comme ton Seigneur et Sauveur, comme le seul véritable Dieu ?

Puisqu'il ne répondait pas, elle ajouta :

— Walter ?

— Qu'est-ce qu'il faut que je fasse ?

— Dis oui.

— Oui.

Elle versa un filet d'eau dans la raie de ses cheveux une fois, deux fois, trois fois. L'eau coula sur son front, se divisa en plusieurs ruisselets à travers ses sourcils, passa sur ses paupières, dégoutta pour tomber dans les creux de chaque côté du nez. Ses lèvres desséchées s'ouvrirent légèrement, accueillant l'eau. Le filet se sépara à nouveau autour de son menton, coula le long de son cou et dans le col de son haut de pyjama, rejoignit la silhouette de sueur sur le lit.

— Au nom de Jésus Christ, je te baptise.

Elle essuya l'eau de ses yeux. Posa un baiser au milieu de son front. Déboutonna son pyjama trempé et s'en servit pour éponger sa tête, puis le jeta par terre. Elle se dévêtit à son tour, l'enlaça de tout son corps en tirant la couverture sur eux, du côté du lit qui était toujours sec, et le serra dans ses bras pour ce qu'elle croyait être la dernière fois.

Le lendemain matin, sa fièvre était tombée.

Pour Kayla, le message était sans équivoque : Dieu lui avait rendu Walter. Il n'y avait plus qu'une personne au monde dont elle ne puisse tolérer la damnation éternelle.

Elle appela Andee au dernier numéro qu'elle avait noté.

— Je pensais que tu étais en Alaska.

— J'y étais. Maintenant, je suis au Wyoming.

— Est-ce que je peux venir te voir ?

— C'est pas simple. Ils viennent de nous couper la dernière ligne aérienne commerciale.

L'écran froid du téléphone contre sa joue, Kayla s'efforçait d'imaginer le visage d'Andee, de l'associer à la voix impatiente et suspicieuse de l'étrangère au bout du fil.

— Te souviens-tu, demanda Kayla, de la fois où on a traversé le Wyoming en auto avec maman ? Tu n'en revenais pas de tous les animaux qu'on voyait.

Un temps mort, puis la voix d'Andee redevint familière.

— J'en reviens toujours pas ! Je travaille sur un ranch, maintenant. Du moins jusqu'à la fin de l'été.

Elle se tut un instant, s'esclaffa sans raison.

— Si tu peux te rendre à Buffalo, j'irai te chercher.

Andee gara son camion devant la ferme. Les deux sœurs marchèrent côte à côte le long de l'autoroute et se firent le récit des dernières années. Un collègue de la librairie se rendait en Alaska régulièrement pour travailler dans une carrière, et quand Andee avait appris que Kayla partait, elle lui avait demandé si elle pouvait faire la route avec lui. Ils avaient besoin de main-d'œuvre. Elle s'était retrouvée dans les cuisines – quatorze heures de travail par jour, sept jours par semaine tout l'été, l'adrénaline du soleil de minuit au début, et puis la démence qui s'installe lentement mais sûrement, la lumière qui rend fou. Mais assez d'argent pour ne plus avoir besoin de travailler durant l'hiver. Elle avait emménagé dans un chalet, où elle fendait son bois elle-même, transportait elle-même ses bidons d'eau et de propane, empruntait une motoneige quand c'était nécessaire. Elle était tombée amoureuse d'une naturaliste, guide touristique durant la saison chaude, qui semblait être la seule autre femme à des milliers de kilomètres à la ronde. Les hivers magiques passés à deux dans le chalet, les jours brefs occupés par les gestes de la survie, les nuits sans fin pour parler, baiser, et dormir d'un sommeil lourd et restaurateur. Les moments où, sur la surface de la rivière gelée, elles s'étendaient pour admirer la symphonie muette des aurores boréales. Les huskies dont les chants se répondaient d'une berge à l'autre.

Puis, un hiver désastreux dont elles s'étaient senties prisonnières. La fin de leur amour. Un mineur s'en allait travailler sur un ranch pour un ancien patron, dans le sud, et Andee était montée avec lui.

— Qu'est-ce que tu vas faire à la fin de la saison ? demanda Kayla.

— Je sais pas trop encore. J'ai entendu parler d'un boulot intéressant à Yellowstone.

Kayla raconta sa propre histoire. Andee s'immobilisa. Elle regarda sa sœur comme au fond d'un puits de tristesse.

— J'ai toujours espéré mieux pour toi, dit-elle.

— Qu'est-ce que tu veux dire ?

Kayla songeait au confort de leur demeure de Sherman Oaks.

— J'ai une belle vie. Et je viens d'être témoin d'un miracle.

Les deux sœurs marchèrent sous l'immensité du ciel. Les bestiaux, tout près de la route, descendus des montagnes pour la saison du vêlage et de l'agnelage, les suivaient de leurs regards mornes et indulgents. Quelques agneaux fraîchement tondus se massaient autour d'une auge, des chevreuils et des dindons arrivaient en bondissant pour leur voler un peu de nourriture. Maintenant qu'elle était là, Kayla avait du mal à entreprendre la mission qui fondait sa visite. Andee avait vieilli, à cause du temps qui passait et du travail au grand air, mais Kayla était toujours convaincue de son immortalité.

L'autoroute faisait une fourche, et elles suivirent l'embranchement vers le nord-ouest. Une petite chapelle, de la taille d'un placard, leur apparut au bord de la route. Un autre signe de Dieu, une réprimande.

— Allons à l'ombre un instant, proposa Kayla.

Elles franchirent le seuil pour profiter de l'obscurité fraîche de la chapelle nue : des murs, un toit, un crucifix peint.

— Ça va si je dis une prière de rien du tout ?

Andee haussa les épaules.

Kayla prit la main de sa sœur. Elle ne se souvenait plus de la dernière fois qu'elle avait fait ça – peut-être n'était-ce jamais arrivé. Elle ferma les yeux.

— Je te remercie, Seigneur, pour mon époux. Merci de nous avoir réunis et de nous avoir accordé un peu plus de temps ensemble sur cette terre. Merci pour Eric – c'est par lui que j'ai fait Ta rencontre. Merci pour ma première Église et puisse-t-elle chanter tes louanges pour encore au moins un siècle. Merci pour ma sœur. Merci pour tous ces gens qui nous ont accueillies chez eux durant notre enfance. Et bénis notre mère, et protège-la, où qu'elle soit.

Lorsque Kayla rouvrit les yeux, Andee avait la tête renversée vers l'arrière, et des larmes coulaient de la commissure de ses paupières jusque dans ses oreilles. Son visage était tourné vers le plafond, ou bien, crut Kayla, vers le Seigneur au plus haut des cieux.

Le camp

Le lendemain matin, c'est sa vessie pleine qui réveilla Siobhan. La lumière du jour se faisait voir à travers le nylon de la tente. Siobhan s'étonna que Jan ne les ait pas réveillées, comme le faisaient d'habitude les monitrices des baraques avec leur tapage joyeux.

Elle se rendit compte d'une odeur écœurante, mammifère, et elle craignit d'avoir mouillé son sac de couchage. Sa vision toujours brouillée par le sommeil, elle trébucha en voulant passer par-dessus Dina et lui envoya un coup de pied dans le dos ; Dina émit quelques protestations en se réveillant. Siobhan tira la fermeture éclair et s'assit dans l'ouverture de la tente, ses pieds à l'extérieur, pour enfiler ses souliers. Elle tituba vers la forêt et s'accroupit derrière un arbre.

Alors qu'elle remontait son pantalon, Siobhan entendit Dina hurler.

Elle courut vers la tente. Les trois autres filles sortirent de la leur. Dina, en chaussettes, était debout sur la terre roussie à côté du rond de feu, sa bouche grande ouverte laissant échapper un cri continu comme une sirène. Nita enfila ses souliers à la hâte.

Elle agrippa Dina par les épaules et la secoua en criant son nom.

— Qu'est-ce qu'il y a ? Quoi ? Pourquoi tu cries ?

Siobhan avança la tête à l'intérieur de la tente. Jan était toujours là, étendue sur le dos. Bien emmaillotée dans son sac de couchage jaune, qui la cachait presque entièrement, elle ressemblait à une gigantesque chenille. Ses yeux étaient ouverts, braqués sur le faîte de la tente. La fureur sauvage que Siobhan y avait observée la veille était disparue. Un bleu discret tachait ses tempes, la couleur des veines ou d'une vieille ecchymose.

Siobhan s'agenouilla à l'entrée de la tente, refusant de s'approcher.

— Jan ?

Jan ne bougea pas d'un cil. Sa mâchoire pendait mollement. Ce n'était pas de la surprise ; on aurait dit plutôt qu'un dentiste lui avait ordonné : « Ouvrez grand ! »

Siobhan attendit. Une part d'elle croyait que Jan allait tousser, battre des paupières, se redresser et s'excuser de leur avoir fait peur. Les cris de Dina derrière elle se calmèrent. Siobhan entendait les autres filles parler. Andee demandait :

— As-tu essayé de la réveiller ?

Siobhan revint vers elles.

— Et ? demanda Nita.

Siobhan réalisa qu'elle n'avait pas assez d'air dans les poumons pour parler. Elle se contenta de secouer la tête.

— C'est ma faute ! lâcha Dina.

Elles se retournèrent toutes vers elle.

Dina, entre les sanglots et les hoquets, était à peine capable de formuler ce qu'elle avait sur le cœur.

— J'ai dit qu'elle allait mourir, et elle est morte. J'ai attiré le mauvais œil.

Un éclair d'irritation traversa Siobhan. « C'est pas le moment de se raconter des histoires débiles », pensa-t-elle. L'irritation était un soulagement, une émotion qui la galvanisait, autre chose que cette terreur planant comme une ombre mouvante en périphérie de son regard.

Nita passa le bras autour du cou de Dina et l'entraîna vers les autres filles qui, devant les tentes, devant Jan, formaient un cercle. Isabel, grelottante, frictionnait vigoureusement ses bras.

— Qu'est-ce qu'on fait ? demanda Andee.

— Il faut qu'on aille chercher de l'aide, fit Siobhan.

— OK, oui. On devrait prendre nos kayaks et retourner au camp.

— Quoi ? Non ! protesta Siobhan. On est déjà sur la grosse île. On a juste à marcher jusqu'à la ville et trouver un téléphone.

Nita fit un grand geste désignant la plage isolée et la forêt dense.

— Et elle est où, la ville ?

— On a juste à aller dans la direction opposée à la mer, on finira bien par tomber sur une route. Jan avait une boussole. Je pense que… Elle doit être dans notre tente.

— On sait que le camp est à quatre ou cinq heures d'ici. On sait qu'on peut y arriver parce qu'on a fait le trajet hier. On sait pas si la ville est loin.

— On sait qu'elle est moins loin que le camp ! On est déjà sur l'île ! cria Siobhan.

— Tu te souviens pas de ce que Jan a dit ? Elle a dit qu'on camperait quelque part à des kilomètres de la civilisation, et qu'on avait aucune chance de croiser quelqu'un. Mais si on prend nos kayaks, on a juste à aller vers l'est et on va tomber sur le continent !

— On a pas navigué en ligne droite, opposa Siobhan. Le chemin était plus compliqué que ça. Je suis sûre qu'il y avait une bonne raison. Des rochers, ou autre chose… De l'eau dangereuse…

Pour Siobhan, la terre ferme était plus sécuritaire que l'eau, c'était une évidence. Les mots se bousculaient dans sa bouche, elle bafouillait, incrédule ; elle avait l'impression de devoir prouver que le ciel était bleu alors qu'il s'étendait ostensiblement au-dessus de leurs têtes.

— Il y a une carte des îles dans le sac de Jan, raisonna Nita.

— Mais on sait même pas sur quelle partie de la grosse île on est !

— Exactement !

Dina reniflait toujours.

— Elles vont s'en rendre compte si on revient pas, articula-t-elle à travers ses larmes. Elles vont venir nous chercher. On devrait peut-être rester ici.

— Mais personne sait qu'on est ici, leur rappela Andee, mesurant elle-même l'horreur de la situation. Ils pensent tous qu'on est sur l'île de Lumpen.

Nita se frotta le front puis proposa :

— On pourrait retourner à Lumpen et attendre là. Ou bien la moitié de notre groupe va à Lumpen au cas où ils auraient envoyé les secours, et l'autre moitié continue jusqu'au camp au cas où ils auraient envoyé personne.

— Non, dit Siobhan. On se sépare pas. C'est la pire chose à faire.

— Pourquoi ? demanda Dina.

— Parce que…

Encore une fois, Siobhan buta sur l'évidence de son opinion. Pourquoi Dina était-elle si stupide ?

— Parce que c'est comme ça !

— Les filles ! dit Isabel, tout bas, comme si elle craignait de réveiller un fauve. Regardez.

Les campeuses se tournèrent vers la mer pour voir ce qu'Isabel pointait du doigt. Rien n'attira leur attention au premier abord. Le morne ressac des vagues sur la plage, l'eau mate et le sable caillouteux, le ciel matinal couvert, les ronces épineuses.

— Quoi ? s'énervait Andee.

— Les kayaks, dit Isabel.

Les gros rochers étaient entièrement nus : aucune trace du cordage que Jan y avait noué pour retenir leurs embarcations. Au loin, statiques à l'horizon, comme chancelant à la lisière du monde, une fine ligne rouge et une grappe de taches vert fluo, les kayaks ne semblaient aucunement affectés par le mouvement des vagues. Ils s'étaient rassemblés pour mieux flotter.

Les pleurs de Dina reprirent de plus belle, aussi perçants que ceux d'une nouveau-née. Siobhan jeta un regard à la ronde et repéra les sacs de provisions : deux près des tentes, un dans la tente avec Jan, un autre suspendu entre deux arbres.

— Il y avait des bidons d'eau et d'autres affaires dans le kayak de Jan, dit Siobhan. Et la trousse de premiers soins.

— On devrait aller les chercher, suggéra Nita.

— Hein ? Comment ?

— À la nage. On devrait y aller au plus vite, pendant qu'on peut encore les voir.

— T'es folle ou quoi ? L'eau est glacée. Et regarde comme ils sont loin !

— On en a besoin ! Tu le sais ! Plus on perd de temps à en parler, plus ils s'éloignent !

— Et après ? On va les tirer jusqu'à la plage ?

— On va monter dedans et on va pagayer !

— Les pagaies sont encore ici, dit Isabel.

— Ben on va nager avec les pagaies dans les mains et… et… Je m'en fous de ce que vous faites, moi j'y vais, déclara Nita en tapant du pied.

— Nita, dit Siobhan.

Les autres filles semblaient agitées, prêtes à la bagarre.

— Nita, tu vas te noyer. Ou geler. OK ?

Alors, Nita se mit à pleurer à son tour. Pas comme Dina : c'étaient des larmes de colère, des larmes rebelles qui semblaient couler de ses yeux de leur propre gré, et Nita les essuya brusquement de la manche de son kangourou.

— Qu'est-ce qui lui est arrivé, à Jan ?

— Je sais pas, dit Siobhan.

De voir Nita pleurer lui picotait les yeux. Elle se rendit compte qu'elle pleurait elle aussi. Elle s'efforça de paraître brave en disant :

— J'imagine qu'elle était malade.

— Peut-être que sa plaie à la jambe s'est infectée ? ou qu'elle s'est empoisonnée avec sa tisane ? offrit Nita d'un ton quasi songeur.

— Mais est-ce qu'on peut mourir de ça en une nuit ? demanda Andee.

Siobhan tentait de réfléchir à des choses qui pouvaient tuer rapidement. Quelle partie du corps, si elle arrêtait de fonctionner, causait instantanément votre fin ?

— Ou bien peut-être que c'est son cœur ? Une crise de cœur ? Ou son cerveau ?

— Un anévrisme, dit Nita.

— Peut-être qu'elle était malade depuis longtemps et qu'elle nous l'avait pas dit, avança Isabel.

Jamais elles n'avaient entendu Isabel prononcer une phrase complète avant cette conversation. Elle parlait encore de sa petite voix, à peine un souffle, mais on y décelait quelque chose de solide, une étonnante conviction.

— Pourquoi les adultes font ça ? brailla Dina.

— Peut-être que c'est pour ça qu'elle voulait faire l'expédition cette année, même si elle était plus vraiment monitrice, continua Isabel. Peut-être qu'elle savait que c'était sa dernière chance.

Cela ne cadrait pas avec la vision que Siobhan avait des adultes. Que Jan ait souhaité passer ses derniers jours auprès d'une bande d'enfants qu'elle ne connaissait même pas lui paraissait improbable. Personne ne pouvait aimer le camp Forevermore à ce point, même pas Jan. Elle aurait certainement préféré des occupations d'adulte. Boire, fumer des cigarettes, se coucher tard, sortir dans les boîtes de nuit et voyager partout dans le monde…

Nita se moucha dans ses doigts et s'essuya sur son chandail.

— Bon, dit-elle, je pense qu'on a pas le choix : on va marcher jusqu'à la ville. Par où on devrait aller ?

Quatre paires d'yeux se tournèrent vers Siobhan, tandis qu'une cinquième, dans la tente, plongeait aveuglément dans l'infini. Siobhan n'avait pas envie d'être cheffe de meute ; tout ce qu'elle demandait, c'était de ne pas rentrer en kayak.

— On devrait commencer par déjeuner, déclara-t-elle. Avant de partir. Et… vérifier les provisions qu'il nous reste.

Redescendre le sac de nourriture prit des allures très solennelles ; c'était comme mettre un drapeau en berne. Elles se succédèrent pour tenter d'élucider le système de poulies qui le retenait en l'air, jusqu'à ce que Nita grimpe dans un arbre et défasse tout cela d'un coup sec.

— Si Nita est capable de faire ça, un ours aussi ! dit Siobhan dans un murmure.

Elle critiquait le dispositif, elle ne comparait pas Nita à un ours, mais Andee lui envoya tout de même un regard noir.

— Sérieux ? prononça-t-elle tout bas alors que Nita se tortillait pour redescendre de l'arbre. Tu trouves pas que c'est un bon moment pour arrêter d'être chienne ?

Personne n'avait jamais traité Siobhan de chienne. Elle vacilla un instant puis se ressaisit, comme lorsqu'elle attrapait un ballon d'entraînement dans le cours d'éducation physique.

Nita fourragea dans le sac.

— Encore de la nourriture d'expédition. Un sachet de gruau instantané, un sachet de chocolat chaud instantané. Six sandwichs beurre de pinottes-confiture emballés individuellement, six paquets de biscuits, six conserves de fruits mélangés…

— On devrait noter ça, proposa Siobhan.

— Pourquoi ?

— Je sais pas.

L'inventaire. C'est quelque chose qu'aurait fait un personnage de roman d'aventures.

Nita poursuivit :

— Il reste deux saucisses à hot-dog d'hier, la moitié du sac de guimauves. Deux grosses bouteilles d'eau.

— Ah, fiou ! Elles étaient pas toutes dans le kayak, lâcha Dina.

— Et ça.

Nita sortit une poche en tissu fermée par des cordons. Elle l'ouvrit, et les filles se rapprochèrent. Dedans, il y avait un sac de mélange du randonneur, un paquet d'oursons en jujube et une tablette de chocolat.

— Les réserves secrètes de Jan, j'imagine.

Nita attrapa un objet dans le sac de tissu et le brandit pour que tout le monde puisse bien le voir. C'était un tortillon de papier blanc enroulé dans un Ziploc.

— C'est quoi, ça ? demanda Siobhan.

— T'es sérieuse ? dit Andee.

Siobhan devinait à leur expression que Dina et Isabel ne savaient pas non plus de quoi il s'agissait, mais elles étaient assez futées pour se la fermer.

— C'est un joint, révéla Andee d'un ton exaspéré. Du pot. De l'herbe. De la marijuana. De la *drogue.*

Elle ajouta des synonymes à la liste aussi longtemps que Siobhan échoua à se débarrasser de son expression hébétée.

— Jan aurait jamais pris de drogue, protesta Siobhan.

Les adolescents aux cheveux gras, comme ceux qui l'avaient bousculée et lui avaient volé son porte-monnaie en forme de grenouille l'été dernier, alors qu'elle attendait ses parents à la sortie du parc d'attractions, eux oui, ils prenaient de la drogue. Ou son oncle qui vivait dans un sous-sol et à qui elle rendait brièvement visite avec sa famille chaque matin de Noël parce qu'il refusait de sortir de son appartement glauque. Pas Jan, la Jan droite et sévère, la Jan qui chantait l'hymne du camp plus fort que tout le monde, avec la force accumulée des centaines de campeuses qu'elle avait côtoyées dans sa vie. *Et je jure d'aimer mes sœurs*… Jan ne chanterait plus jamais, Siobhan en prit conscience. Elle eut un frisson.

Andee leva les yeux au ciel.

— Visiblement, elle en prenait.

— Elle est morte, dit Siobhan.

— Et ?

Isabel murmura :

— Tu devrais pas dire du mal d'une morte.

Andee s'était fait clouer le bec. Encore une fois, Isabel avait le dernier mot. Siobhan remarqua qu'Isabel détournait le regard constamment, inclinait la tête au moindre son, comme si elle attendait un visiteur.

Nita remit le Ziploc avec le joint dans le sac de tissu.

— Bon, ben… gruau ?

Devant le cercle de pierres, Siobhan récita les grandes lignes de la leçon que leur avait faite Jan sur comment allumer un feu, mais lorsqu'elle vit les vestiges de celui de la veille et le bois qui restait – dans la lumière froide du matin, les branches paraissaient plus grosses et plus trempées, comme si elles s'étaient gonflées d'humidité et de rosée pendant la nuit –, elle ne sut quoi en faire. Nita l'écouta parler avec de moins en moins d'assurance, puis dit :

— On va avoir besoin de son briquet et de la feutrine.

— Ils sont où ? demanda Dina.

— Dans son sac, fit Siobhan. Dans la tente.

Puis, après une pause :

— J'y vais.

Siobhan se précipita dans la tente, saisit le sac de Jan et un tas de ses propres affaires sans regarder, puis en ressortit à la vitesse de l'éclair. Elle manqua de foncer dans Isabel, qui l'avait suivie comme une ombre.

— Je voulais juste la voir, dit-elle.

— Pas moi, dit Siobhan en poursuivant sa course.

Nita réussit à produire une faible lueur entre les bûches, et les filles poussèrent un soupir de soulagement exagéré. Siobhan se rappela une scène du dernier livre qu'elle avait lu avant de partir pour le camp, où des enfants trouvaient une fée morte, une femme ailée de la taille d'un poing, et la ramenaient à la vie. Nita et Andee attisèrent délicatement la lueur jusqu'à obtenir un vrai feu. Dina versa de l'eau dans la casserole bosselée de Jan avant de demander comment elles étaient censées la suspendre au-dessus du feu. Siobhan fit passer une longue branche dans l'anse de la casserole, et Nita et elle en tinrent chacune une extrémité. Andee prit la relève quand Siobhan sentit ses bras faiblir.

Elles raclèrent la casserole pour verser le gruau dans les bols de styromousse jetables du camp. Andee fut la première à lécher le fond du sien, son visage enfoncé dedans, imitée par les quatre autres. Aucune n'osa mentionner l'effort monumental que ç'avait été de préparer ce frugal repas, l'épuisement qu'elles en ressentaient toutes, même Isabel et Dina, qui s'étaient contentées de se tenir à l'écart, l'air anxieux.

— On devrait se mettre en route, dit Nita.

Dina était absorbée par le feu. Elle n'avait toujours pas enfilé ses souliers ni son manteau. Elle n'était pas retournée dans la tente, et ses chaussettes devaient être complètement imbibées d'eau.

— J'aime mieux pas éteindre le feu.

Nita farfouillait dans le sac de Jan.

— Je trouve pas sa boussole.

Siobhan hésitait à le dire, mais il le fallait.

— Elle l'avait autour du cou.

— On en a besoin, dit prudemment Nita, sans se porter volontaire.

— J'y vais, dit Isabel.

Étonnées, elles se tournèrent vers elle : Isabel, toute menue, format de poche. Nita demanda :

— Peux-tu aussi prendre sa montre ?

— T'es pas obligée, intervint aussitôt Siobhan.

Passer la boussole par-dessus la tête de Jan était déjà horrible, mais pour prendre la montre, Isabel devrait ouvrir le sac de couchage, défaire le bracelet autour du poignet et se sauver sous le regard pétrifié de Jan. C'était du pillage de tombe.

— Je suis capable, dit Isabel.

— Et mes affaires, ajouta Dina d'une voix défaillante, mal assurée. Mon sac de couchage, mon sac étanche, mon manteau et mes souliers.

Isabel hocha la tête.

En l'attendant, les autres filles fixaient leurs pieds, pétries de honte et d'appréhension. Elles tentaient de décoder les petits sons feutrés qui leur parvenaient de la tente. Puis, Isabel en émergea sans rien avoir oublié. Elle avait même roulé le sac de couchage de Dina pour le remettre dans son étui.

La remercier paraissait insuffisant, alors personne ne dit un mot. Elles se penchèrent plutôt sur le problème du transport : comment démonter les tentes et se les répartir, avec les sacs de couchage, les sacs étanches et la nourriture? Les sacs les plus gros se portaient en bandoulière et n'étaient pas faits pour être transportés sur de longues distances ; en plus, les ganses étaient si longues autour de leurs jeunes corps qu'elles devraient y faire des nœuds.

— Est-ce qu'on a vraiment besoin des tentes et des sacs de couchage? demanda Dina. Est-ce que le trajet va vraiment prendre plus qu'une journée?

— Sûrement pas, dit Siobhan. Mais… au cas où?

— Mais ils sont tellement lourds! Tout ça est tellement lourd.

— On peut pas la laisser ici, dit soudain Isabel.

— Quoi?

— Jan. On peut pas juste la laisser ici.

— Pourquoi pas? répliqua Andee.

— Il faut que quelqu'un reste avec elle, dit Isabel avec un air étrange, absent.

— Elle est morte, dit Andee d'un ton cassant. Elle s'en fout.

— Elle pourrait se faire manger par un ours, chuchota Dina.

— Par des corneilles, tu veux dire, intervint Nita en regardant le ciel.

— C'est pas le temps de faire des blagues, se fâcha Siobhan.

— C'était pas une blague.

— Il faut que quelqu'un reste avec elle, répéta Isabel. On peut pas la laisser toute seule, au cas où… Je vais vous attendre. Allez-y sans moi.

— Non, fit Siobhan, puis plus fort : Non. Non, non, non. On se sépare pas. On laisse personne derrière.

— Et on a besoin de toi pour nous aider à transporter les affaires, ajouta Nita.

Isabel lui lança un regard abattu et tourna les paumes vers le ciel, comme pour leur rappeler sa constitution chétive.

— Je vais attendre au cas où quelqu'un du camp partirait à notre recherche. Peut-être que quelqu'un connaît le site, ou bien ils vont voir les kayaks et comprendre où on est. Et sinon, vous avez juste à envoyer de l'aide pour Jan et moi en arrivant en ville.

— Jan est morte ! répéta Andee, cette fois d'une voix chevrotante qui annonçait les larmes.

Siobhan aussi sentait le besoin urgent de se remettre à pleurer. Elle était furieuse : pourquoi Isabel leur faisait ça ?

— Comme ça, vous avez juste une tente à transporter, poursuivait Isabel comme si de rien n'était. Une tente, c'est assez grand pour vous quatre.

— Et si jamais on revient pas avant la nuit, est-ce que tu vas dormir… dans la tente… avec Jan ? voulut savoir Siobhan.

— Pas le choix.

— Elle a raison, trancha Nita. Si quelqu'un la trouve ici, elle pourra dire par où on est parties. Et si on trouve la ville en premier, on pourra dire où Isabel est.

— Et Jan, ajouta Isabel.

— Jan est *morte* ! répéta Andee, visiblement incapable de dire quoi que ce soit d'autre. Ça va pas, la tête ?

— On va te laisser de la nourriture et une des bouteilles d'eau, promit Nita.

Elle était déjà en train de sortir des sachets du sac, prenait des décisions. Elle laissait à Isabel un sandwich, un paquet de biscuits et toutes les conserves de fruits, trop lourdes.

— On devrait partir, l'heure avance.

— Tu l'as vue comme moi, dit Siobhan.

Isabel regardait ses pieds à travers ses cils.

— Des fois, les gens ont l'air morts, mais ils sont encore vivants, dit Nita. J'ai lu ça dans un des livres de mon père. C'est pour ça qu'il y a juste les docteurs qui peuvent déclarer quelqu'un mort.

— Et si on restait ici encore un peu ? proposa Siobhan. Si on reste encore une journée et qu'elle se réveille pas, viendras-tu avec nous ?

— On va finir par manquer de bouffe si on fait ça, dit Nita. On en a juste assez pour aujourd'hui.

— Ta gueule !

Siobhan pleurait encore, et cette fois non plus elle ne l'avait pas vu venir. Par le passé, elle avait toujours été capable de prévoir l'arrivée des larmes avant qu'elles ne se mettent à couler, à la pression qui gonflait sa poitrine, sa gorge. Aujourd'hui, c'était une autre sorte de pleurs, venus d'une source différente, plus immédiate, d'une partie de son corps dont elle n'avait pas connaissance.

— Ferme ta gueule, Nita !

— Regardez ça, dit Andee. Je vais vous prouver qu'elle est morte.

Elle plongea la main dans le sac de provisions et en tira le couteau à cran d'arrêt de Jan. Elle se retourna et s'enfonça dans la tente.

Les autres se massèrent devant l'ouverture. Andee s'agenouilla à côté du sac de couchage jaune. Dina couvrit son visage de ses mains.

— Qu'est-ce que tu *fais* ? hurla Isabel. Arrête ! Arrête !

Andee déplia la lame du couteau. Elle n'hésita qu'un moment ; elle avait l'air malade, le teint un peu verdâtre, mais n'était pas moins déterminée. Elle plongea le couteau dans le bas du sac de couchage, là où devaient se trouver les pieds de Jan. Isabel poussa un grand cri.

Un silence horrifié s'ensuivit. Même Andee, songea Siobhan, avait dû espérer que Jan hurlerait, soudain réveillée, vivante et mugissante. Aucune d'entre elles n'arrivait à croire que la forme humaine sous leurs yeux pouvait être poignardée sans réagir. Jan demeurait muette et immobile, son expression inchangée, la bouche toujours comme ouverte de force.

Andee posa les fesses sur ses talons. Elle ouvrit la main et laissa le couteau choir par terre. Une petite tache sombre apparut sur le tissu.

— Tiens, prononça-t-elle d'une voix chancelante. Tu vois bien ?

À l'entrée de la tente, Isabel tomba à genoux.

— Je la laisserai pas toute seule, dit-elle. Je veux pas aller dans la forêt sans elle.

Nita, derrière Isabel, fut la troisième à s'agenouiller. Elle posa les mains sur ses épaules. Siobhan l'entendit lui murmurer à l'oreille :

— D'accord, reste ici. On va leur dire où vous êtes, Jan et toi. Tu as peut-être raison. Peut-être que Jan va aller à l'hôpital et qu'elle va s'en sortir.

Isabel hocha la tête sans se retourner. Nita tourna le menton vers son épaule et chuchota, à l'intention de Siobhan et de Dina :

— On y va.

Isabel

1

Isabel et Victor partent de leur banlieue du Nord californien et roulent vers Santa Cruz, direction sud. La planche de surf couleur abricot de Victor est bien attachée au support du toit. Au loin, la cendre d'un feu de forêt tombe du ciel lentement comme une neige noire.

Isabel tend le bras pour caresser la tête de Victor. Sa main glisse doucement vers la nuque et l'agrippe, ses doigts s'attardent sur les épaules puis sur les avant-bras, finissent leur course sur le haut de la cuisse avec une pression tendre. Puis elle retire sa main. Repue, comme si du bout des doigts elle avait puisé en Victor une substance qui circulait maintenant dans son propre sang : une douce et chaleureuse ivresse. Ses paupières sont lourdes.

Au-delà du tableau de bord, à l'horizon, la lueur rouge du lever du soleil, ou le feu même. Dans le brouillard du petit matin, les falaises de chaque côté, aux crêtes luxuriantes en plein jour, semblent plates et beiges, comme des dunes.

Victor se demande tout haut s'il devrait prendre telle autoroute ou telle autre. Il parle des conditions météo, des marées, des vents et des techniques de surf dans un jargon qu'Isabel accueille mais n'absorbe pas. Sa voix bourdonne agréablement dans son esprit ensommeillé.

Ils quittent l'autoroute et traversent une petite ville côtière. Boutiques de surf, location de vélos, glaces, artisanat. Rien n'est encore ouvert. Leur voiture descend une pente abrupte vers la plage à travers un pan de brouillard humide. Le spectacle du lever du soleil se termine. L'astre devient un jaune d'œuf parfait, crépitant, suspendu bas sur le canyon entre les collines à l'est.

Ils garent la voiture en face de la promenade. Un carrousel et des arcades aux murs de grès rose, fermés eux aussi. Stands à hot-dogs, à fruits de mer frits, à crème glacée, à beignets américains, fermés. Relents d'huile de cuisson rance et de poisson pourri.

Victor se change. Isabel sculpte un dossier dans un monticule de sable et étend une couverture devant. Elle a apporté une pile de livres et de magazines, ainsi qu'une tasse thermos de thé au lait bien chaud. Le temps est frisquet sur la plage désolée ; les devantures des boutiques et la promenade, délavées par des années de sel, de soleil et de vent. Isabel s'enroule dans une autre couverture, bien qu'elle soit déjà vêtue de plusieurs couches de fibres synthétiques et de laine. Elle détourne le regard tandis que Victor patauge vers le large et se met à surfer. Les vagues s'écrasent par-dessus des tranchées invisibles comme des rouleaux de beurre froid. Elles lui paraissent énormes et d'une grande violence :

un monstre de la taille d'une maison qui charge le rivage. Mieux vaut ne pas regarder.

Ce sont de bonnes vagues. Fortes. Pourtant, la plage est déserte : aucun autre surfeur, aucun cerf-volant ni kayak, aucun promeneur ni junkie. Une heure passe. Isabel regarde son téléphone périodiquement même si le résultat est toujours le même : pas de réseau.

Le vent balaie plusieurs pages de son livre. Elle aperçoit du coin de l'œil une phrase qui révèle une surprise dans l'intrigue qu'elle est en train de lire. Elle noue les cordons de son chapeau dans ses cheveux. Le vent le soulève tout de même, et il s'agite derrière elle, toujours attaché à ses cheveux, fouettant son crâne. À la deuxième bourrasque, il se détache et tournoie gaiement sur le sable, bondissant comme un galet qu'on lance à la surface d'une mare. Elle court pour le rattraper. Ses cheveux volettent autour de son visage et dans sa bouche.

Elle saisit son chapeau là où il arrête sa course, au creux d'une dépression dans le sable, ses rebords remuant toujours. Elle le saisit à deux mains. Elle regarde au loin. L'océan s'étend à perte de vue. Où est Victor ?

La surface de l'eau brille comme de l'argent, elle a du mal à faire la mise au point. Elle cherche des yeux la planche orangée. Elle cherche des yeux la combinaison noire. L'éclat de ses cheveux mouillés. Son visage bronzé. Sa main. Une forme. N'importe quoi. Elle se retourne vers sa couverture, pensant qu'il est peut-être déjà sorti de l'eau pour l'y rejoindre. Le vent a renversé sa tasse et laissé dans le sable une tache mouillée.

Elle l'appelle : *Victor ?*

Et reste immobile, à l'écoute. L'océan rugit son bruit blanc de téléviseur à plein volume. Le froissement de feuilles quelque part. Plus fort, plus long, son cri : *Victor !*

Une solitude aiguë l'afflige. L'océan tire des vagues de ses profondeurs, par réflexe. Il hurle et se fracasse au même rythme qu'auparavant. Il se moque bien du sort d'Isabel et de Victor.

Son cœur bat la chamade, mais elle ne bouge pas. Est-il simplement trop loin pour qu'elle le voie ? Elle s'imagine courir frénétiquement le long du rivage. Elle s'imagine s'avancer, plonger, se propulser d'un coup de pied contre le fond sablonneux, chercher en vain. Elle voit mieux d'ici, à distance. Elle a grandi au bord de l'océan. Elle sait qu'il faut se méfier de sa force d'attraction. Elle met ses mains en porte-voix et crie son nom aussi fort qu'elle le peut.

Elle crie son nom trois fois de suite, en syllabes détachées : *Vic-tor !*

On dirait un cri triomphal.

Elle n'y tient plus. Elle court. Elle retourne à son poste sur le sable, vérifie son téléphone et, bien sûr, pas de réseau. Qui appellerait-elle, si elle pouvait le faire ?

Elle court. Elle court. Il doit être plus loin sur la plage, quelque part, il a dû trouver que les vagues étaient trop dangereuses et partir à la recherche d'eaux plus calmes. Il est *quelque part*. L'océan est vaste, mais pas infini.

Elle attend. Elle est couverte de sable, ne sait pas pourquoi. Comment est-ce arrivé ? Le sable colle à ses mollets humides. Du sable dans sa bouche, dans ses yeux. Du sable qui alourdit ses pas.

Elle attend.

Elle prend son téléphone dans sa poche et se remet à courir, cette fois pour s'éloigner de l'eau. Une barre apparaît, clignote puis disparaît. Une fois sur la promenade, elle repère une silhouette dans un café. Elle frappe à la porte vitrée. L'employé, un jeune homme somnolent dans un tablier blanc, lui montre du doigt l'affichette : FERMÉ. Elle frappe encore de ses deux poings. « J'ai besoin d'aide, crie-t-elle. C'est une urgence ! »

L'est-ce ? Est-ce déjà une urgence ?

À contrecœur, il déverrouille la porte et l'entrouvre, juste assez pour entendre ce qu'elle a à dire. Sa gérante, une femme entre deux âges portant une robe à motifs bruns et des lunettes au bout d'une chaînette, occupée à compter l'argent pour le fond de caisse de la journée, s'exclame : « Bon Dieu, mais laisse-la entrer ! »

Isabel utilise le téléphone du café pour composer le 911. Elle se tient près de la porte, le combiné à l'oreille, sans cesser de scruter le large. Le jeune homme au tablier rôde autour d'elle, vaguement désolé. Il veut se rendre utile.

Au plus profond de son âme, Isabel demeure persuadée qu'il n'est rien arrivé à Victor. Il est en sécurité, hors de son champ de vision. Même lorsque la police arrive, puis la garde côtière, et qu'une petite embarcation de sauvetage fait des allers-retours à partir du point où elle l'a vu entrer dans l'eau. Elle a la même conversation en boucle avec la dame à la robe brune. Isabel dit : C'est un bon nageur, c'est un surfeur d'expérience, il connaît ses limites, il connaît l'océan, il connaît cette plage. La femme dit : Je suis sûre qu'il va bien. Isabel dit : Il va bien. Elles se renvoient la balle : Il va bien, il va bien, il va bien.

Les heures s'étirent et se changent en années de vies potentielles. Isabel s'imagine se fâcher en apprenant que ce n'était rien du tout. Victor est sorti de l'eau plus loin sur la plage, a jugé que les conditions n'étaient plus favorables, est en train de revenir à pied. Il a pataugé vers des eaux plus calmes pour s'allonger sur le dos un moment, ne s'est pas rendu compte qu'il était hors de vue.

La femme à la robe brune demande à Isabel si elle aimerait manger quelque chose. Isabel commence à se rendre à la possibilité d'une blessure mineure, une cheville foulée – il s'accroche à sa planche, trop loin pour rentrer seul, attendant les secours.

La femme à la robe brune insiste : Isabel devrait manger quelque chose. La lumière se modifie. La mer commence à se calmer. La plage s'est remplie de monde : badauds, curieux, des gens décidés à profiter de la vie. Les arcades s'illuminent. Le carrousel fait entendre sa ritournelle moqueuse. Une blessure grave, alors : Isabel imagine Victor paraplégique pour le reste de sa vie. Elle le soignerait durant les premiers temps, la rééducation, la physiothérapie. Ils pleureraient ensemble. À son retour au travail, ses collègues l'applaudiraient. Il s'inscrirait dans une ligue de basket-ball en fauteuil roulant.

À huit kilomètres de là, sur la plage, à l'extérieur du tunnel venteux créé par le relief des collines en arrière-plan, June, neuf ans, fait un château de sable au bord de l'eau. Ses parents sont beaucoup plus loin. Sa petite sœur, Emma, qui a chaud et qui s'ennuie, est assise entre les deux sous un parasol et suçote un popsicle.

June songe que ses parents ne peuvent pas la voir. Ou à peine. L'esquisse d'une fillette dans un maillot mauve. Un frisson de désobéissance la parcourt. Depuis quelque temps, être seule lui semble excitant, et pas effrayant. Ou plutôt, c'est excitant *et* effrayant. Même si elle ne fait rien de mal, l'idée qu'elle le pourrait lui suffit. La conscience soudaine que sa mère ne sait pas tout.

June a l'impression d'avoir inventé le mensonge par omission. Emma ment, bien sûr. Ses mensonges prennent la forme de *Même pas vrai*, de tapage des pieds et de hauts cris : *C'est pas moi! J'ai rien fait!* Évidemment, ça signifie toujours qu'elle a fait quelque chose. June est plus subtile. Elle ne dit rien du tout.

June a besoin de plus d'eau pour son château. Elle apporte son seau de plastique jusqu'aux mares d'eau claire entre les rochers. Elle s'arrête à quelques mètres. Elle voit un homme qui nage. Il ne nage pas, il flotte. Le visage tourné vers le bas. Est-il coincé sur un des rochers?

Il a besoin d'aide, décrète June. Il a besoin d'aide tout de suite. Elle jette un regard derrière elle. Ses parents semblent très loin, à l'autre bout d'une étendue gigantesque de sable brûlant. L'esquisse de ses parents.

June est fière de sa force. Elle est capable de rester suspendue par les jambes plus longtemps que tout le monde dans l'appareil à grimper du parc. Elle gagne parfois ses batailles de pouces contre les garçons. Elle peut sauter du plus haut tremplin et nager cinq longueurs dans une piscine olympique. Et pourtant, sans raison valable, sa mère lui interdit de se baigner toute seule.

Ce serait trop long d'aller chercher ses parents.

June plonge. La marée lui est favorable pour le moment, l'attire dans la direction voulue. Vers l'homme. Ses gestes sont fluides, puissants. En s'approchant, elle voit ses oreilles sortir de l'eau puis s'immerger de nouveau avec le mouvement des vagues. Elle avance et lance :

— Allô ! Est-ce que ça va ?

Elle continue de nager sur place. Il faut qu'elle prenne une décision : retourner l'homme ou pas ? Elle a appris à le faire durant ses cours de natation, mais évidemment elle ne s'est exercée que sur des mannequins ou des enfants. De là où elle se trouve, l'homme s'avère beaucoup plus grand qu'elle ne l'avait cru de la plage. Elle doute un instant qu'elle aura la force nécessaire, mais il n'y a pas de temps à perdre. Il faut se dépêcher.

De ses deux mains, elle agrippe le bras enserré dans la combinaison. Elle donne des coups de pied tout en ondulant pour tenter de le tirer sous l'eau puis de le faire tourner sur lui-même. Elle a perdu le fil du courant. Une vague la happe dans le dos et l'aspire. Elle lâche le bras de l'homme mais s'emmêle dans la masse confuse de ses membres, il semble être partout, avoir cent tentacules.

June se rend compte qu'elle devra plonger encore plus creux pour se défaire de lui. Elle bat des jambes, les yeux ouverts sous l'eau, les bulles d'air moussant autour d'elle à cause de sa respiration paniquée. Elle fait une pirouette pour se réorienter : où est la surface ? D'où vient la lumière ?

Elle aperçoit son visage.

Les traits sont troubles, comme dans un rêve. Quelque chose en a grignoté les angles. Ses yeux sont ouverts, voilés.

June laisse son intuition et la poussée de l'eau la ramener à la surface. Elle se propulse vigoureusement, émerge d'un coup. Elle prend une première inspiration et boit la tasse. Elle se rappelle ses leçons : rester calme.

Elle zigzague jusqu'au rivage, le parasol lui servant de repère. Elle sait qu'elle ne peut pas nager en ligne droite jusqu'à ses parents comme elle voudrait le faire. Elle sait qu'elle ne peut pas se mettre à pleurer maintenant.

Elle sort de l'eau vis-à-vis de ses parents. Sa mère la voit marcher vers eux sur la plage. Sa longue queue-de-cheval en forme de larme pend le long de son dos. De loin, elle semble rougie par l'effort, luisante comme un phoque, vibrante de vie. Une créature marine. Elle semble métamorphosée.

2

Le premier s'appelait Elliott Mars.

Le professeur d'art dramatique à l'école secondaire d'Isabel, monsieur Greeley, était un obsessionnel. Ses prédécesseurs arrivaient à monter une pièce une année sur cinq si on les y forçait, mais préféraient montrer du théâtre filmé en format VHS sur le téléviseur du chariot roulant et solliciter de leurs élèves des résumés forcément plats, dénués d'opinions personnelles : il se passe ça, puis il se passe ça, et puis il se passe ça. Monsieur Greeley, lui, pilotait le programme d'art dramatique avec une classe multiniveaux durant l'année scolaire et un club durant l'été, et il mettait en scène au moins deux spectacles pour inaugurer et clore l'année scolaire.

L'automne de leur deuxième secondaire, Marcy, la meilleure amie d'Isabel à l'époque, jouait madame Webb dans la production de *Our Town*. Marcy lui décrivait les dialogues pittoresques et le caractère inoffensif de la pièce, et Isabel bâillait juste d'y penser. Elle attendit la dernière représentation pour y assister, parce que Marcy lui avait promis de l'inviter à la fête de la troupe après. Au lever du rideau, Isabel, les jambes repliées sur la chaise pliante de bois, fabriquait une grue en origami avec son programme. Elle était venue seule et s'était installée dans la deuxième rangée, dans la section occupée par les parents et les vieilles dames qui ne manquaient jamais une production étudiante.

Au moment où la lumière baissait et les rideaux s'écartaient, Isabel se sentit désorientée pendant un instant. Elle avait déjà assisté à des récitals et aux spectacles de variétés de Noël au primaire, quand c'était obligatoire, mais à quinze ans, elle n'avait encore jamais été spectatrice d'une vraie production. L'obscurité avala l'auditorium, l'école, la nuit au-delà. Rien n'existait plus que la scène, le monde spectaculairement réduit à sa plus simple expression.

Elliott Mars, élève de secondaire trois, tenait le rôle du Régisseur. Il entra en scène et se lança dans le monologue d'ouverture de *Our Town*, décrivant la position de chaque édifice de Grover's Corners. Il avait le teint pâle et était ridiculement grand, six pieds quatre, mais sans aucun autre indice de masculinité.

Regarder Elliott était ensorcelant. Il observait la ville invisible d'un air nostalgique et tendre, la décrivait d'une voix désinvolte. Il naviguait avec aisance parmi des objets qui n'étaient pas là. Grâce à cela, on s'y croyait. Il relevait le passage du temps avec un émerveillement si délicat qu'Isabel le sentait filer entre ses doigts. Elle se sentait vieillir, elle sentait les regrets qu'elle n'avait pas encore.

À la fin, pendant qu'une parade d'adolescents en sueur, au maquillage de scène dégoulinant, se prenaient la main et saluaient, les parents se levèrent d'un bond pour une ovation tonitruante. Isabel resta assise. Sonnée. Elle ne s'était pas rendu compte qu'elle avait pleuré avant que les lumières de la salle ne se rallument. Les autres acteurs avaient été bons, sans plus. Bientôt, elle se ressaisirait et sortirait dans le foyer pour féliciter Marcy, lui dire qu'elle avait été sensationnelle. Elle se ferait un devoir de marmotter quelque chose de semblable à la finissante qui jouait Emily, et dont les révélations sur la vie et la mort – bien que surjouées – avaient été la cause principale de ses sanglots.

Il n'y avait rien à dire à Elliott. Isabel était déjà impressionnée que ses pairs aient réussi à faire le strict minimum – affronter la foule, mémoriser leur texte, avoir une élocution claire, faire semblant d'écosser des pois et de tenir un parapluie, toutes choses qu'Isabel ne pourrait jamais faire. Mais leur compétence ne faisait que souligner le brio d'Elliott. Sa grâce nonchalante, qui s'exprimait de ses sourcils jusqu'au bout de ses doigts. À lui seul il avait matérialisé Grover's Corners. C'était un vrai acteur.

Inquiète qu'on lui demande ce qu'elle faisait là, Isabel ne lâcha pas Marcy d'une semelle durant la fête, qui avait lieu chez le professeur d'art dramatique. Marcy, occupée à revivre les moments forts de la performance avec ses partenaires de scène, à évoquer tel quasi-désastre hilarant qui avait eu lieu en coulisses, l'ignorait. Isabel partit à la recherche d'Elliott. Elle le trouva discutant avec le prof et sa femme. Sortis de leurs costumes, tous s'étaient retrouvés en t-shirts et chemises à carreaux. Elliott, pour sa part, portait une chemise bourgogne et un jean foncé. Les deux adultes et lui semblaient tirés d'un tout autre décor – un *after party* de Broadway, avec des cocktails à la place des canettes de boisson gazeuse générique. Tout le monde avait l'air médiocre et provincial à côté de lui.

Isabel remarqua une grappe d'élèves moins intimidants dans un coin. Ses semblables : des nerds difformes dans des cols roulés noirs mal ajustés. Les machinistes, les scénographes, l'équipe technique ; tous ceux qui avaient besoin des crédits en art ou de l'expérience extracurriculaire mais étaient incapables ou refusaient de jouer. Ça, c'était à sa portée.

Isabel assista à la pièce suivante depuis le point de vue obtus et déformant des coulisses. Son amour pour Elliott était une telle distraction qu'elle ne put apprécier ce spectacle – *Harvey* – autant que le précédent.

Les élèves avaient plus de mal avec les textes comiques, ou alors le professeur avait eu plus de mal à les diriger. Le public, ne sachant interpréter les longues pauses et les gestes exagérés, se voyait forcé de jouer une interminable partie de *Est-ce que c'était une blague ?*

Elliott, évidemment, tenait le rôle d'Elwood. Le professeur d'art dramatique sélectionnait probablement des pièces qui mettaient en valeur les talents de son élève, son habileté à rendre visible l'invisible. La façon dont il regardait un lapin imaginaire de taille humaine les yeux dans les yeux, communiait avec lui, posait un chapeau sur sa tête, tout cela rendait la présence de la créature dans la salle aussi certaine et naturelle que celle d'Elliott. Grâce à Elliott, Harvey devenait plus convaincant que les acteurs en chair et en os de la distribution.

Toute l'année, Isabel avait rêvassé et fomenté des plans. Fantasmé sur Elliott chaque soir avant de s'endormir. Ses yeux, d'un bleu ordinaire lorsqu'elle le croisait à l'école, s'assombrissaient sur la scène, devenaient orageux, presque indigo. Sa bouche féminine et délicate sur une mâchoire bien dessinée. Les vagues de ses cheveux bruns, coiffés haut sur son front. Après un moment, toutefois, les détails s'atténuaient, et les mots pour le décrire manquaient. Il était parfait, tout simplement. Absolument tout à son sujet : parfait.

Elle ne lui avait jamais adressé la parole, mais la fête de la troupe serait sa chance. Elle lui dirait qu'il avait été génial, et il saurait, à la manière dont elle l'aurait formulé, qu'elle appréciait *vraiment* son talent, qu'elle le *voyait* vraiment, le mettait dans une classe à part, supérieure, au-dessus des autres acteurs, qui ne méritaient que des compliments gluants et félicitations d'usage. Et là ! Là débuterait l'été romantique de ses rêves.

La femme du professeur d'art dramatique venait d'une famille aisée, et le couple n'avait pas d'enfant. Leur maison, chic et imposante, était composée de plusieurs petites pièces décorées d'objets fragiles, et se dressait sur un vaste terrain. Les adolescents s'agglutinaient dans le salon des Greeley avec leur caisse de boisson gazeuse et leurs sacs de chips génériques format familial. Isabel attendit qu'Elliott se retrouve seul. Elle se dégagea de son groupe – jeunes gens renfrognés et boudeurs dont les épaules voûtées trahissaient leur infériorité – et marcha vers lui.

— Salut, dit-elle.

— Salut.

Elle dut étirer le cou pour lui parler. Il la regarda de haut sans bouger la tête, lui laissant l'entière responsabilité de compenser leur extraordinaire différence de taille.

— Tu étais vraiment bon ce soir.

— Merci, répondit-il en parcourant la pièce des yeux comme à la recherche de quelqu'un.

Elle s'avança, ce qui signifiait plier le cou encore plus ou parler directement à son sternum.

— Non, je veux dire, *vraiment* bon.

Il la regarda à nouveau avec un soupçon d'ennui.

— Merci, répéta-t-il.

Isabel quitta la fête et rentra à pied. Elle avait oublié que la mère de Marcy devait la ramener à la maison. Elle s'éclipsa subtilement, comme un spectre, comme une machiniste : forme noire sur pelouse noire dans la nuit noire.

À la fin de la soirée, Marcy partit à la recherche d'Isabel. Elle demanda aux gens s'ils l'avaient vue. Des élèves qui ne connaissaient pas Isabel firent semblant de la chercher, se servant de ce prétexte pour ouvrir toutes les portes de la maison de leur professeur, fouiller les garde-robes et les tiroirs, comme si elle pouvait s'y cacher.

La femme du professeur d'art dramatique eut la présence d'esprit d'appeler chez Isabel pour s'assurer qu'elle était bien rentrée et qu'elle et son mari n'étaient pas directement responsables de la disparition d'une mineure. Mais la nouvelle de son retour saine et sauve ne se diffusa pas. Lundi matin, des gens qui n'étaient même pas à la fête demandaient à la ronde si la fille disparue avait été retrouvée.

Gabe Ianesco, camarade de classe et de coulisses d'Isabel, avait surmonté des problèmes d'élocution dans son enfance. Il en avait gardé une hésitation particulière lorsqu'il parlait. Avant de prendre la parole, il faisait une longue pause, regardait intensément son interlocuteur pour s'assurer d'avoir capté son attention, positionnait ses lèvres en préparation des mots, entrouvrait la bouche puis la refermait, et alors seulement il se lançait. Il avait la peau douce, le teint mat et des traits symétriques qui auraient été attirants chez quelqu'un d'autre. Sa petite tête ronde plantée sur un cou fin dodelinait bizarrement. Il conduisait une sous-compacte rouge rongée par le sel de déglaçage qu'il appelait son « piège à filles » sans ironie. Tout ce qui sortait de sa bouche ou presque était un mensonge. Tout le monde le savait. C'était un pervers et un loser. La lie de l'humanité.

Pour Gabe, qui avait entendu l'histoire de la fille disparue, ç'avait été un réflexe de raconter fièrement qu'il l'avait attirée sur la banquette arrière de son auto. Il le raconta aux fumeurs de pot à la lisière du boisé près du parking, lesquels le laissaient parfois déblatérer ses histoires pour se divertir pendant qu'ils fumaient, comme s'il était leur bouffon. Il le raconta à ses partenaires de labo dans les cours de biologie et de chimie, et à ses partenaires d'entraînement dans les cours d'éducation physique, à tous ceux qui étaient coincés à côté de lui pendant toute une heure. Il le raconta aux élèves qui avaient le malheur d'avoir un casier dans la même rangée que lui. Il ajoutait des détails salaces à chaque itération.

Évidemment, personne ne le crut. Enfin, pas entièrement. Mais son histoire se mit à se fragmenter et à se répandre, chaque bribe plus crédible que l'ensemble. Peut-être bien que *quelqu'un* avait couché avec *quelqu'un d'autre* au party de la troupe de théâtre. Chez le prof ? Dans une chambre isolée. Une branlette dans un placard. La maison était située près d'un champ, et on avait vu une voiture garée dans ce champ, au loin. Est-ce que Gabe avait lui aussi disparu durant la fête? Personne ne s'en souvenait. Personne ne se souciait trop de lui. Peut-être que Gabe, non, mais Isabel, oui?

L'aura d'Isabel changea – un parfum de scandale, le mot *pute* murmuré par des gens qui ne l'avaient jamais remarquée jusque-là.

De son côté, Isabel avait eu beaucoup de temps pour réfléchir en marchant jusque chez elle après la fête, puis étendue dans son lit sans pouvoir dormir, entre les draps roses fleuris qu'elle avait depuis toujours, lui semblait-il, si râpés qu'ils étaient doux comme un souffle et presque translucides. Elle avait passé toute une année à observer le travail d'Elliott. Avant et après les répétitions, alors que tous les autres, assis sur le bord de la scène, bavardaient en balançant les pieds ou copiaient frénétiquement les devoirs de leurs amis pour les autres cours, Elliott mémorisait ses répliques en faisant les cent pas. Elle en avait entendu assez pour savoir que cette attitude ne le rendait pas sympathique ; on le voyait comme un géant bizarre et prétentieux, qui portait des vêtements d'adulte et qui parlait sans arrêt de *method acting* et de *Broadway*. Sa mère l'emmenait à des auditions parfois à des heures de route, où on lui disait qu'il avait passé l'âge de jouer les enfants mignons, mais n'était pas encore assez bâti pour les rôles d'adolescent. La métamorphose de la puberté en était à un stade trop désagréable à observer. Alors il avait commencé à prendre du lait fouetté à la protéine de lactosérum et à suivre des cours de danse le soir.

Isabel s'était mise à lire des biographies de génies et des romans sur les vampires sans se rendre compte de ce qu'ils avaient en commun. Son attirance pour Elliott se teintait maintenant d'envie. Elle enviait sa fougue, son talent, son obstination, de la même manière qu'elle enviait les grands hommes de l'Histoire et la soif de sang des créatures nocturnes. Rien ne la passionnait autant que le théâtre passionnait Elliott. Elle travaillait fort pour obtenir des B-, mais pas si fort que ça. Elle flânait au centre commercial avec Marcy, allait à l'école, écoutait de la musique, lisait, regardait la télé, se masturbait. Elle avait quinze ans.

Il y avait la douleur superficielle d'être rejetée par Elliott, pénétrante et complaisante, tout droit sortie d'une chanson triste. Isabel n'était pas assez jolie. Ni assez cool. Elle pouvait bien pleurer pour ça. Et puis il y avait la douleur plus profonde, semblable à de la peur. Causée par la façon dont son regard l'avait traversée sans la voir. Pour la première fois, elle avait compris à quel point elle était ordinaire. Elle avait vu, dans un éclair d'intuition, la vie ordinaire qui l'attendait, l'âge adulte, ordinaire et banal. Sans beauté, ni but, ni gloire. Sa vie de spectatrice.

Ça n'avait fait que renforcer son désir.

Les répétitions pour le spectacle d'automne commencèrent. Marcy, qui ne voulait pas sacrifier son été, laissa carrément tomber le théâtre, et l'équipe technique n'était pas requise avant un mois. Isabel avait pris un emploi à temps partiel dans une cantine sur la plage, où elle pêchait des saucisses à hot-dog dans l'eau poisseuse d'une marmite à vapeur et servait des cornets de crème glacée molle. Elle passait le reste de ses journées à la plage, étendue sur la conduite d'eau à marée basse, tenant un livre ou un magazine au-dessus de son visage, jusqu'à ce que ses bras fatiguent ou qu'elle s'endorme. Parfois, Marcy la retrouvait, et elles allaient s'installer sur le monticule gazonneux qui surplombait la plage – le sable lui-même était impraticable : plein de cailloux, de tessons de verre et de déchets – pour se faire bronzer dans leurs bikinis. Isabel, qui avait été de taille moyenne jusqu'à l'âge de huit ans, ni plus grande ni plus petite que ses camarades, avait stagné dans sa croissance et se faisait dépasser par tout le monde depuis longtemps. Son corps était resté à peu près le même, sa poitrine pas plus bombée que celle d'un homme. Elle pouvait encore porter des vêtements d'enfant. Marcy avait des seins, des poils égarés qui pointaient de la culotte de son bikini, et ses cuisses et ses fesses s'alourdissaient curieusement. Elles se plaignaient sans conviction de leurs corps respectifs, étourdies par le soleil et les vagues scintillantes.

Lorsque la troupe la rappela, Isabel songea à suivre l'exemple de Marcy et à ne plus y retourner. Ç'avait été reposant de ne pas penser à Elliott continuellement. Mais se soustraire aux regards obliques pourrait bien être vu comme un aveu de culpabilité, la confirmation qu'il s'était bien passé *quelque chose* durant la fameuse soirée.

Alors, sur le plancher de l'auditorium avec le reste de la troupe, elle s'attela à la tâche de couper du carton à l'exacto, de peindre des bouts de bois et des meubles dont on leur avait fait don. L'école lui semblait différente, avec ses classes pour la plupart fermées et ses couloirs silencieux. Les cours d'été étaient plus discrets. Les adultes qui louaient le gymnase pour on ne savait quoi ne faisaient pas beaucoup de bruit ; en jetant un coup d'œil par la vitre, Isabel les trouvait assis bien droits en cercle ou sur des rangées de chaises pliantes.

À la fin juillet, moment où l'équipe technique passa à la régie et à la passerelle pour répéter les déclenchements d'action, il régnait une chaleur oppressante dans l'auditorium. Les membres de la troupe travaillaient sans éclairage chaque fois que c'était possible, à la fois apathiques et à fleur de peau, se chamaillaient pour le bon pinceau, accrochaient le mauvais interrupteur d'un coup de coude, s'endormaient un peu partout. Certaines personnes commencèrent à s'en aller plus tôt, à arriver en retard avec un granité à la main, à carrément ne pas se présenter.

Elliott était toujours le dernier à partir, insistait chaque fois pour faire une dernière répétition générale. Ses partenaires de scène étaient souvent absents, alors il les remplaçait par un ventilateur sur pied. Les hélices charcutaient et tordaient le son de sa voix quand il s'en approchait. Les nouveaux membres de la troupe croyaient qu'il voulait être drôle ; les autres n'étaient pas dupes.

Monsieur Greeley rageait devant leur paresse, leur immaturité. Mais même lui finit par se lasser de voir Elliott répéter à l'infini. Il était irrité de le trouver planté devant la porte verrouillée de l'école le matin, un énorme café à la main – tant de caféine, ça ne pouvait pas être sain pour un garçon de dix-sept ans. Bravant plusieurs interdictions dans le règlement de la commission scolaire, il donna à Elliott une clé de l'entrée extérieure de l'auditorium, qui donnait sur un cagibi où ils rangeaient leurs accessoires.

Isabel s'efforçait régulièrement d'être l'avant-dernière à partir, de retrouver, en regardant Elliott et son ventilateur sur scène, l'émotion qui lui avait gonflé le cœur lorsqu'elle avait vu *Our Town*. L'un de ces après-midi, alors qu'ils étaient tous les deux seuls dans l'auditorium, l'impensable se produisit : Elliott prononça son nom dans le noir.

— Isabel ? C'est toi ?

En temps normal, elle aurait aboyé : « Allô ! Oui ! » Mais un instant auparavant, elle avait été complètement absorbée par son monologue. Au lieu de cela, elle fit un pas hors de l'ombre sans un mot, s'offrit à la vue en se plaçant dans le filet de lumière qu'une fente entre les portes de l'auditorium laissait filtrer du couloir.

Elliott connaissait son nom.

Il s'accroupit au bord de la scène.

— Je savais que j'étais pas seul.

Elle ne se faisait pas confiance. Si elle parlait, elle trouverait le moyen de tout gâcher.

— Tu voudrais pas venir ici pour répéter avec moi ? Ce serait tellement plus facile pour moi si j'avais un visage à regarder.

Il tendit une main. Le cœur d'Isabel allait exploser. Elle prit sa main, et il la hissa sur scène. Elle déglutit, regarda à la ronde, démunie.

— Qu'est-ce que tu veux que je fasse ?

— Bouge pas.

Il reprit son monologue. Isabel ne savait pas quoi faire de ses mains, de sa langue dans sa bouche. Fallait-il croiser les bras ? Les laisser pendre le long de son corps ? Fallait-il le regarder dans les yeux ? Non, impossible. Elle plia et déplia les genoux, les bloquant, les débloquant. Se tenir debout avait-il toujours été si compliqué ?

Elliott s'interrompit en plein milieu d'une phrase. Plutôt d'une réplique.

— Hé, je peux te demander quelque chose ?

Elle faillit répondre : « Tout ce que tu veux ! »

— Oui, quoi ?

Il se tut un instant.

— Euh. L'affaire avec Gabe… au party… c'est pas arrivé pour de vrai, hein ?

Isabel avait dû avoir cette conversation des millions de fois. La plupart du temps, elle s'exclamait, parfois en criant : « Ben non ! Voyons ! » Cette fois, elle eut un autre de ces sentiments brefs, tristes, adultes, une intuition qu'elle n'aurait pas su mettre en mots. Elle répondit :

— Pas tout à fait.

Toute la semaine suivante, Elliott parla et Isabel écouta, jouant le prêtre ou la thérapeute. Ils restaient dans l'auditorium plusieurs heures après le départ des autres. Ils répétaient des répliques, ou plutôt il répétait et Isabel l'observait d'un air tantôt neutre, tantôt nerveux ou subjugué. Ils s'asseyaient dans la salle obscure et discutaient de l'avenir dont il rêvait, des écoles de théâtre de New York, ou alors de Los Angeles, de Toronto au pire. Les salles combles, les projets expérimentaux. Tout à sa rêverie, dans l'infini de l'été, la proximité de leurs souffles, l'auditorium aux spots éteints, il l'embrassa. Ils s'embrassèrent.

Et il gâcha tout l'instant d'après.

— Écoute, est-ce qu'on peut tenir ça secret ?

Le ventre d'Isabel se noua. L'abîme de haine de soi, découvert le soir du party, était toujours béant, aisément accessible. Sa profondeur continuait de la surprendre.

— Je veux dire, tu sais mieux que n'importe qui comment les gens potinent dans cette école. Je veux pas empirer les choses pour toi.

— Je m'en fous, dit-elle.

— Et je veux pas que ça devienne une distraction. Déjà que la pièce se tient à peine.

« *La pièce ?* » pensa-t-elle. Mais on s'en fichait, de la pièce !

— Et… ajouta-t-il en détournant le regard, je suis pas censé sortir avec les filles. Parce que, ben, j'ai pas des super bonnes notes, à cause de tout le temps que je passe dans mes cours de jeu, de danse, les auditions et tout. Alors j'ai promis à ma mère que je ferais rien d'autre qui nuise à mes études.

Dans quelles circonstances pensait-il qu'elle aurait pu parler à sa mère ? Ça n'avait pas de sens. Non, il avait honte d'elle, ça crevait les yeux. Comment lui en vouloir ? Elle était parfaitement consciente qu'elle ne valait rien. Elle se demanda comment elle-même avait pu l'ignorer toutes ces années.

Elliott débarquait dans la vie d'Isabel à une phase de son développement sensuel où elle était constamment à fleur de peau, couvait un feu perpétuel. Une simple caresse à l'épaule la faisait frémir. Un bisou dans le cou et c'était la mort. Ses baisers distraits, les petits mouvements de la main qu'il faisait, amateur, à travers son jean la faisaient jouir. Jamais dans sa vie elle ne pourrait se contenter d'aussi peu, jamais elle ne serait aussi réceptive ou volontaire.

Ils s'embrassaient et se tripotaient dans les sièges du théâtre. Chaque instant paraissait précieux, déterminant. Elle avait l'impression que chaque fois était la dernière. Après une semaine, quand, par cette intuition nouvelle et funeste, elle vit qu'il commençait à se lasser, elle l'entraîna sans un mot dans le cagibi et s'agenouilla devant lui. Après un mois, il lui demanda si elle avait un condom. Cette fois-là, elle n'en avait pas, mais elle en eut un la fois suivante et – sans en parler avec Marcy, ce qu'elles s'étaient toujours promis de faire – le laissa soulever son corps menu contre le mur, l'écraser, l'emplir d'un plaisir profond et lancinant qui lui fit monter les larmes aux yeux.

La dernière fois, il faisait simplement trop chaud. Le mois d'août tirait à sa fin. Isabel était étourdie, désorientée, prisonnière de son corps, du cagibi qui la rendait claustrophobe. La peau poisseuse, ils se décollèrent l'un de l'autre et se rhabillèrent en silence.

Lui faisant dos, elle lui dit :

— Hé, je pensais à ça… Quand l'école va recommencer, on pourra plus vraiment se voir dans l'auditorium.

Elliott ne répondit pas. Elle se tourna pour le regarder. Les muscles de son dos se contractèrent alors qu'il remettait sa chemise. Le lactosérum se transformait en chair neuve. De l'argile sur un squelette de métal, l'aspect filandreux de la viande, des vergetures de croissance. L'oblitération finale de l'enfance, le corps en expansion, s'autodétruisant de l'intérieur. Elle ramena les yeux sur ses boutons, ganses et lacets tandis que, derrière elle, *clic*, *zip*, il se rhabillait à la va-vite.

— On verra comment ça se passe, OK ? dit-il enfin.

La rentrée des classes arriva. Isabel assista au spectacle depuis la passerelle, en compagnie d'une fille qui mâchait de la gomme tout en respirant par la bouche. Le costume d'Elliott manquait de crédibilité. Lui-même avait une démarche molle et vaincue, grommelait ou criait sa détresse comme l'exigeaient les didascalies, mais personne dans l'équipe n'avait ce qu'il fallait pour faire de ce jeune homme, devenu beau comme une star hollywoodienne tout d'un coup, une incarnation de Willy Loman. De leur perchoir, la fille demanda à Isabel :

— Est-ce qu'Elliott a toujours été aussi sexy ?

— Oui.

Isabel connaissait chaque réplique de *La mort d'un commis voyageur* par cœur. Elle observa plutôt les spectateurs. Ils étaient plus captivés encore que devant *Our Town* ou *Harvey*. À la fin, il y eut non pas une foule en liesse avec une Isabel sanglotant au milieu, mais tout un auditoire en larmes. Même si, selon Isabel, qui avait vu chaque scène d'innombrables fois, Elliott avait été décevant. Ce soir-là, il avait été trop gourmand. Il avait attiré l'attention quand il aurait fallu s'effacer. Il avait miné la performance des autres acteurs.

Le lendemain à l'école, l'insaisissable rumeur collective n'en avait que pour Elliott. Sa beauté florissante pesait soudainement plus dans la balance que sa bizarrerie. Sur sa passerelle, surplombant la scène comme un dieu, Isabel avait été témoin des changements démographiques dans le public durant le week-end. Il avait d'abord principalement été composé de parents, de profs et de quelques adorables vieilles dames, avec une poignée d'élèves dispersés dans les rangées du fond, puis cela s'était inversé. C'était comme voir la marée des grandes personnes se retirer, tandis que les corps adolescents conquéraient graduellement les premières rangées.

Tout d'un coup, et sans cause apparente, Elliott était devenu populaire. Elliott était devenu cool. Chose plus inexplicable encore : le théâtre devenait cool. Tout le monde se sentait obligé de voir le spectacle, non par intérêt, mais par peur de rater quelque chose d'important. Les gens avaient déjà hâte du prochain, qui aurait lieu à la fin de l'année scolaire, autant dire dans une éternité.

Elliott n'adressait jamais la parole à Isabel à l'école. Il ne lui adressait la parole ni avant ni après les représentations, comme autrefois aux répétitions avant que les autres s'en aillent. Elle se rendit compte trop tard qu'elle n'avait en fait aucun moyen de communiquer avec lui. Elle n'avait même pas son numéro de téléphone. Lorsqu'ils se croisaient dans les couloirs de l'école, elle le suppliait du regard de lui offrir un signe de reconnaissance, de confirmation, aussi minime soit-il, n'importe quoi. Même de la honte. Du dégoût. Une preuve qu'elle n'avait pas rêvé.

Elle ne dit rien à personne. Personne ne la croirait, à ce stade. Pas même Marcy, qu'elle voyait de moins en moins; elle en voulait à Isabel d'avoir été si distante et grognonne durant la dernière partie de l'été, et n'en pouvait plus de ses petits commentaires sur monsieur Greeley et l'équipe technique.

— Si tu détestes le théâtre tant que ça, t'as juste à arrêter, avait-elle fini par lui dire. Désolée de t'avoir embarquée là-dedans.

Après la dernière représentation, le prof d'art dramatique organisa la traditionnelle fête. Cette fois, les membres de la troupe invitèrent leurs amis, les amis de leurs amis et ceux qui se greffèrent à eux en chemin. Les élèves entrèrent par la porte arrière, dans la cuisine. Par le garage. Par le bureau, dont les portes françaises donnaient sur la cour latérale. Par la fenêtre entrouverte dans la salle de bains. Ils affluaient de tous les côtés, trop vite pour qu'on les repère et les chasse : c'était comme écoper l'océan avec un seau. Monsieur Greeley et sa femme couraient dans tous les sens, désemparés, se précipitaient au moindre bruit de chute ou de verre brisé, refermaient et verrouillaient des portes qu'on rouvrait dès qu'ils avaient le dos tourné, saisissaient les bouteilles de bière ou de cooler qui apparaissaient magiquement dans les mains des adolescents. Le professeur laissa les choses dégénérer : il pouvait les raisonner, croyait-il, il avait avec eux une relation intime et de longue date, il les savait bons au fond, lui-même était un prof cool, un prof jeune, qui les aimait, qui croyait en eux…

Ce fut le dernier party.

Un matin, alors qu'elle se rendait à son casier entre la première et la deuxième période, elle repéra Elliott adossé contre un radiateur au fond d'un couloir bondé. Elle poursuivit son chemin. Par une ouverture entre les élèves qui circulaient, elle vit derrière Elliott une fille assise sur le radiateur, qui l'enlaçait. Elle avait le nez plongé dans le creux de sa clavicule.

Isabel s'approcha plus que nécessaire, dépassa son casier et tourna vers la cage d'escalier au bout du couloir. La première chose qui lui passa par la tête fut : « OK, tout s'explique. »

C'était une opinion partagée par tous. Le couple Mira-Elliott tombait tellement sous le sens qu'on se demandait pourquoi on n'y avait pas pensé avant ; leur relation offrait la même satisfaction qu'une énigme résolue. Mira était la plus grande fille de l'école, pour commencer : cinq pieds dix, cinq pieds onze avec ses fameuses bottines lacées. Tout comme Elliott, elle avait une beauté exquise, mais aussi un côté bizarre, inaccessible. Malgré sa taille, elle paraissait fragile, avec son squelette fin, ses longs bras et ses jambes filiformes comme des manches à balai, ses lèvres en bouton de rose et son visage pâle, angélique. Elle avait tendance à se retirer des conversations ou des cours en se mettant à dessiner, parfois des motifs abstraits, parfois ce qu'elle voyait devant elle, avec un réalisme quasi photographique. Elle avait vaguement fréquenté un groupe de filles, comme elle semblait aimer les vêtements et en parler, mais elles s'étaient lassées de ses silences et de ses disparitions soudaines. Elles l'accusaient de se croire supérieure, de flotter au-dessus des masses suantes, de ne jamais se salir les mains. Mira flottait au-dessus de l'accusation, tout simplement. Elle était intouchable.

Ensemble, enlacés contre le calorifère, Elliott et Mira ressemblaient à des adolescents normaux. Ils souriaient, un peu timides, absorbés l'un par l'autre.

La destruction de sa maison avait à peine entamé l'enthousiasme de monsieur Greeley. Sa classe travailla en toute hâte à une production de mi-année de *Un chant de Noël*.

Isabel fut la dernière à partir, excepté le professeur, cet après-midi froid du début décembre. Elle était étourdie par les vapeurs de peinture en aérosol utilisée pour le décor de la scène du festin. Elle sortit par le cagibi, s'efforçant de ne pas songer à tout ce qui s'y était passé, et laissa la porte claquer et se verrouiller derrière elle. Le soleil d'hiver déclinait dans la nuit précoce, tache orangée fleurissant sur fond noir.

Elliott était assis sur le garde-corps à côté de la porte et regardait au loin.

Isabel se figea sur place. Avant Mira, elle avait fomenté une rencontre fortuite comme celle-là, en avait rêvé. Maintenant, tout ce qu'elle voulait, c'était se sauver incognito.

Il tourna paresseusement la tête vers elle.

— Hé, Isabel, c'est toi que j'attendais.

Isabel ne savait pas quoi faire de cette déclaration.

Il sauta sur ses pieds.

— Es-tu attendue quelque part ? As-tu le temps de marcher un peu avec moi ?

— OK, croassa-t-elle en retrouvant finalement l'usage de sa voix.

Ils marchèrent côte à côte. Personne ne les vit. Le campus était désert. Ils traversèrent le stationnement, passèrent le boisé où se tenaient les fumeurs de pot, longèrent la route, poussèrent jusqu'au viaduc. Elliott ne parlait pas, alors Isabel ne tenta rien. Ils marchèrent vers l'ouest, dans un soleil bas qui les éblouissait sans offrir de chaleur. Isabel grelottait dans son manteau léger. Mélancolique, elle fit le vœu qu'Elliott mette son bras autour d'elle.

Il l'entraîna à travers les broussailles, de celles qui survivent au gel, jusqu'en bas, à l'écart du chemin, entre les piliers d'une passerelle piétonne. Cachés là, se pressant contre la brique couverte de lichen, transis de froid, ils s'enlacèrent, Elliott l'attirant à lui pour l'embrasser. Ses mains se faufilèrent sous ses vêtements, et elle eut l'impression que leur été, glorieux et terrible, n'avait jamais pris fin.

Après coup, elle eut encore plus froid qu'avant. La nuit était tombée. Isabel prit conscience du grondement des voitures non loin et des bruits de pas occasionnels au-dessus de leurs têtes. Elle demanda dans un soupir :

— Et Mira ?

Elliott mit du temps avant de répondre :

— Rien à voir avec Mira.

Il se mit à grimper la pente sans elle.

Cela se reproduisit à quelques reprises durant le mois. Deux fois de plus sous le viaduc. Une fois sous les gradins du terrain de football, un poteau métallique gelé s'enfonçant dans le dos d'Isabel. Une fois dans un fossé du boisé bordant le stationnement, le ruisseau glacial courant tout près de leurs pieds.

Que cela ait lieu au crépuscule juste avant qu'elle ne rentre souper avec ses parents avait quelque chose de surréaliste. Dès sa tendre enfance, elle avait pris conscience que ses parents l'adoraient bien qu'ils ne connaissaient rien d'elle ; d'une certaine manière, elle avait appris à ne pas les croire lorsqu'ils lui disaient qu'elle était la plus intelligente, la plus gentille, la plus belle du monde. Les vêtements qu'ils lui achetaient en se fiant seulement à la taille sur l'étiquette étaient trop grands pour elle et d'une couleur qu'elle n'aimait pas – c'était sa préférée, prétendaient-ils, et elle ne les corrigeait pas. À son retour du camp Forevermore, elle avait cru de son devoir de les rassurer et de les consoler, de minimiser les détails les plus affreux de son aventure, alors que ç'aurait été à eux de la rassurer.

Aujourd'hui, assis en face d'elle à table, ils la scrutaient avec des airs perplexes et bienveillants pendant qu'elle s'efforçait de leur sourire pour leur faire plaisir, comme toujours. Demain, elle devrait encore se lever et aller à l'école, parcourir ses couloirs éclairés aux néons, absorber la matière qu'elle était censée apprendre, écouter les préoccupations juvéniles de ses pairs, alors que, tout ce temps-là, elle commettait un péché d'adulte.

Ebenezer Scrooge[1] fit un malheur.

Peu avant Noël, partie acheter des cadeaux pour sa famille au centre commercial, Isabel s'arrêta à un kiosque où l'on vendait des poissons rouges dans des aquariums cubiques sans filtreur. Elle scruta leurs yeux globuleux et vides, cherchant une bonne raison d'en acheter un à sa mère. Lorsqu'elle se redressa, elle tomba sur une autre paire d'yeux globuleux et sans âme : ceux de Gabe.

Il se tenait de l'autre côté du kiosque, un rictus aux lèvres. Un déversoir pour sa rage. Une cible dont personne ne ferait de cas. Tout était sa faute ; rien n'était sa faute. Gabe lui envoya un clin d'œil et disparut parmi la horde de consommateurs des fêtes.

---

1. Personnage de *Un Chant de Noël* de Dickens.

Par réflexe, Isabel décida de le suivre. Elle marcha sur ses pas jusqu'à sa voiture dans le stationnement, dont la rouille sur la peinture rouge évoquait une maladie fongique.

Gabe semblait chercher quelqu'un du regard lorsqu'il l'aperçut. Une peur fugace illumina son visage avant que sa crânerie lui revienne, en même temps que son grand sourire lascif. Il ouvrit la bouche pour dire quelque chose, mais Isabel le coupa :

— Arrête de dire à tout le monde que j'ai couché avec toi, espèce de pervers !

Elle le vit retourner la phrase dans sa tête. Cette histoire remontait à si loin qu'il l'avait oubliée. Soudain, la lumière se fit.

— Ah, ouais, fit-il. Au party de la troupe l'an dernier, c'est ça ?

Son sourire s'élargit à cette évocation.

— C'était juste pour rire. Personne m'a cru de toute façon.

Il ouvrit les bras et l'invita d'un geste des mains.

— Il y a moyen de régler ça.

Tandis qu'Isabel grimaçait et serrait les poings, Gabe salua un garçon derrière elle. C'était visiblement un membre de sa famille, il avait les mêmes traits et la même petite tête, le même teint mat, jusqu'à la même coupe au bol. Il était légèrement plus grand et portait de larges lunettes rondes, comme Isabel. Il passa à côté d'elle comme si elle n'existait pas.

— OK, dit-il à Gabe d'un ton morne, on peut y aller.

— Je te présente mon cousin Eugene, dit Gabe.

Eugene monta dans la voiture déverrouillée sans dire un mot ni même se tourner vers Isabel.

— Tu veux venir avec nous ? On va regarder *Die Hard* chez moi.

Isabel lui lança un regard incrédule. Dans quel monde vivait-il pour croire qu'elle accepterait ?

Pendant un instant, elle se vit de l'extérieur. De très haut. Gabe et elle pas plus grands, pas plus importants que deux coquerelles. Elle eut un élan autodestructeur, l'envie pressante d'écraser les coquerelles sous sa botte. Elle ressentit une vague curiosité : quelle sorte de vie Gabe pouvait-il avoir en dehors de l'école ?

Sans accepter l'offre tout haut, elle ouvrit la portière arrière et s'installa. Elle ne referma pas. Les bras croisés, elle défia Gabe d'un regard dur. Eugene, indifférent, continuait de fixer le vide droit devant lui.

Gabe posa une main sur le toit de la voiture et se pencha vers elle en fronçant les sourcils. Il allait dire quelque chose mais se ravisa. Son visage s'éclaircit, puis il claqua la portière avant de retourner côté conducteur.

Des déchets couvraient entièrement le tapis au pied de la banquette arrière : des travaux scolaires et des emballages de malbouffe principalement. Isabel ignora le babillage incessant de Gabe et le silence de marbre d'Eugene. Elle était occupée à dégager un petit espace de la pointe de sa botte pour garder son pantalon propre.

Tandis qu'ils se garaient à côté de chez lui sous l'abri d'auto, Isabel prit conscience que Gabe avait passé le trajet à se vanter. Il poursuivait en sortant de la voiture :

— J'ai même une entrée privée. Mes parents savent jamais si je suis sorti.

Il les fit entrer par une porte de côté qui menait directement à une vaste chambre au sous-sol. Un canapé en L, dont le cuir noir craquelé pelait autour des coutures, dominait l'espace, dans lequel s'entassaient aussi un lit défait, un aquarium vide et un bureau avec un ordinateur. Une odeur rance de sueur et de draps sales emplissait la pièce. Une pyramide de canettes de boisson énergisante vides tenait précairement contre un mur. Deux trous de la taille d'un poing avaient été faits au hasard dans le haut du mur en face du canapé. Gabe remarqua qu'Isabel les observait.

— Je passe des fils pour un système de son, expliqua-t-il.

Elle s'approcha de l'aquarium.

— Qu'est-ce qui est arrivé à tes poissons ?

— Ils sont morts, fit-il en haussant les épaules.

Eugene s'écrasa dans le canapé. Son regard se fixa sur le mur blanc.

— Je pensais qu'on allait regarder un film, dit-il de son ton impassible.

Gabe farfouilla sur une tablette où était posé un drôle de dispositif, qui consistait en une caméra VHS, un projecteur suspendu, un amas de câbles et diverses pièces de plexiglas. Isabel s'assit à côté d'Eugene, qui continuait de l'ignorer. Le canapé soupira et couina sous ses fesses. Enfin, un Bruce Willis flou et déformé apparut au mur.

— J'ai installé le projecteur moi-même, dit Gabe.

Il tira trois canettes de boisson énergisante d'un mini-frigo sous le bureau. Malgré elle, Isabel était un peu impressionnée par l'entrée privée, le mini-frigo, le canapé, la ressemblance – bien que mince et douteuse – avec ce qu'elle s'imaginait être un appartement d'adulte. Elle ne connaissait personne qui ait une chambre comme celle-là.

— Même pas vrai, dit Eugene en prenant une canette des mains de Gabe sans regarder, sans un mouvement superflu. *Je* l'ai installé.

Gabe s'assit de l'autre côté d'Isabel, la coinçant entre eux. Ses regards de côté trahissaient son incrédulité de la voir là.

Le film jouait depuis vingt minutes quand, dans un nouveau couinement du canapé, Gabe s'élança. Il tenta d'embrasser Isabel sur la joue. Elle se tourna vers lui et visa la bouche. Leurs yeux restèrent ouverts. Elle vit ses sourcils bondir sur son front. Une note de joie perverse résonnait en elle, un rire noir qui remontait à la surface. Elle se sentit puissante. La déesse du chaos. Ils se penchèrent l'un vers l'autre, les bras ballants, ne se touchant que des lèvres. Tout près, Eugene regardait le film en sirotant sa boisson. Il se leva pour aller aux toilettes, revint et se rassit exactement à la même place.

Isabel se redressa. Elle se délecta un moment de l'expression hébétée de Gabe, puis se leva et sortit. Personne ne le croirait, de toute façon.

Les vacances des fêtes arrivèrent. Durant le temps mort entre Noël et le jour de l'An, Isabel donna rendez-vous à Marcy pour un chocolat chaud dans un café dont les fenêtres étaient décorées de fausse neige aux quatre coins, et le plafond de sapins de Noël en carton rouge brillant qui tournoyaient en vain au bout de leur ficelle.

Isabel savait qu'Elliott et Mira fréquentaient ce café et, masochiste, espérait les y voir. La moitié de son souhait fut exaucé. Mira était assise seule dans un coin à une grande table, négligeant une tasse de thé froid. Sa table était jonchée de matériel d'artiste : une planche à dessin, des lames d'exacto, des crayons de couleur. Elle travaillait à une esquisse, bien concentrée, la mâchoire détendue.

Marcy avait un cadeau pour Isabel : un bracelet enfantin de fil à pêche et de perles de plastique qu'elle avait fait elle-même. Isabel n'avait rien à lui offrir en retour.

— Il faut que je te dise quelque chose, annonça-t-elle.

— Tu vas me dire pourquoi t'es bizarre depuis la rentrée ? demanda Marcy en regardant à la ronde.

— Oui.

Marcy posa le menton dans sa paume, parodiant un vif intérêt.

— Vas-y. Explique-moi ça.

— Je fréquentais un gars plus vieux.

— Oh my god ! s'écria-t-elle.

Les autres clients se tournèrent vers elles, et Marcy fit signe à Isabel de se pencher ; leurs fronts se touchaient presque au-dessus de la table.

— *Qui ça ?* Quel gars plus vieux ?

— Tu le connais pas, dit-elle sans avoir l'impression de mentir. Et on… on couchait ensemble. Et je sais qu'on avait promis de se raconter ces choses-là mais je pouvais pas. Je savais pas comment.

Marcy porta les deux mains à sa bouche.

— Oh my god, répéta-t-elle en sourdine. Est-ce que…

Elle retira ses mains.

— C'était comment ?

Isabel n'avait pas les mots pour exprimer cela. L'impression d'être en chute libre, entre euphorie et terreur.

— C'était… chouette.

Elles méditèrent cette déclaration une seconde.

— Mais bon, il a arrêté de m'appeler. Il a juste disparu, et je pense qu'il a une copine maintenant, et… et…

Elle sentit les larmes monter, délicieusement abondantes : elles laveraient tout le sable qu'elle avait l'impression d'avoir dans les yeux.

— Et je l'aimais tellement…

Marcy prit les mains d'Isabel par-dessus la table. Cette version des faits était aussi crédible que la vérité.

— Espèce de nouille, dit-elle affectueusement. Pourquoi tu m'as rien dit ?

— Je sais pas. J'aurais dû.

Isabel jeta un coup d'œil furtif vers le coin de la salle. Mira ne les avait pas remarquées. Elle semblait à peine consciente de ce qui se passait en dehors de sa tablette à dessin.

Après un temps, Marcy déclara :

— Ça devait être un vrai trou de cul.

— Ouais, fit Isabel en laissant échapper un rire.

Elliott demeura l'unique obsession d'Isabel toute la durée de ses études secondaires. Elle connaissait ses horaires de cours ; elle savait s'il se trouvait dans une pièce sans même regarder. Après décembre, ils ne se retrouvèrent plus jamais seuls tous les deux.

Au printemps, elle eut un seul rendez-vous avec Gabe, et des plus étrange. Ils allèrent à la piscine publique un dimanche après-midi. Un couloir était occupé par des personnes âgées pataugeant avec leurs planches, le reste de la piscine, par des hordes de gamins. Ils se mêlèrent sans gêne aux enfants, Gabe les dépassant d'une tête dans la file d'attente pour la corde de Tarzan et la glissoire. Ils accaparèrent les spaghettis en mousse et les fusils à eau. Ils se pourchassèrent. Leurs cris et leurs rires se fondirent dans le tintamarre plus aigu des baigneurs qui résonnait contre les hauts plafonds vitrés. Dehors, en pleine lumière, il lui donna un baiser prude en guise d'au revoir. Ses lèvres avaient un goût de chlore. Il l'invita à sortir quelques jours plus tard, à l'école, au beau milieu d'une ruée d'élèves pressés de rentrer chez eux. Lorsqu'elle refusa et poursuivit son chemin, il ne parut ni blessé ni surpris. Du moins, c'est ainsi qu'elle choisit de s'en souvenir.

3

Le deuxième n'avait pas de nom.

Isabel venait tout juste d'emménager dans un appartement avec trois filles. Celles-ci formaient un trio inséparable depuis leur première année en résidence. Elles avaient eu un coup de cœur pour un appartement avec quatre chambres et entrée sur rue, et avaient recruté Isabel grâce à une annonce sur Craigslist.

L'escalier pourrissait sous la neige fondue, et l'immeuble entier s'affaissait – les planchers croches et ondulés comme une mer déchaînée en arrêt sur image –, mais l'appartement lui-même était grand et beau. Rampes en fer forgé, mur de briques exposées, fenêtres pleine hauteur à l'arrière, cuisine à aire ouverte. Il y avait des babioles partout. Colliers à quatre dollars, souliers à semelle de carton à dix dollars, vêtements élimés de chez H&M et Forever 21. Ils débordaient de leurs placards et penderies IKEA de seconde main, dont les étagères et panneaux d'aggloméré se décomposaient. La cuisine, en comparaison, était plus dégagée, avec ses cinq casseroles et poêles communes, sa vaisselle dépareillée de plastique mince.

Les trois filles, Zoe, Lisa et Kelly, étaient toutes jolies individuellement, mais particulièrement jolies en groupe. Une blonde, une brune, une rousse. Un effet d'échantillon, comme dans un menu dégustation ou une boîte de chocolats. Elles étaient gentilles avec Isabel, et de bonnes colocataires, mais aucune ne faisait l'effort de percer le voile de son exclusion. Isabel était entrée dans une phase boudeuse ; toujours en train de soupirer ou de rouler les yeux. Elle mesurait cinq pieds et pesait cent livres, n'avait aucune masse musculaire visible, rien qu'une couche de gras gigotant entre sa peau d'un ivoire jaunâtre et son frêle squelette d'oiseau. Des lunettes rondes à monture argentée cernaient presque entièrement son visage, et des vêtements ostentatoirement négligés couvraient son corps menu : larges pantalons à plis, cardigans surdimensionnés, écharpes. Des couches et des couches de tissu informe l'enveloppaient. Elle avait l'air d'un hibou sans âge, d'une enfant déguisée en vieille dame, ou d'une vieille dame déguisée en enfant. Ses colocataires, elles, avaient le don de cacher leur part ténébreuse, quelle qu'elle soit.

Le soir de leur pendaison de crémaillère, Isabel lisait sur le canapé quand ses colocs apparurent à la porte de leurs chambres respectives pour obtenir l'avis des autres sur leurs vêtements. Isabel n'offrit rien de plus que «c'est beau», ou «ça aussi c'est beau». Elle ne les avait pas aidées davantage pour les préparatifs de la fête ; c'est les trois autres qui avaient fait le plus gros du ménage, préparé les grignotines, les shooters au Jell-O et le punch sucré à l'excès, écœurant. La playlist qu'elles avaient créée jouait déjà à plein volume dans les haut-parleurs de Kelly.

Les filles choisirent enfin une tenue et se réunirent dans la chambre de Lisa pour se maquiller. Isabel abandonna son petit air blasé, les y rejoignit et s'installa au pied du lit. Kelly et Lisa optèrent pour un look très féminin et naturel, avec des tons de rose et de pêche, et Zoe – avec moins de succès – tenta un rouge à lèvres foncé et un œil charbonneux. Elles offrirent de maquiller Isabel mais n'insistèrent pas.

Isabel se considérait comme une observatrice. Elle appréciait leur alchimie cosmétique, enviait l'optimisme de la coloration et du perfectionnement de leur profil, mais elle n'osait pas admettre – pas si publiquement, si *frontalement* – qu'elle aussi désirait l'attention des garçons. C'était trop tard, ou trop hypocrite. Une vie de spectatrice.

Au cœur de la fête, un nombre incalculable d'invités se massaient dans le salon, la cuisine, les chambres et l'escalier de secours, et Isabel se retrouva coincée près de la porte par un flot continu de gens qui entraient ou sortaient. Minuscule, invisible, risquant d'être piétinée.

Elle écoutait un groupe de garçons conspirer pour séduire ses colocs. Légalement, c'étaient des hommes, présumait-elle, mais ils étaient encore potelés ou fluets, surexcités, leurs corps vibrant d'une chaleur propre aux créatures immatures, à moitié faites. Ils voyaient Zoe, Lisa et Kelly comme inatteignables parce que inséparables. Indivisibles, donc impossibles à conquérir. Ils discutaient de la rumeur selon laquelle les trois étaient restées chastes tout le long de la première année, qu'ils qualifiaient d'orgiaque – ils ne parlaient pas en connaissance de cause – dans les résidences. Un nuage de vaporisateur corporel leur collait à la peau et donnait la nausée à Isabel. Elle se tenait presque dans leur cercle, plaquée contre le mur, mais leurs échanges passaient au-dessus de sa tête sans qu'ils s'en rendent compte.

L'un des garçons regardait Zoe en plissant les yeux, dans une expression à la fois pensive et prédatrice. Il prit une longue gorgée de son verre puis se mit à se trémousser, ses mouvements aussi exagérés et ridicules que possible dans l'espace restreint. Personne d'autre ne dansait. Il fendit la foule en se dandinant toujours, alla se poster derrière Zoe, les bras en l'air, le pubis en avant, se collant et se déhanchant contre elle, clownesque.

Un autre saisit l'occasion pour aller parler à Kelly ; il lui débita un long monologue à voix basse. Pour toute réponse, Kelly le congédia délicatement d'un rire. Elle se retourna, puis Lisa et elle convergèrent vers Zoe, comme attirées par un aimant. Kelly et Lisa se mirent à danser autour d'elle, dégageant expertement une zone tampon entre leur amie et le premier garçon. Un petit rire faux cascadant de sa bouche, celui-ci retourna vers ses amis. À présent, ils puaient l'échec en plus de leur vaporisateur corporel. Isabel décida de sortir prendre de l'air.

Dehors, l'escalier était peuplé de gens qui fumaient et discutaient. À travers l'écho de leurs voix, elle pouvait entendre les marches de bois ployer et craquer. Elle se dépêcha de descendre pour éviter d'assister à l'effondrement.

Il avait plu dans la journée, mais l'averse s'était arrêtée juste à temps pour la fête en laissant dans les rues un lustre frais et invitant. Après tout ce punch – une tasse cul sec, une autre longuement couvée dans le creux de sa main –, l'air pur lui remplit les poumons et lui délia l'esprit. Isabel pensa : « Je vais juste faire le tour du bloc et après je rentre. » Deux coins de rue plus loin, elle pensa : « Peut-être aller manger un truc, et après je rentre. » Quatre coins de rue plus loin, elle se rendit à l'idée qu'elle avait déserté la fête.

Elle tomba sur une artère fermée à la circulation. C'était pour un festival – il y avait toujours un festival en cours dans cette ville – où l'on projetait un film expérimental sur un écran extérieur. Les gens s'étaient assis sur des couvertures ou des chaises de jardin en plein milieu de l'intersection. Isabel resta debout pour regarder. Dans une longue séquence, sur fond de musique pop exotique, des poussins tombaient dans un long conduit de métal et se faisaient déchiqueter par des lames rotatives.

Isabel resta pour une série de tableaux sans lien apparent, déterminée à en tirer une analyse. Le film se termina avant qu'elle ait compris quoi que ce soit. Elle se trouvait à l'orée de la foule, qui dans un calme étrange ramassa ses affaires pour partir. Rien que le bruit des chaises qu'on repliait, des pas traînants sur l'asphalte. Un rire nerveux ici et là. Et la voix d'un vieil homme qui retentit dans le silence : « Voulez-vous bien me dire c'était quoi, ça ? »

Alors qu'elle s'éloignait, un homme courut pour la rejoindre. Il parlait vite, trop vite, comme s'il craignait de manquer de souffle avant d'avoir tout dit.

— Excuse-moi, es-tu thaïlandaise ? J'ai vécu deux ans en Thaïlande. Je parle le thaï.

— Non, dit Isabel.

— Tu ressembles tellement à une star de la pop thaïlandaise. Mai Charoenpua. La connais-tu ?

— Non.

— C'est fou. Tu es *pareille*.

Il était plus vieux que les garçons qui s'entassaient dans son salon, suant dans leur col de chemise en ce moment même, et il remplissait mieux qu'ils ne l'auraient fait son t-shirt gris et son pantalon cargo. Ses yeux bleus brillaient comme une flamme au gaz, trop brillants, trop inquisiteurs. Des yeux de tueur en série, pensa Isabel. Mais elle était flattée, juste un peu, juste assez, qu'il la compare à une star, peu importe sa nationalité.

« Je vais marcher un peu avec lui, c'est tout », se dit-elle.

— Fait que, tu aimes Stan Wilder ?

— Qui ?

— Le réalisateur. Le vidéaste.

— Oh. En fait je suis tombée sur le festival par hasard.

— Tu es tellement chanceuse ! Je donnerais n'importe quoi pour découvrir son œuvre pour la première fois.

Il marchait de côté sans la lâcher des yeux. Elle ne cessait de détourner le regard. Ce n'était pas la première fois que quelqu'un l'abordait dans la rue, mais il n'y en avait pas eu des tonnes non plus, et c'était la première fois qu'elle répondait. Ça arrivait à Zoe presque chaque fois qu'elles sortaient de l'appartement. Le hasard de la rencontre lui plaisait, à ce stade de sa vie. Comme dans les films. Les caprices du destin, puis le suspense. Ne pas connaître la suite.

Il parla longuement du réalisateur avant d'en revenir au film qu'ils venaient de voir.

— Tu sais, c'est le deuxième d'une trilogie. Je sais pas pourquoi ils ont projeté celui-là sans les deux autres. Tu peux pas vraiment comprendre ce que Wilder exprime si tu vois pas les neuf heures d'affilée.

— J'ai juste vu les vingt dernières minutes et j'ai aucune idée de ce qu'il exprime.

— Justement !

Isabel l'avait suivi sans réfléchir dans la direction opposée à son appartement. Il était bientôt minuit, une heure où les bars étaient pleins et les rues désertes, où tout le monde était déjà installé là où il passerait le reste de la soirée.

— Faut vraiment que tu voies l'œuvre complète, dit-il. Ou au moins la première partie, pour mettre ce que tu as vu en contexte. Qu'est-ce que t'en dis ?

Isabel crut qu'il voulait dire *un jour*, au cinéma.

— OK.

— Super ! J'habite juste à côté. J'ai toute la trilogie chez moi.

Isabel ouvrit la bouche pour protester, par réflexe. Puis elle pensa à la conversation qu'elle avait entendue à la fête, au sujet des premières années en résidence, ces pauvres garçons torturés à l'idée que tout le monde baisait comme des animaux pendant qu'eux faisaient la navette entre la bibliothèque, les douches communes et leur minuscule chambre, solitaire et carcérale. À l'idée qu'ils gaspillaient les meilleures années de leur vie, ratant la bacchanale juste de l'autre côté du mur.

Il habitait un immeuble de briques peintes trapu, ceint par une clôture frost ; une aberration dans ce pâté de maisons autrement plus attrayantes. Il lui ouvrit la porte principale et monta l'escalier de linoléum jusqu'au troisième étage, puis la fit entrer dans son studio, à peine assez grand pour contenir un lit simple dans un coin et une cuisinière dans un autre. Une simple toile à imprimé de caractères asiatiques servait de rideau à l'unique fenêtre. Une ampoule nue pendait au plafond, diffusant sa lumière crue. Un autel composé de chandelles rouges autour d'un bouddha rieur doré encombrait la table de chevet.

Le lit était haut : deux matelas empilés sur un sommier. D'un geste de la main, il invita Isabel à s'y asseoir, puisqu'il n'y avait pas d'autre option. Agenouillé à ses pieds, il fouilla dans un bac de rangement de plastique sous le lit. Il en tira un album de Mai Charoenpura dont la pochette montrait une photo de son visage. Elle ne ressemblait pas du tout à Isabel.

Il dégagea une partie de la table de chevet, y posa son ordinateur portable, inséra le disque du film et éteignit la lumière. Ils s'adossèrent tous deux au mur, leurs jambes étendues bien droites devant eux.

Tout de suite après le titre, le premier tableau s'ouvrait sur un visage de profil, presque entièrement camouflé par la fourrure du capuchon d'un parka et regardant le soleil se lever sur un champ couvert de neige. Isabel gardait la main sur la cuisse afin de pouvoir jeter de fréquents coups d'œil à sa montre, éclairée par la lumière de l'écran. Chaque scène lui parut inutilement longue. Sept minutes de lever de soleil. Neuf minutes d'une femme nue marchant dans une rue pavée sous le regard de nombreux passants bouche bée, ou heurtés dans leur pudeur, ou ostensiblement indifférents. Au début, Isabel fut choquée aussi, puis à la longue elle finit par se lasser, par ne plus voir la nudité. Quatre minutes d'enfants debout sur une montagne de déchets dans un dépotoir, un paysage entier de déchets.

Durant un tableau de douze minutes sur la fabrication de chocolats filmée en macro, son nouvel ami lui plaça une main sur le genou. Il ne la bougea pas de là pendant huit minutes. Assez longtemps pour qu'elle s'habitue au poids mort de cette main et oublie qu'elle était là. Assez longtemps pour en arriver à la conclusion que ça lui allait.

Elle commençait à avoir mal au dos dans cette posture. Elle fut presque soulagée lorsque, comme s'il se rendait soudainement compte de sa petite taille, il la souleva et la fit pivoter de quatre-vingt-dix degrés pour l'allonger sur le lit. Il se pencha sur elle alors que le film jouait toujours, sa musique instrumentale mélancolique en arrière-plan. De la main, il souleva sa jupe informe et remonta de la cheville vers l'intérieur de la cuisse. Il lui ôta ses lunettes et les posa sur la table de chevet. Comme ça, tout devenait flou, le studio était moins laid, le désordre moins défini. Ses lèvres et sa peau sèches, plutôt que de la satisfaire, paraissaient une barrière de surface, une porte close sur une pièce qu'elle tentait de pénétrer en vain.

Avec Elliott, se rappelait-elle, il y avait eu cette rage de mordre, de consommer et de détruire. Une version d'elle-même cabrée, électrisée, toutes griffes dehors, qui n'était que désir. Ici, maintenant, elle était aussi passive qu'une poupée de chiffon. Sa vision s'adaptait graduellement à l'obscurité. Elle plissa les yeux en contemplant une tache au plafond, non identifiable sans ses lunettes.

Il se retenait au-dessus d'elle sur ses bras tendus, la regardait en souriant.

— Tu es tellement belle. Sans avoir besoin de t'habiller comme une petite pute ou de te barbouiller d'un pouce de maquillage, tu sais. Je déteste ça quand les filles font ça.

Une alerte tinta dans l'esprit d'Isabel, le bruit sourd d'un avertissement, quelque chose d'instinctif qui cherchait encore son sens. Elle lui renvoya un sourire figé. Il la déshabilla avec des gestes prestes et méthodiques, s'interrompant pour quelques pauses cérémonieuses. Toutes ses couches de protection – le manteau par-dessus le foulard, par-dessus le chandail, par-dessus la blouse, par-dessus le débardeur, par-dessus le soutien-gorge – se retrouvèrent par terre à côté du lit en quelques minutes. Isabel se repositionnait de temps en temps par nécessité, bougeant le moins possible, ne le touchant pas en bas des épaules. Elle était complètement nue tandis que lui était encore tout habillé.

Elle regarda ses mains descendre jusqu'à son abdomen. Ses doigts étaient très fins, très blancs. Squelettiques. Le paysage qu'ils parcouraient – son corps, était-ce son corps ? – paraissait bien sombre en comparaison, d'un brun fauve creusé d'ombres.

Soudain, la pièce devint nette, comme chaque matin quand Isabel mettait ses lunettes. Elle était de retour dans sa peau, pouvait sentir la course lente et froide des mains osseuses. Une légère pression, un frisson désagréable, une araignée parcourant une pierre tombale. Il enfonça les doigts en elle jusqu'à la garde, la première phalange heurta l'os pubien, et l'alerte dans le cerveau d'Isabel retentit comme une sirène. De plus en plus fort, en crescendo, jusqu'à former des paroles : elle ne voulait pas ça. Elle n'était pas attirée par lui. Elle ne savait pas ce qu'elle faisait là. Elle avait peur.

Ce n'était pas trop tard. En même temps, ça l'était. Il défit sa ceinture. Tels ses doigts, ses hanches étaient blêmes comme la mort dans la pièce sombre. Le mot « condom » émergea dans la conscience d'Isabel et, stupidement, se coinça au fond de sa gorge. Pourtant elle restait là, muette, convaincue que cette violence, elle se l'infligeait elle-même.

Il lui proposa de rester, suggéra qu'ils aillent déjeuner ensemble le lendemain matin. L'air content, il posa la tête sur l'oreiller et raconta une anecdote interminable au sujet du meilleur déjeuner qu'il avait mangé en Thaïlande, une soupe aux boyaux de porc et au sang coagulé. Isabel, apathique, se rhabilla et partit.

À son retour chez elle, l'escalier était intact. Six inconnus étaient effondrés sur le canapé et le tapis du salon. Des bouteilles de bière, des gobelets de plastique et des verres recouvraient chaque surface. La lampe sur pied avait été renversée et gisait dans un tas de verre brisé qui avait autrefois été son abat-jour.

Isabel entendit ses colocataires parler à voix basse, d'un ton excité, dans la chambre de Lisa.

— Isabel ? fit Lisa. C'est toi ? Viens nous rejoindre !

Elle entra dans la chambre d'un pas raide. Ses membres étaient lourds et las. Les trois filles étaient assises côte à côte, adossées à la tête de lit.

— Où est-ce que t'étais partie ? demanda Zoe.

— Je suis allée me promener.

— C'était tout un party, hein ? dit Lisa. T'inquiète, on a bloqué l'accès à ta chambre.

Zoe grimaça.

— J'ai surpris Nicole et Calvin dans la mienne.

— Eurk ! poussa Kelly.

— Est-ce que c'était avant que Calvin vomisse sur le balcon, ou après ? demanda Lisa.

— Après.

— *Euuurk !*

— Étais-tu là quand Rodney a voulu faire sa démonstration de karaté ? demanda Zoe.

— Non.

Isabel se lova au bout du lit, perpendiculaire aux pieds de ses colocs.

— Pour faire une histoire courte : Rodney sait pas faire du karaté.

— C'est ça qui est arrivé à la lampe ? marmonna Isabel.

— Non. Oh merde, la lampe.

Leurs voix étaient vives et joyeuses, mélodieuses, et, comme le chant des oiseaux, semblaient confirmer que tout allait bien dans le meilleur des mondes. Isabel ferma les yeux.

Elle se réveilla dans la même position, son front pressé contre le pied du lit de Lisa. Elle roula sur elle-même et se rendit compte qu'elle était seule. Le réveille-matin analogique de Lisa, en forme de chat de dessin animé – sans doute une relique de l'enfance – révéla qu'il était passé onze heures.

L'appartement était vide. La lampe brisée avait disparu, tout comme les bouteilles de bière et les gobelets. Les verres propres s'égouttaient lentement dans le support à vaisselle. Le balai était appuyé contre le mur de la cuisine, comme fier de lui. Elle jeta un coup d'œil par la fenêtre et vit plusieurs sacs-poubelle soigneusement noués sur le balcon arrière.

C'est à ce moment que les filles remontèrent les marches, Kelly devant avec dans les mains une boîte de carton rose de la boulangerie, Zoe derrière elle avec un plateau de cafés. Isabel leur ouvrit.

— On a rapporté toutes les bouteilles et les canettes, annonça Lisa.

Kelly souleva la boîte triomphalement.

— On a pris l'argent de la consigne pour acheter des croissants !

Elles se massèrent à l'intérieur, ôtèrent leurs manteaux et leurs chaussures sans refermer la porte, passèrent à Isabel la boîte rose, et remplirent l'appartement d'arômes de café, de beurre et de gentillesse, de tout ce que le monde extérieur avait à offrir.

Isabel visitait pour la première fois la clinique du campus, sise dans un édifice semblable à une église. Plusieurs salles d'attente étaient réparties sur les différents étages ; difficile de savoir pourquoi on vous faisait passer de l'une à l'autre. Isabel se trouvait seule dans la sienne. Il n'y avait que quatre chaises recouvertes de laine piquante d'un bleu passé et un tableau de liège tapissé d'affiches colorées à propos de sujets sinistres.

La docteure entra dans la pièce et appela Isabel. Son nom, D^re^ NAKIMURA, était épinglé sur sa poitrine ; c'était une femme menue aux cheveux courts et noirs, qui flottait dans son long sarrau. Elle entraîna Isabel vers une autre pièce, l'air timide et mal à l'aise. Isabel aurait souhaité que la docteure et elle soient moins semblables, en tant qu'humaines. D'une certaine manière, ç'aurait facilité les choses.

Assise sur la table d'examen couverte de papier, Isabel raconta le plus laconiquement possible ce qui s'était passé à la docteure Nakimura.

— D'accord, répondit-elle sans demander plus de détails.

Elle tendit la main vers un tiroir et en sortit une jaquette.

— Ôtez seulement le bas.

Elle sortit de la pièce. À son retour, elle frappa un coup à la porte et entra sans attendre de réponse. Elle posa sur le comptoir un paquet de Plan B en deux comprimés ainsi qu'un dépliant.

Elles se positionnèrent de sorte que la docteure Nakimura puisse faire un prélèvement. Au moment le plus improbable, peut-être parce que l'examen s'éternisait, elle rompit un silence qui paraissait durer depuis près de dix minutes en demandant à Isabel de dénombrer ses partenaires sexuels.

Isabel ne répondit pas tout de suite. Elle se concentrait sur autre chose, quelque chose hors de cette pièce, hors du présent.

— Deux, dit-elle enfin.

Cet après-midi-là, Isabel avala la première des deux énormes pilules bleues et attendit. Le dépliant prévenait des risques de nausée, vomissements, crampes, saignements ou sautes d'humeur. Isabel ne ressentit rien. Elle s'en trouva encore plus mal. Elle voulait être punie d'une manière ou d'une autre, elle voulait que son corps rejette formellement ce qui était arrivé. Elle aurait voulu vomir. Saigner.

Avant la question de la docteure Nakimura, elle n'avait jamais conçu sa vie en ces termes, ne l'avait jamais vue définie par Elliott Mars et cet autre gars, dont elle avait immédiatement oublié le nom sans oser le lui redemander. Et les autres, de moindre importance : Gabe, chacun de ses béguins non réciproques, ses fantasmes éphémères, les baisers d'enfance, les mains anonymes. Sa vie comme une série d'hommes. Quelle façon absurde d'envisager le passage du temps.

4

Des cinq naufragées du camp Forevermore, seules Isabel et Dina avaient gardé contact. Quand l'arrivée de l'internet plaça tout le monde à portée de clic, Isabel reçut un message de Dina. Sa famille avait déménagé sur le continent dans les dernières années. Elle proposa qu'elles se voient et Isabel accepta, mais elles ne prirent jamais de rendez-vous précis. Chacune possédait une moitié de leur histoire, et si elles se rencontraient, si elles se retrouvaient seules, elles seraient forcées d'écouter la moitié perdue et de revivre des événements qu'elles croyaient avoir laissés derrière elles.

La version d'Isabel que détenait Dina se résumait à une série de renseignements : son école, son programme d'études, ses cours. Un jour, elle lui envoya un autre message : « Hé, mon grand frère a un cours avec toi cet automne. Drôle de hasard, hein ? »

Cet été-là, durant un court séjour à Toronto, Isabel s'était retrouvée dans le même wagon de métro qu'Elliott Mars. Il ne l'avait pas vue, ou avait fait semblant ; elle s'était enfoncée dans son siège et dissimulée derrière son livre. Il était encore plus beau qu'avant, maintenant qu'une barbe de deux jours virilisait ses traits délicats. Drôle de hasard, en effet, ou alors ils vivaient dans un pays qui, bien que géographiquement vaste, gardait un esprit insupportablement étroit.

Le troisième fut Victor Chang.

Le Pavillon des Arts, au milieu du campus, abritait les études classiques, ainsi qu'une vision archaïque et idéalisée de l'éducation ; la corniche était soutenue par des colonnes romaines encadrant un escalier de pierre, et du lierre colonisait l'un des murs. Des boutons blancs et roses apparaissaient aux arbres tandis que des plaques de neige subsistaient à l'ombre. Les balbutiements du printemps.

Dès qu'elle franchit l'entrée monumentale, elle le vit et sut que c'était le frère de Dina.

Il était assis à l'une des larges fenêtres en arcade. La lumière matinale tombait dans un angle aigu, le baignant d'une lueur à contre-jour qui lui donnait un aspect quasi religieux. Un exemplaire neuf d'*Ulysse* aussi épais qu'une bible, avec couverture cartonnée et papier ultrafin, reposait sur sa cuisse. Il étudiait des notes dans un cartable avec une concentration telle qu'Isabel osa le fixer sans gêne. Elle s'adossa au mur opposé ; dans son sac, un exemplaire d'*Ulysse* tout aussi rutilant et immaculé. Il avait des boucles noires serrées, des traits typiquement asiatiques, un visage rond à la peau grêlée – les traces d'une acné révolue – et si bronzée qu'elle faisait paraître son t-shirt blanc et ses dents phosphorescentes. Il était court sur pattes et solidement charpenté.

Elle savait qu'il était le frère de Dina parce qu'elle se souvenait du deuxième matin au camp ; Dina avait dans le visage et la silhouette quelque chose d'irrésistible qui avait rempli les filles d'un désir à la fois érotique et domestique : elles avaient voulu la posséder, lui appartenir.

Il leva la tête, surpris, et planta les yeux directement dans ceux d'Isabel.

Isabel tint à s'asseoir à côté de Victor à ce premier cours. Pour briser la glace, le professeur du séminaire sur *Ulysse* demanda à ses vingt étudiants de dire pourquoi ils s'y étaient inscrits. Chacun inventa quelque chose au sujet de la modernité et de Joyce, feignant l'enthousiasme pour impressionner le prof, ou avoua qu'il avait besoin des crédits, feignant la désinvolture pour impressionner les collègues de littérature anglaise.

Le frère de Dina se présenta – Victor –, puis débita quelque chose de délicieusement idiot : il étudiait les sciences informatiques et n'avait pas lu du tout dans les dernières années, alors il s'était dit qu'il profiterait d'un cours optionnel pour s'y remettre. Il avait vu que ce séminaire se concentrait sur un seul livre durant le trimestre, ce qui lui avait paru idéal. Victor pivota dans sa chaise, offrant un sourire enjoué à la personne qui devait prendre la parole après lui. C'est plutôt un silence méprisant qui lui répondit.

— Eh bien, dit le professeur en jouant avec ses bretelles, nous sommes ravis de vous revoir dans le monde lettré.

Un petit rire arrogant rallia les étudiants, Isabel incluse, tous persuadés que Victor abandonnerait le cours, même si plusieurs d'entre eux s'étaient inscrits pour la même raison. Un livre en un trimestre, peu importe son niveau de difficulté, c'était toujours mieux que le rythme de lecture imposé par les autres cours. Trois livres par jour, aux repas.

La troisième semaine, lorsque Isabel sortit de son appartement, deux étudiantes du séminaire passaient devant chez elle. Elle les suivit à distance respectueuse jusqu'au campus. Des bribes de leur conversation lui parvenaient ; elles étaient déjà en train de parler d'*Ulysse* et de leurs autres cours – sémiologie, traduction de l'ancien anglais, Spenser et Milton –, comme si elles ne passeraient pas la prochaine heure et demie, le reste de la journée, le reste de leur carrière universitaire à parler de tout ça. Isabel se sentit stupide, exténuée. À la fin du trajet, elle comprenait déjà un peu mieux pourquoi tant de ses travaux avaient été jugés « peu inspirés » ou « mal conçus » au stylo rouge.

Kelly était en psychologie, Lisa en science politique, Zoe en marketing, et elles parlaient rarement de leurs études entre elles : ça impliquait trop d'explications, trop d'acronymes. Il n'était question que de cours, de travaux et d'examens, indifféremment des matières ; un partenaire de labo ou de groupe d'étude apparaissait de temps en temps dans le salon.

Le groupe avança dans *Ulysse* solidairement, page à page, tout le long du trimestre, tandis que Victor et Isabel avançaient lentement l'un vers l'autre. Même ceux qui avaient tendance à étaler leur génie, ceux qui entretenaient un désir constant et impérieux d'être considérés à part, qui oubliaient qu'ils étaient censés discuter librement entre adultes et agitaient la main au-dessus de leur tête comme des chiens agitent la queue, même ceux-là succombèrent bientôt à l'esprit collégial de la lecture. Même eux finirent par avouer qu'ils n'arrivaient pas seuls à faire tous les liens, à saisir toutes les références, à embrasser ce réseau de sens quasi infini. Victor, qui traitait le livre comme un casse-tête ou un jeu davantage que comme une mine de pépites philosophiques, ne s'en sortait pas plus mal que les autres.

Isabel et lui arrivaient tôt en classe et marchaient ensemble après le cours. Ils s'arrangeaient pour se croiser à l'aller, soit en courant pour rattraper l'autre, soit en ralentissant pour être rattrapé, créant ainsi l'occasion de petites rencontres inopinées. Elle apprit que Victor avait grandi comme elle près du détroit de Géorgie, sur la rive d'en face, et qu'il adorait surfer. Il rêvait de vivre en Californie. Il avait déjà l'air d'un Californien, du moins selon l'idée qu'elle s'en faisait : son débit lent et décontracté, ses dents parfaitement rectangulaires qui laissaient deviner une fortune dépensée en orthodontie, son bronzage permanent, une peau infusée de soleil.

Ils allèrent manger après le cours une fois, puis en firent une habitude. Il l'emmena à un restaurant végétalien où elle fut impressionnée de voir tout ce qu'on pouvait faire avec des champignons crus. Elle l'emmena dans une rôtisserie portugaise où la clientèle était invitée à dessiner sur les murs. Il l'emmena à un restaurant éthiopien, le premier où elle mettait les pieds, et lui montra comment cueillir le cari à l'aide de la galette spongieuse. Elle l'emmena manger ce qu'il déclara être le meilleur hamburger de sa vie, servi avec un milk-shake dans un grand gobelet de métal. Ils prirent tous deux du poids au fil des semaines. Isabel ne s'en faisait pas avec ça. Son corps lui semblait devenir plus doux et féminin.

Alors qu'ils marchaient sans but dans le port, il lui parla de son projet de thèse de spécialisation, un léger correctif à un programme d'intelligence artificielle qui jouait à Go, et d'un autre projet sur lequel il travaillait avec ses colocs pour le plaisir, quelque chose sur la gestion des données dans le marché boursier. Elle ne se forçait pas pour suivre les détails techniques. Elle se prit à seulement regarder les mouvements de ses lèvres. Leurs mains se frôlèrent à un moment ; Victor referma la sienne sur celle d'Isabel, mais la relâcha un coin de rue plus loin, avant qu'elle ait trouvé comment réagir.

Elle rentrait d'un de ces rendez-vous lorsqu'elle trouva ses colocataires assises par terre dans le salon autour de la table basse, où se trouvaient une pizza du resto et un biscuit géant qu'elles avaient fait en roulant une pâte en tube sur une plaque de cuisson. Elles aussi perdaient leur sveltesse d'adolescentes.

— Qu'est-ce que tu as ? Pourquoi tu souris comme ça ? fit Lisa en voyant Isabel apparaître au-dessus du muret de l'escalier intérieur.

Isabel porta les mains à son visage, surprise de le trouver fendu d'un large sourire. Elle dut jouer de la mâchoire pour le mater.

— Pour rien.

— C'est le gars de ton cours sur *Ulysse*, c'est ça ? devina Zoe en retirant les olives de sa pointe de pizza.

Isabel s'assit sur le canapé et arracha un coin du biscuit géant. Son sourire était de retour.

— Vous sortez ensemble ou quoi ? demanda Kelly.

— Je sais pas. Je pense… On n'en a jamais vraiment parlé.

Ils ne s'étaient même jamais vus après la tombée du jour.

— Est-ce qu'il a montré son intérêt ? demanda Zoe.

— Il m'a pris la main, genre.

— C'est chou ! commenta Kelly.

— Si t'avais dix ans, peut-être, fit Zoe. Est-ce que *tu* as montré ton intérêt ?

— Il a l'air satisfait de la situation.

Lisa rapporta une assiette de la cuisine pour Isabel.

— Et toi, est-ce que tu es satisfaite ?

Isabel réfléchit tout en prenant une pointe, malgré les deux douzaines de dumplings qu'elle venait juste de manger avec Victor.

— Je… J'en prendrais plus.

Zoe fit semblant d'être scandalisée, ouvrit grand la bouche et battit la main devant son visage en s'affalant dans le canapé. Puis elle se redressa.

— Alors exige plus !

La remise des travaux finaux approchait. L'exemplaire d'*Ulysse* d'Isabel était maintenant corné de partout, ondulé à cause de dégâts d'eau, taché de cernes de café et barbouillé de plomb ; elle avait griffonné à toutes les pages des notes au crayon qu'elle pouvait maintenant à peine déchiffrer. Cette fois, Victor l'invita chez lui. Il vivait avec deux colocataires dans un appartement en sous-sol, très semblable à celui d'Isabel, mais auquel on accédait en descendant plutôt qu'en montant.

Dans le salon, le mobilier se résumait à quatre tables dépareillées qu'on avait poussées l'une contre l'autre au centre de la pièce pour y installer des ordinateurs et autre équipement informatique. Les deux murs aveugles avaient été recouverts de peinture à tableau noir et leur servaient à faire des équations et des gribouillages. De la poussière de craie flottait dans l'air et recouvrait chaque surface. Les colocataires étaient assis devant leurs ordinateurs respectifs ; le troisième, éteint, attendait son maître. Les rideaux étaient tirés sur des fenêtres haut perchées, au niveau de la rue, et la pièce vibrait d'une lueur bleue.

Aucun des colocs ne se présenta lorsqu'elle et Victor traversèrent la pièce. Ils ne levèrent même pas les yeux. Victor s'activa à préparer des tacos dans la cuisine crasseuse pendant qu'Isabel attendait, assise à la petite table de Formica, buvant la bière qu'il lui avait servie, une Corona avec un quartier de lime coincé dans le goulot. Elle n'offrit pas de l'aider. Le goût de la lime masquait celui de la bière. Elle aurait pu rester là à le regarder cuisiner jusqu'à la fin des temps.

— Le dernier chapitre est mon préféré, dit Victor.

— Ah oui ?

— Oui ! Il aurait fait un meilleur livre à lui tout seul : *Les aventures de Molly Bloom*.

Isabel rit.

— C'est ça, le sujet de ton travail ?

— Non…

Il tenait une spatule dans les airs, pensif.

— On a pas eu assez de temps pour en parler en classe, et je vais avoir l'air fou si je m'attaque à ça tout seul.

Après le repas, Isabel sortit par l'issue de secours plutôt que de repasser par le donjon du salon. Victor lui apporta ses souliers. Alors qu'il lui tenait la porte ouverte, elle se pencha pour l'embrasser.

— J'attendais que tu le fasses, dit-il.

— J'attendais que *tu* le fasses, répliqua-t-elle.

— On aurait pu attendre longtemps, dit-il en ouvrant la porte plus grand. Tu viens ?

La chambre de Victor, comme le reste de l'appartement, était dépouillée mais bordélique. Un vélo accroché au mur, un autre ordinateur sur une caisse de lait, un matelas par terre, des piles de vêtements et de manuels scolaires.

— T'étais pas censée voir ça, dit-il, gêné.

Isabel était excitée. Elle était excitée de sa propre excitation. Elle avait connu le sexe en tant que grand opéra existentiel, le sexe en tant que pur traumatisme, mais ça, c'était autre chose, c'était Isabel qui se faisait petite bête idiote, simple et heureuse : on lui caresse la tête et elle bat de la queue. Le plaisir moussait à la surface de sa peau, léger et délicat comme de l'écume de mer, remontait en bulles jusqu'à sa bouche, où il éclatait en un grand rire.

Ils restèrent dans la chambre de Victor tout l'après-midi, toute la soirée, toute la nuit. Quand, affamés et fourbus, ils émergèrent le lendemain matin, un des colocs était toujours à la table de travail commune. Il cligna des yeux derrière ses lunettes, prenant conscience d'un coup que le soleil s'était levé et qu'Isabel était toujours là. Il leva la main.

— Salut.

— Salut, dit Isabel.

Une semaine après la collation des grades, ils se tenaient devant un juge de paix, devant les parents d'Isabel et la mère, la sœur et le beau-père de Victor, et juraient d'être le dernier partenaire l'un de l'autre, le dernier de la série, selon cette manière absurde d'envisager le passage du temps. Ils ne se connaissaient que depuis un an. Ils en avaient vingt-deux.

Le groupe sortit du palais de justice en procession. À la tête, avec Dina, le beau-père de Victor poussait sa femme en fauteuil roulant. Les nouveaux époux les suivaient, et les parents d'Isabel fermaient la marche. La mère d'Isabel lisait tout haut les enseignes des commerces qu'ils croisaient, parfois avec un petit « hum ! » exclamatif, comme si elles recelaient quelque mystère exquis.

Ils atteignirent le restaurant où ils avaient fait une réservation, sis au troisième étage et annoncé en chinois par une enseigne au néon. Les sept convives s'assirent. Isabel parcourut du regard la table ronde couverte d'une nappe blanche, tandis que le serveur y déposait leurs tasses de thé. Dans son fauteuil roulant, la mère de Victor dominait les autres. Elle se tenait le dos bien droit dans sa robe argentée, laquelle s'harmonisait avec sa chevelure épaisse et soigneusement bouclée, grise en surface, blanche près du cuir chevelu, et déposée sur son crâne comme un monticule de crème fouettée. Ses lèvres pincées étaient maquillées de rouge. Avec son air souverain et composé, elle donnait l'impression de régner sur la situation. Ç'aurait dû être elle, la mariée.

À gauche, le beau-père de Victor, un homme blanc, paraissait hébété et à moitié endormi dans son costume de tweed vert, ses poils de nez rejoignant sa moustache blanche et pendante. Victor l'appelait toujours « monsieur Davies ». À sa gauche, Dina, affalée dans sa chaise, ses coudes osseux sur la table, portait une tenue bleu marine lugubre et informe, et sa frange auburn décolorée lui tombait devant les yeux. Elle était devenue extrêmement séduisante, plus encore qu'Isabel ne l'aurait imaginé.

À côté de Dina, la mère d'Isabel, qui à soixante-deux ans, avec son corps frêle, paraissait en avoir cent, répétait à l'envi combien ce restaurant était bien. Elle portait un tailleur rose vieux de trente ans – Isabel le savait pour avoir vu des photos d'avant sa naissance où sa mère le portait. Les épaulettes, posées de travers, produisaient un effet comique. Son père souriait comme si quelque chose d'inespéré et de merveilleux venait de se produire, comme s'il n'en croyait pas ses yeux ; il portait pour sa part un costume brun tramé de jaune tout aussi ancien et assorti d'une large cravate jaune. Ses parents n'étaient ni pauvres ni pingres : ils aimaient ces habits, tout simplement, et ça n'avait jamais dérangé Isabel jusque-là.

La mère de Victor commanda pour tout le monde : méduse et porc barbecue, ormeaux et pétoncles, nouilles au homard, et un bar entier cuit à la vapeur. Dina poussa un soupir théâtral, et sa mère ajouta à la liste un plat de bok choy et de champignons noirs.

— Même pas les fruits de mer, chérie ? s'étonna monsieur Davies.

Dina se contenta de soupirer à nouveau.

— Est-ce que je peux voir ? demanda la mère d'Isabel, étirant un bras maladroit devant son mari.

Isabel tendit la main pour lui montrer la bague, faite de deux anneaux d'or entrelacés. Celle de Victor était identique.

— *Ho liang-a!* Tellement jolie!

— Où est-ce que vous les avez trouvées? demanda madame Chang.

— Chez le prêteur sur gages, dit Victor. Pas loin d'ici, en fait.

Une vitrine étroite derrière laquelle on vendait principalement des vieilles chaînes stéréo et des téléviseurs, coincée entre deux boutiques de sandales de plastique et d'articles à l'effigie de Hello Kitty. Le propriétaire avait sorti un plateau où s'entassaient toutes sortes de bijoux, et Isabel et Victor avaient spontanément repéré la même paire d'anneaux.

— Les bagues d'inconnus morts, dit madame Chang. Mauvaise fortune.

Monsieur Davies lui tapota le bras, jetant un regard à la ronde avec un sourire indulgent, l'air de dire : « Elle a de ces expressions, hein? »

Les plats commencèrent à arriver. Le père d'Isabel se mit à remplir son assiette de porc barbecue, et sa femme lui donna une petite tape sur la main en riant :

— *Aiyee!* Ce n'est pas toi qui disais qu'on devrait manger moins de viande?

Dina leva la tête, légèrement intriguée.

— C'est l'âge.

Dina prit un morceau de bok choy, le tint devant ses yeux entre ses baguettes, grignota les feuilles du bout des lèvres, puis le reposa dans son assiette. Elle buvait beaucoup de thé.

Isabel avait parfois l'impression que ses parents feignaient d'être plus vieux qu'ils ne l'étaient. Elle savait que, à peine rentrés à leur hôtel, ils enfileraient des survêtements de sport assortis, puis sortiraient pour une marche rapide dans la ville, tout en se plaignant de leurs maux de dos et de genoux. Ils avaient demandé une chambre accessible, avec des barres d'appui dont ils n'avaient pas besoin dans la salle de bains. Peut-être aussi qu'Isabel vivait dans le déni, que ses parents, qui l'avaient eue au début de la quarantaine, avaient en effet entamé l'ultime phase de leur vie.

Sous la table, Victor lui prit la main. Il lui caressa la paume du pouce.

— Alors… lâcha madame Chang.

Isabel n'avait jamais vu quelqu'un manger ses nouilles aussi proprement.

— … qu'est-ce que tu vas faire, toi, à San Francisco ?

— Ben, les premières années, je ne pourrai pas travailler, parce que je n'ai pas le bon visa. Je pensais juste… sortir.

— Sortir, répéta madame Chang.

Elles se regardèrent un moment, toutes deux incrédules devant ces paroles. Isabel corrigea :

— Voir la ville. Faire des rencontres. Découvrir ce que j'ai envie de faire.

Ces réponses ne semblaient pas meilleures que la première.

— Et tu es d'accord avec ça ? demanda-t-elle à Victor.

— Absolument.

Madame Chang se tourna vers les Wen.

— Et vous aussi ?

Le père d'Isabel continuait de sourire.

— Elle a beaucoup de chance, dit sa mère d'un ton hésitant.

— Eh bien, fit madame Chang en posant les mains sur la serviette de table. J'espère que tu vas t'amuser.

Deux mois plus tôt, Victor et ses colocataires avaient été invités en Californie par Jacquard, une compagnie dont ils n'avaient jamais entendu parler. Jim avait dû renouveler d'urgence son passeport. Dans l'avion, Shen et Jim avaient bu les bières offertes en classe affaires et s'étaient endormis, tandis que Victor regardait par le hublot. Leur avion planait vers l'ouest au-dessus des nuages, vers un soleil suspendu, immobile, comme s'ils voyageaient à rebours du temps.

Ils avaient été trop pris par les examens de fin d'année pour réfléchir aux implications de ce voyage. Ils ne s'étaient pas constitués en société, n'avaient pas consulté d'avocat. Jamais ils n'avaient considéré le code qu'ils avaient écrit comme un produit ayant une valeur en soi. C'était une curiosité mathématique qu'ils avaient partagée avec l'internet entier, une communauté invisible de gens comme eux, et maintenant, ils en avaient marre, du code comme les uns des autres. Il était temps de passer à autre chose.

Ils avaient atterri à l'aéroport de San José en fin d'après-midi. Les bureaux de Jacquard se trouvaient dans l'une de ces municipalités dominées par l'industrie technologique qui colonisaient la baie, à mi-chemin entre San José et San Francisco. Les garçons, par fantaisie, avaient loué une décapotable à rayure rouge grâce à un bon d'achat électronique fourni par Jacquard. Victor les avait conduits jusqu'à leur hôtel dans les embouteillages sur l'autoroute. Ils avaient dû remonter le toit pour éviter l'épais nuage de gaz d'échappement.

L'hôtel était un gîte routier racheté puis rénové par une chaîne d'hôtellerie haut de gamme, sis en face d'un centre commercial linéaire logeant boutiques et restaurants chinois. La rénovation s'était limitée à l'érection de murs autour de l'ancien parking pour le convertir en une cour intérieure abritant un nouveau lobby clinquant ; à part cela, la configuration de l'ancien gîte était préservée. Conservation et imitation à parts égales. Le résultat évoquait une version Disney du motel douteux d'autrefois.

Ne sachant pas comment s'occuper, ils avaient mangé des nouilles frites dans un des restos du centre commercial. Ils avaient mis vingt minutes pour s'y rendre à pied : le pâté de maisons s'étirait sur deux kilomètres de part et d'autre de l'hôtel avant de rencontrer une intersection. Tout paraissait plus grand que nécessaire, les voies de circulation plus larges, les stationnements plus vastes ; leur sens des distances était en déroute. Ils avaient bu d'autres bières au bar de l'hôtel, baignés par l'étrange lumière orangée que laissaient filtrer les fenêtres, sans avoir grand-chose à se dire.

— Qu'est-ce que tu vas porter demain ? demanda Jim.

— Ça, j'imagine ? fit Shen, pointant son jean et son chandail à capuchon. Avec un t-shirt propre.

— J'ai apporté un veston, révéla Jim, hésitant.

— Je pense pas que ce soit nécessaire, dit Victor.

— On devrait aller faire un tour d'auto, proposa Shen avec une énergie renouvelée. Voir du pays en décapotable. Ou aller en ville ? Elle est où, la ville ?

— J'ai trop bu, dit Jim en désignant son verre vide. Toi ?

— Je voudrais pas me faire arrêter pour conduite avec facultés affaiblies aux États-Unis, dit Victor.

— Alors qu'est-ce qu'on peut faire ? On va quand même pas aller se coucher ?

Jim et Victor avaient échangé un regard.

— On devrait trouver un accès internet et planifier notre trajet.

Shen s'affala dans sa chaise.

— C'est de la merde, ce voyage.

Après un détour au Starbucks – une autre promenade interminable sur le mirage du trottoir brûlant –, il y eut un débat sur les deux seuls lits de la chambre. Victor offrit de dormir dans la baignoire, mais Jim et Shen étaient d'accord pour partager un lit. Ils étaient toujours en train de regarder la télé, moroses, lorsque Victor s'endormit.

Le lendemain matin, ils retournèrent au Starbucks pour déjeuner. Ils avaient alloué une heure à un trajet de treize kilomètres, mais après s'être trompés de bretelle plusieurs fois, ils arrivèrent juste à temps. Ils se garèrent devant un immeuble bas et anonyme fait de béton et de verre au milieu d'un parc industriel qui en comptait plusieurs autres identiques. Le brouillard au ras du sol obscurcissait l'horizon et donnait l'impression que chaque édifice se trouvait isolé au milieu de nulle part.

— Je sais pas à quoi je m'attendais, dit Shen.

Une réceptionniste les guida à travers un espace ouvert où des grappes de bureaux rappelaient bizarrement l'aménagement de leur propre appartement, multiplié par cinquante. Les lieux semblaient sous-peuplés, la moitié des bureaux inoccupés. Quelqu'un lançait et rattrapait un ballon de football en mousse sans quitter sa chaise ; quelqu'un d'autre dormait. Les employés étaient presque exclusivement des hommes. Et tous sans conteste ressemblaient à Victor, Shen et Jim, ce qui déprima ce dernier ; il ne s'était jamais conçu comme représentatif d'un *type*. Victor et Shen étaient moins étonnés.

La réceptionniste les laissa seuls dans une salle de réunion obscure. La lumière du jour entrait timidement par une fenêtre rectangulaire percée haut dans le mur, mais ils arrivaient à peine à distinguer les traits de leurs visages.

— Est-ce qu'on devrait allumer les lumières ? demanda Jim.

— Je sais pas, dit Shen. Il me semble qu'on devrait toucher à rien.

Des fauteuils sur roulettes étaient entassés dans un coin plutôt que disposés autour de la table. Il leur parut acceptable d'en tirer quelques-uns pour s'y asseoir. Mais ils laissèrent les interrupteurs tranquilles. Quand enfin quelqu'un entra dans la pièce, les luminaires furent allumés d'un coup ; les trois garçons, surpris, se sentirent minuscules et clignèrent des yeux, éblouis, aussi vulnérables que des animaux nocturnes.

Deux hommes et une femme prirent place en face d'eux après que la femme eut tiré trois chaises de plus, et se présentèrent : V.-P. aux acquisitions, conseiller juridique et Brenda, des R.H. Tout en pigeant des feuilles de papier dans une épaisse chemise apparemment inépuisable, les deux hommes s'adressèrent aux garçons d'un ton brusque et sévère, tandis que Brenda leur jetait des regards inquisiteurs, comme si elle cherchait à sonder leur âme.

Après dix minutes de ce cirque, Shen résuma lentement :

— Donc… vous voulez savoir si on veut de l'argent ou des jobs ?

— En gros, dit l'avocat.

— Pas besoin de tous prendre la même décision, précisa Brenda.

— Mais il nous faudrait une réponse d'ici demain, dit le V.-P.

Shen, Victor et Jim se retrouvèrent dans un restaurant de grillades sur une artère touristique de San José, au milieu de musées et de boutiques de luxe. D'autres immeubles gigantesques et rues trop larges : l'impression de vacuité démesurée ne se démentait pas. Les commerces semblaient morts, les trottoirs désertés. Il s'était mis à pleuvoir.

Shen commanda au serveur une bouteille de mousseux.

— Quelque chose à célébrer ?

— Ouais ! On va être méga riches !

Le serveur sourit poliment.

— Pourrais-je voir vos cartes d'identité, messieurs ?

Il regarda les permis de conduire qu'ils lui firent passer et demanda :

— Où est-ce, exactement ?

— Au Canada.

— Oh, excusez mon ignorance. Trois verres ?

Jim attendit que le serveur soit plus loin pour dire :

— Pas *riches*, mais c'est un bon cadeau de fin d'études, disons.

Shen parcourait le menu.

— Assez riches pour se payer un bon steak.

Victor regardait la pluie tomber. La Californie ! Terre des optimistes, des rêveurs et du soleil perpétuel. Il avait voulu y habiter toute sa vie. Cela avait-il changé dans les dernières heures ? Victor avait aussi cru – peut-être naïvement, peut-être comme tous les jeunes sûrs de leurs privilèges – qu'il échapperait aux emplois comme celui que leur offrait Jacquard, du 9 à 5 dans un lieu sinistre et carcéral, éclairé aux néons, devant un ordinateur sur un petit bureau. Ses parents y avaient échappé. Sa mère avait été agente et son père entrepreneur, le duo parfait dans la Mecque immobilière qu'était Vancouver ; son beau-père était un prof d'études classiques à la retraite. Victor savait bien que, pour Shen et Jim, la solution était de prendre l'argent ; ils ne doutaient pas que d'autres occasions semblables se produiraient, que chacune de leurs idées se changerait en or, qu'ils seraient à jamais les maîtres de leur destinée, passeraient leur vie à fumer du pot en boxers dans leur sous-sol.

Mais c'était moins que ce qu'il gagnerait en un an s'il acceptait l'emploi. Un an, ce n'était rien. Victor en avait vingt-deux. Il avait encore, lui semblait-il, un million d'années devant lui.

Isabel et Victor n'emportèrent qu'un sac à dos et une valise chacun. Ils arrivèrent une journée parfaite de juin, franchirent les portes de l'aéroport de San Francisco, et furent accueillis par un ciel bleu et une douce brise : un habitat conçu pour l'humanité.

Le premier week-end, ils furent hébergés dans un logement de fonction du quartier des finances, aux pièces vastes mais impersonnelles, avec vue sur le pont qui relie San Francisco à Oakland. Ils marchèrent jusqu'à Fisherman's Wharf ; parmi la foule abondante des touristes du samedi, assailli par les effluves de la baie et de l'huile à friture, Victor sut qu'il avait pris la bonne décision. Ils décortiquèrent des crabes dans un restaurant où les tables communes étaient recouvertes de papier journal noyé de beurre et jonché de quartiers de citron. Ils louèrent des vélos et roulèrent sur la côte, traversèrent le Golden Gate, suivirent les méandres des rues résidentielles de Sausalito, aller-retour. Victor commençait le mardi. Le lundi, Jacquard avait organisé une visite de logements avec un agent. Le couple opta pour un studio du quartier Mission, minuscule et scandaleusement cher, dans un immeuble de style néocolonial espagnol qui sentait la moisissure à cause de l'humidité et le caoutchouc à cause du magasin de pneus voisin. Ils achetèrent des assiettes de terre cuite peintes à la main à un homme qui étalait sa marchandise sur une couverture dans le parc. La peinture s'écailla à partir du troisième lavage, donnant à leur nourriture un arrière-goût de térébenthine. Ils décorèrent le rebord des fenêtres de coquillages et d'os d'animaux, certains trouvés, d'autres achetés.

Le week-end, ils louaient une voiture et roulaient des heures et des heures le long de la côte à la recherche de plages où Victor pourrait surfer. Au travail, la plupart du temps, il gardait une fenêtre ouverte dans le coin de son écran, où il surveillait les marées, la qualité des vagues, la météo, les plages plus ou moins bondées. Sur sa planche, il avait l'impression que son sang était en feu, une sensation inégalable. Une fois remis de son épuisement physique total, il connaissait une paix et une lucidité d'esprit qui pouvaient durer une semaine entière. D'autres surfeurs venaient parfois lui parler alors qu'il revenait vers la plage en pataugeant ou qu'Isabel et lui traînaient à un bar de la promenade en fin d'après-midi, mais la plupart n'étaient que des accros à l'adrénaline qui souhaitaient l'inviter à toutes sortes d'activités : planche à neige, descente de rapides, escalade, bungee, saut extrême, parachute. Quand il trouvait quelque chose qu'il aimait – le surf, la programmation, Isabel –, Victor s'y accrochait, inébranlable, fonçant comme un cheval entre ses œillères.

Isabel se souviendrait de ces années comme de leurs plus heureuses.

Zoe, la colocataire d'Isabel, décrocha un stage dans une compagnie en Allemagne, Lisa poursuivit ses études aux cycles supérieurs, Kelly retourna chez ses parents à Ottawa pour chercher du travail. La fin des études avait engendré une panique semblable à celle qui accompagne les changements de régime politique. Sur la terrasse de tous les bars, sur les pelouses entre les bâtiments du campus, les étudiants se réunissaient pour se demander ce qu'ils deviendraient dans ce nouvel ordre du monde. Serons-nous des amis ou des ennemis ? Le passage rassurant des années, l'ordonnance du temps qui avait réglé leur vie depuis la maternelle, tout cela se résumait maintenant à *aujourd'hui* et *l'avenir*. Les zélés avec leurs programmes quinquennaux continuaient de fanfaronner. Les autres se contentèrent des miettes ou prirent le chemin de la maison.

Isabel avait une excuse. Elle n'avait *pas le droit* de travailler. Un bout de carton blanc agrafé à son passeport le confirmait : H-4 VISA DE PERSONNE À CHARGE. Théoriquement, elle aurait pu être parrainée par une compagnie comme Victor l'avait été par Jacquard, mais, jugeant ses chances trop faibles, ne s'était pas donné la peine de tenter le coup.

Un après-midi, alors qu'elle mangeait dans un café, Isabel reçut un message de Victor disant qu'il rentrerait tard du travail. Tard comment ? Avant minuit, espérait-il. Il l'espérait plusieurs soirs par semaine. À une table voisine, un groupe de femmes de l'âge d'Isabel se démarquait parmi les travailleurs de l'industrie technologique, les touristes, les jeunes mères et vieilles hippies qui fréquentaient le café, lieu qu'Isabel avait repéré comme étant accueillant pour les clientes mangeant seules en pantalons mous. Les quatre femmes portaient des talons aiguilles, des blouses de soie rentrées dans leurs jupes droites, leurs vestes et cardigans posés sur le dossier de leur chaise, leurs cheveux et ongles traités avec des laques haut de gamme. Une femme arriva après les autres en annonçant :

— J'ai rêvé de ça toute la semaine !

Les autres acquiescèrent unanimement. Elles avaient l'air d'une œuvre d'art, d'un tableau soigneusement composé. Au lieu de converser librement, elles semblaient prendre la parole à tour de rôle pour raconter de longues anecdotes. Celle qui parlait le faisait avec un sens de l'urgence et du drame, relatant de grandes réussites ou d'injustes coups du sort, pendant que les autres écarquillaient les yeux, riaient ou poussaient des onomatopées compatissantes.

Isabel se rappela un matin de ses sept ans. Ses parents étaient partis pour le travail. Ils l'avaient laissée déjeuner et se rendre à l'école toute seule, la clé de la maison attachée à la ficelle qui reliait ses mitaines sous son manteau. Un matin ordinaire. Il ne lui était jamais venu à l'esprit d'avoir peur ou de se rebeller, de manger de la crème glacée ou de faire l'école buissonnière, de craindre les cambrioleurs ou les monstres. Avant Forevermore, elle baignait dans le narcissisme de l'enfant heureuse, la conviction profonde que ses parents rentreraient le soir.

Ce matin-là, elle avait écouté la voiture reculer dans l'entrée de garage et s'était demandé soudainement : « Qu'est-ce qu'ils font, les adultes, toute la journée ? » De la même manière qu'elle peinait à imaginer ce que faisaient ses profs en dehors de l'école, elle ne pouvait se figurer ce que faisaient ses parents en dehors de la maison, ni en fait ce à quoi ressemblait une vie d'adulte dans sa totalité. Une fois, son père et elle avaient croisé un collègue de travail ; une autre fois, elle avait vu sa prof de première année manger seule au McDonald's. Les deux occurrences l'avaient mise dans un drôle d'état, lui avaient paru une entorse aux lois de l'univers telles qu'elle les concevait.

En mangeant à côté de ces femmes, Isabel se rendait compte qu'elle n'avait jamais répondu à la question. Que faisaient les grandes personnes toute la journée ? Que faisaient ces femmes-là dans la vie ?

Victor lui avait confié qu'il soupçonnait certains de ses collègues de vivre au bureau. Les jours où il arrivait à sept heures et partait à minuit, il croisait invariablement les mêmes personnes à leur poste. D'autres n'étaient que des fantômes virtuels : il recevait d'eux des courriels, des messages intranet, des rapports de programmation, mais il ne les voyait jamais en personne, ne savait pas où ils se trouvaient et les convoquait en vain aux réunions. Les gens mangeaient à leur poste tout en travaillant, ou partaient en voiture à la sauvette, puisqu'un désert alimentaire s'étalait sur un rayon de cinq kilomètres autour du parc industriel. L'un des ingénieurs supérieurs ne mangeait tout simplement pas ; sa diète était formée exclusivement de jus nutritifs à base d'huile, d'avoine, de légumes, de poudre protéinée et de multivitamines.

Quand Victor mettait le pied dans leur studio chaque soir, Isabel était toujours là, et le souper toujours sur la table, ou alors une assiette lui avait été réservée qu'il dévorait sans prendre la peine de la réchauffer, debout devant la porte ouverte du frigo, dans sa lumière. Puis il ôtait son jean et se mettait au lit. Elle se retournait pour enfouir son visage dans son dos jusqu'à ce que sa chaleur et son odeur oblitèrent toutes ses pensées, jusqu'à ce qu'elle cesse de se demander combien de temps encore l'amour leur suffirait, ferait sens, structurerait ses jours.

L'année où Victor et Isabel eurent vingt-cinq ans, les Wen s'offrirent un voyage au Mexique avec un groupe de l'âge d'or. Entre Chichén Itzá et leur complexe hôtelier, à Cancún, leur autocar nolisé, qui en suivait un autre semblable de près, fut pris dans un embouteillage au pied d'une colline. Dans la pente derrière eux, les freins d'un camion à fruits lâchèrent. Le camion emboutit leur véhicule et le poussa contre l'autocar de touristes devant eux, compressant l'habitacle comme un accordéon. Les parents d'Isabel, assoupis dans la dernière rangée de sièges, vêtus de leurs survêtements sport de voyage, furent les seules victimes.

Victor et Isabel passèrent un mois dans la maison d'enfance de cette dernière, pleurant avec les tantes, oncles, cousins et cousines qui vinrent pour les funérailles. Un nombre surprenant ne vint pas, constata Isabel. Trop occupés ou trop vieux pour faire le trajet. Une sœur de son père s'occupa de tout. Elle se fit nommer exécutrice testamentaire et organisa le transport des corps, puis leur incinération. Elle disposa les fleurs et fit du thé de façon ininterrompue pour la famille de passage. Elle ne consulta Isabel au sujet de rien ni ne lui demanda son aide ; elle la laissa s'agripper à Victor dans son lit d'enfant, étouffer ses sanglots contre son torse, ou encore traîner sans but, blême et amorphe, sur le seuil de la cuisine. Sa tante n'avait pas revu Isabel depuis son enfance et refusait d'admettre qu'elle avait grandi.

Après quatre semaines à peine, elle demanda à Isabel d'étiqueter tout ce qu'elle souhaitait garder de ses parents, parce qu'elle donnerait ou jetterait le reste. Isabel n'eut pas la force de conserver plus que quelques albums photo, la tuque de son père et les gants de sa mère. Sa tante vendit la maison en moins de six mois. Elle posta à Isabel plusieurs chèques, sans explication. Tenant le premier de la série dans ses mains, Isabel s'en voulut de ne pas avoir tout conservé. C'était plus d'argent qu'elle n'en avait vu dans sa vie, mais le montant était une pâle compensation pour la perte de ses parents.

Ils devaient entamer leurs démarches pour une carte verte la même année. Un an plus tard, Isabel serait autorisée à travailler. Mais Victor n'avait pas le cœur d'aborder la question, pas alors qu'Isabel bravait l'été frisquet de San Francisco dans la tuque et les gants de ses parents.

Une nuit, elle rêva du camion à fruits. Dans son rêve, des mariachis jouaient une chanson gaie à la radio alors que le camion, inoccupé, sans chauffeur, dévalait la pente. Les portières arrière s'ouvraient sous l'impact. Des mangues et des papayes se déversaient sur la scène de l'accident, leur pelure déchiquetée, leur chair de couleur vive écrasée sur l'asphalte, leur jus sucré s'écoulant en rigoles.

Le lendemain matin, après que Victor fut sorti, Isabel téléphona à sa tante. C'était la plus grande dans leur famille de petit gabarit – vraiment, des retailles de squelettes, comme tous les Chinois du sud –, et elle avait une assurance inébranlable qu'enviait Isabel.

— Isabel, dit-elle, je sais que leur mort a été soudaine et violente. Mais pour eux, ç'a été rapide. Et puis ils n'étaient pas jeunes. Ils étaient mariés depuis quarante ans. Ils s'aimaient et ils t'aimaient, toi. Tu ne leur as jamais causé de soucis. Ils sont partis ensemble. Ils ont été chanceux. Peu de gens ont une telle chance. Tu comprends ce que je te dis ? Tu es très, très chanceuse.

— Ce n'est pas mon sentiment.

— Pourtant tu l'es. Tu es jeune. Ce n'est pas la pire chose qui va t'arriver.

Plus tard, Isabel se rappellerait cette phrase comme d'un mauvais sort.

Car Isabel croyait dur comme fer que rien de pire ne lui arriverait. Elle émergea de son deuil avec le sentiment d'être immunisée contre toute nouvelle tragédie. Elle était ordinaire, commune, un fait avéré depuis l'adolescence, et cela signifiait qu'il n'y aurait plus pour elle que des chagrins mineurs à partir de maintenant.

Isabel souhaitait quelque chose qu'elle n'arrivait pas à décrire. Elle souhaitait s'enraciner de façon plus permanente sur cette terre.

Une maison.

Ils voulaient acheter une voiture et avoir un endroit où ranger les planches de Victor ; rester en ville était donc hors de question. Ils trouvèrent une maison de style ranch californien avec trois chambres à coucher en banlieue, plus près de Jacquard. Ils envoyèrent la fiche à la mère de Victor, magnat de l'immobilier, qui, plutôt que de répondre à leurs questions, répliqua seulement : « COMMENT VOUS POUVEZ

VOUS PAYER ÇA VOUS ÊTES TELLEMENT JEUNES?????»

Ils vendirent toutes les parts que Victor détenait dans l'entreprise et, avec l'héritage d'Isabel, c'était juste assez pour une mise de fonds ; les prix étaient en hausse dans la Vallée et dans la Baie. Ils étaient jeunes et riches et croyaient que, comme par magie, ils ne feraient que rajeunir et s'enrichir davantage.

5

Le téléphone d'Isabel sonne.

On sonne à la porte.

Ça sonne tout le temps, une série de carillons doux et mélodieux qui semblent dire : «Ce n'est pas important. Ça peut attendre. Ça va passer.»

La fente de la porte avant alimente une pile de courrier dans le vestibule. La pile monte et monte jusqu'à ce qu'Isabel ouvre la porte, qui pivote vers l'intérieur. Le bas de la porte balaie le courrier dans un coin, créant ainsi une pile secondaire.

Sa boîte vocale est pleine. La petite icône dans le haut de l'écran le lui apprend. D'abord, c'est un nombre croissant – de 1 à 19 – qui se transforme ensuite en point d'exclamation. Elle peut les supprimer d'un coup en quelques balayages de l'index. L'icône disparaît, puis réapparaît plus tard : 1. La suppression est un baume. Un exercice monastique, comme remplir un seau au compte-gouttes, le vider, puis recommencer.

Quand elle le chargeait encore, le téléphone de Victor sonnait sans discontinuer. Elle a finalement laissé la batterie se vider complètement. Le téléphone repose sur le guéridon de l'entrée, là où il le trouverait s'il s'apprêtait à sortir.

Elle a le cerveau en bouillie. De temps en temps, une question s'impose : quel jour on est ? Ça ne lui fait rien de ne pas savoir. Elle pourrait facilement trouver la réponse, mais cela importe peu. La différence entre mercredi et samedi, avril et mai.

Des versements préautorisés gardent les lampes allumées, le téléphone relié au réseau. Le solde de leur compte chèque qui se vide lui paraît tout aussi abstrait que le nombre croissant des messages vocaux : *tic... tic... tic...* mais dans le sens inverse. Privée d'avenir, elle évolue désormais sur un terrain glissant. Elle touchera le fond un jour ou l'autre.

Il a bien fallu qu'elle parle à la mère de Victor, qui habite maintenant à temps plein dans son appartement de Hong Kong avec monsieur Davies et une infirmière-femme de ménage ; elle ne peut pas ou ne veut pas voyager. Une sorte de cérémonie se tiendrait là-bas. Le nom de Victor sera écrit sur une bannière puis brûlé. Pour la famille.

Mais Isabel n'est pas de la famille. Elle ne partage pas leur sang. Elle est plus que cela. Elle est de chair. Un corps, une âme.

Elle a dit oui à beaucoup de gens au début. Des gens avec et sans uniforme, des gens dans des pièces beiges et grises, des gens qui voulaient des renseignements ou de l'argent, ou encore s'assurer que quelqu'un venait la chercher en voiture. On lui a posé des tas de questions auxquelles elle devait répondre par oui ou non, et elle a dit oui jusqu'à ce qu'on la laisse tranquille.

Isabel est à l'intérieur de leur SUV, dans le parking de l'épicerie ouverte vingt-quatre heures sur vingt-quatre. L'horloge du tableau de bord indique qu'il est trois heures du matin passées. Elle ne se souvient pas d'avoir conduit. Il y a trop longtemps qu'elle a mangé. C'est son corps qui l'a menée ici, un instinct de survie conditionné par la banlieue.

Elle entre. La clochette tinte. Elle prend un panier de plastique rouge. Les étalages sont bien éclairés et nombreux : une corne d'abondance. Des portes vitrées révèlent des rangées et des rangées de bouteilles. Un ronronnement d'expectative dans ses tripes, une sorte d'émerveillement. Elle remplit le panier de nouilles instantanées, de biscuits et de chips, d'emballages luisants aux illustrations appétissantes. Elle paye. Elle se crispe : sa carte bancaire fonctionne-t-elle toujours ? Le monde a-t-il changé ? A-t-on inventé une toute nouvelle monnaie ?

C'est en fourrant les sacs dans le coffre qu'elle prend soudainement conscience d'être *dehors*. D'ici, le magasin brille d'un éclat blanc, tel un énorme réfrigérateur. Elle prend une bouffée d'air froid. Un moteur gronde méchamment au loin. Elle est dehors. La digue qui tient ses pensées à distance commence à craquer. Elle peut entendre sa voix intérieure prendre de la vigueur, elle sent l'énormité de sa peine et de son désespoir. Elle est dehors. Elle se précipite dans la voiture et roule à tombeau ouvert jusque chez elle, brûlant un feu rouge en chemin.

Dans le garage, à peine sortie de la voiture, elle se jette sur la porte comme si elle était poursuivie, manque de faire tomber ses clés. Sa respiration est rapide et irrégulière. Une panique en staccato.

Elle titube à l'intérieur et claque la porte. Tout de suite, la panique se résorbe. Elle est à l'abri maintenant. Dans sa maison. Entre ses murs. Elle prend un emballage au hasard, le déchire et déverse le contenu directement dans sa bouche. Le sel lui écorche le palais et la langue.

La télé n'est plus la même. Isabel découvre un nouveau genre : les jeux télévisés sans récompense. Des pans de la vie ordinaire – recherche d'emploi, déménagement, magasinage de vêtements, annonce d'une grossesse – sont présentés sous forme de défis sans prix à la clé, excepté l'emploi, la maison, la blouse, le bébé. Elle s'attend toujours à ce que l'animateur fasse aux concurrents la surprise d'une rénovation gratuite, d'un chèque géant, d'un panier de couches et de préparations pour nourrissons, mais ça n'arrive jamais. Ils acceptent d'avoir une caméra pressée contre leur visage effaré pour le seul privilège de passer à la télé.

La télé n'est plus la même. Elle se souvient de la fin des programmes la nuit, du motif de test en arc-en-ciel et de sa tonalité sans fin. La première fois qu'elle l'a vu, adolescente, elle a imaginé qu'un homme se trouvait de l'autre côté de l'écran, tel un gardien de phare : il habite dans la tour de diffusion et manie l'interrupteur. Maintenant, c'est la télé perpétuelle. Internet la rend accessible en tout temps, et Isabel y trouve tout ce qu'elle veut, autant qu'elle en veut, à toute heure. Le temps s'accélère et s'interrompt à l'envi. Change de cours.

La voilà : retour en arrière. Elle se souvient d'être assise en tailleur par terre, sur la plage, le feu devant elle, la tente ouverte dans son dos, et de marmonner pour elle-même comme si elle s'adressait à Jan. D'entretenir le feu savamment, comme Jan le leur avait appris. Le vent balayait les tisons d'ambre au loin tandis qu'elle réarrangeait les bûches, en prenait de nouvelles dans le tas qu'avait formé Jan, jusqu'à ce qu'il n'en reste plus.

Elle avait mangé la moitié du sandwich, laissant l'autre pour Jan, juste au cas où. Elle avait écrit « S O S » sur le sable en disposant des roches et des pommes de pin, à la manière des dessins animés, dans l'éventualité qu'un avion passerait par là. Elle avait mis des heures pour en ramasser assez et former les lettres.

Ce n'est qu'à la nuit noire, et lorsqu'il s'était mis à faire trop froid, qu'elle était rentrée dans la tente. Elle avait laissé la lampe de poche allumée, trouvé un coin où elle pourrait se recroqueviller et garder le sac de couchage jaune à la périphérie de son regard. Elle avait craint que des insectes soient attirés par le corps et qu'elle soit forcée de les chasser ; elle avait craint que le sac de couchage gonfle et gonfle et explose comme un ballon trop plein, que Jan se transforme en quelque chose de monstrueux, d'impossible à imaginer.

Mais rien de tout cela ne s'était produit. Jan était restée immobile, inerte, exhalant la même odeur écœurante de fruit trop mûr. Le jour s'était levé et la pile de la lampe de poche était morte.

Au crépuscule du deuxième jour, un son nouveau avait déchiré le battement constant des vagues et le bruissement du feuillage : un rugissement mécanique. Un bateau à moteur contournait l'île à quelques centaines de mètres. Isabel s'était précipitée au bord de l'eau en hurlant. Sa petite voix ne faisait pas le poids contre le vrombissement du moteur. Elle avait sauté sur place en agitant les bras. Elle avait maudit sa lampe, espéré qu'on repère malgré tout sa minuscule silhouette dans la pénombre.

Le moteur s'était éteint. Le bateau avait lentement dérivé parallèlement au rivage, et Isabel avait distingué deux silhouettes à bord. Ses cris avaient redoublé de puissance. Elle ne se souvient plus de ce qu'elle hurlait ; peut-être même pas des mots.

Le bateau avait ralenti, puis s'était presque immobilisé, toujours à bonne distance de l'île. Les deux silhouettes semblaient conférer. Finalement, l'une d'elles avait jeté l'ancre et l'autre avait plongé puis nagé vers Isabel.

Isabel avait couru à sa rencontre. Avait vu qu'il s'agissait d'un homme. Grand, large d'épaules, au ventre bombé, portant une barbe et une salopette de pêcheur. Il marchait d'un pas déterminé dans l'eau peu profonde, elle s'était jetée sur lui, agrippant le tissu ciré et glissant qui lui couvrait les jambes. Il l'avait prise dans ses bras, l'avait soulevée et pressée contre son torse puissant comme le bébé qu'il voyait en elle.

Ce que son corps lui rappelle à présent, c'est la vue de son sauveur dans les flots, un dieu des mers qui avait le pouvoir de donner et de reprendre. La force de ses bras, la chaleur et l'odeur de sa poitrine rassurante, le soupir de soulagement qu'elle avait poussé dans son étreinte. Elle avait onze ans, et en vérité c'était lui, le premier, celui qui lui avait révélé la magie, la beauté, l'horreur et la violence qu'impliquait le fait d'aimer les hommes.

Où est Victor ?

Les draps portent son odeur. Mêlée d'une autre, âcre et huileuse. Comme celle du beurre d'arachide rance.

Ses pantoufles sont dans le vestibule. Des semelles en styromousse bleu gonflées de bulles pour masser la plante des pieds. Trois dollars au supermarché asiatique. Elles faisaient une percussion distinctive lorsqu'il les portait dans la maison, claquant sur ses pieds puis sur le plancher, *cla-clac, cla-clac*, comme des battements cardiaques.

Sa serviette est suspendue dans la salle de bains. La moisissure se répand en coulisses d'un côté de la cuvette, remplit l'interstice autour du drain du lavabo, fleurit en cercles sur le rebord de la fenêtre au-dessus de la baignoire. La maison est comme une invasion du territoire, et maintenant la moisissure reprend ses droits.

Ses shorts de baignade que le vent a arrachés à la corde à linge, un petit monticule au centre de la cour.

Sa tasse à café sur le comptoir, le marc séché au fond, une matière solide et craquelée, comme le relief du désert sillonné de canyons.

Une pièce où s'entassent ses boîtes d'ordinateurs et de livres à moitié défaites. Un livre sur le bureau, un signet à la trentième page. Il y reviendra.

Où est Victor?

Juste ici, auprès d'elle. L'ourlet de sa chemise lui glisse entre les doigts. Son côté du lit est encore chaud. La peau d'Isabel est réveillée par un baiser de lui.

Il est au travail. Dans une autre pièce. Au coin de la rue.

Isabel songe à ses anciennes colocs. Il y a eu un temps d'avant Victor. Pour Victor, il y a eu un temps d'avant Isabel. Les amis et collègues méritent sans doute de se réunir et de pleurer ensemble, un événement qui donnerait une forme à leur peine, un apaisement. Mais pourquoi leur offrir cela à eux, alors qu'Isabel n'y aura jamais droit?

Le vestibule est jonché d'enveloppes. Trop d'enveloppes à gérer pour une seule personne, l'œuvre d'une vie. Vingt messages vocaux, aucun message vocal.

Il y a trop de choses à faire. Plus que de raison.

Ils ne possèdent aucune horloge, que des ordinateurs et des téléphones qu'on doit interroger pour savoir l'heure.

Orpheline, veuve. C'est le sort de tout le monde un jour où l'autre. Orpheline, veuve, ou morte. Orpheline, veuve, puis morte.

Une maison, jadis, signifiait la permanence. Maintenant, Isabel sait combien tout cela est fragile en vérité. Elle sait la vitesse à laquelle une maison s'érige : colonnes, charpente, toiture, panneaux de gypse assemblés puis mitraillés de clous, et on barbouille le tout de plâtre. Bricolée en quelques mois, censée tenir cent ans. Une éternité, si on l'entretient comme il faut. Comme si la mer était toujours calme, la météo toujours constante. Un joint défait ici, un dégât d'eau là, une fissure, une retouche de peinture, une nouvelle fenêtre, des bardeaux neufs, une nouvelle gouttière, bris de tuyau, travaux électriques, mais vous voyez bien que ça n'arrête jamais, l'entropie et le temps, qu'il nous faut construire sans trêve et sans repos, reconfigurer les remblais et assécher les terres, l'illusion de l'urbanité et de la colonisation, cet orgueil ridicule, voyez ces végétaux qui poussent à travers le béton puis se fanent dans votre main. Voyez à quel point tout tend vers la mollesse indistincte de la terre, préservée des complications de l'ambition, de la vie.

Où est Victor ?

Le corps de Victor sur la table dans cette pièce où elle a revécu la mort de ses parents, une nuit longtemps refoulée passée dans une tente. Toute mort la même mort, chaque mort toutes les morts.

Le corps de Victor comme les poulets que ses parents faisaient bouillir entiers, bec et pattes inclus. Comme l'œil de mouton qu'elle a disséqué dans un cours de science au secondaire. Quelque chose de trivial, de biologique, assemblé précairement, disposé de manière à ressembler à Victor. Excepté ses cheveux raidis par l'eau salée. Eux n'ont pas changé.

Victor, lève-toi. On s'en va.

Où est Victor ?

Des cendres dans une boîte envoyée par avion à Hong Kong.

Où est Victor ?

Au large, là où il était le plus heureux. Entouré de l'immensité de l'océan, trop loin pour être vu depuis la terre ferme, trop petit pour être repéré par les satellites dans le ciel. Là, chevauchant une vague.

On sonne à la porte. Ça sonne tout le temps. Elle va répondre.

Le camp

Et, comme chez Agatha Christie, elles ne furent plus que quatre. Elles s'enfoncèrent dans le fouillis végétal de la forêt, seule façon qu'elles avaient de quitter le rivage sans nager. Les sangles de leurs sacs encombrants, s'enfonçant en X dans leur torse, faisaient d'elles de pauvres créatures voûtées, peinant à se tenir debout. À l'arrière, Nita portait la charge la plus lourde, selon un accord tacite. En tête, Siobhan, anxieuse, vérifiait la boussole à tout bout de champ pour s'assurer qu'elles avançaient à peu près en ligne droite. Andee et Dina marchaient entre les deux. Dina ne cessait de regarder derrière elle, croulant sous le poids de ses sacs, ses pensées si évidentes qu'on croyait les lire dans un phylactère au-dessus de sa tête : elle regrettait de ne pas être restée avec Isabel.

Siobhan la comprenait. Déjà, elle s'ennuyait du site de camping sur la plage, qui lui apparaissait comme un lieu sûr, un chez-soi, puisqu'elles y avaient mangé et dormi, qu'elles y avaient été heureuses.

Elles marchèrent une heure, puis deux. Siobhan avait cru qu'elles trouveraient rapidement la fin de la forêt, émergeraient d'entre les arbres face à une route achalandée, tellement qu'elles pourraient se permettre d'être sélectives : attendre une autopatrouille ou une voiture conduite par une mère avec ses enfants, comme on le lui avait appris.

Elles marchaient très lentement, en évitant branches et racines, cherchant le terrain le plus stable où poser le pied, les voies vraisemblablement défrichées par les animaux. Siobhan suait à grosses gouttes, mais elle ne pouvait ôter ni sa doudoune ni son coupe-vent sans d'abord défaire les sangles de ses sacs. Elles montaient une colline, ou une montagne, un pan du paysage qui n'était pas visible de la plage. Siobhan se creusa la tête pour retrouver des souvenirs de l'île, qu'elle avait visitée avec ses parents : le traversier, le motel, le kiosque de crème glacée. Tout cela lui avait paru petit, provincial, mignon. Comment cette île pouvait-elle maintenant se révéler sans fin ? Comment pouvait-elle être si vaste, contenir autant de recoins discrets où se perdre ?

Une fois de retour sur un terrain plat, elles s'arrêtèrent pour boire de l'eau et manger les biscuits du camp – les « pépites de chocolat » annoncées sur l'emballage ressemblaient à des crottes de rat. Dina avala le sien et les larmes lui montèrent aux yeux, comme si elle agonisait de savoir que c'était le dernier.

— J'espère qu'Isabel va bien, dit Siobhan.

Elle n'obtint pas de réponse. Chacune était trop accaparée par sa propre douleur, sa propre faim pour compatir. Elles restèrent assises par terre ou étendues sur le dos en respirant bruyamment, jusqu'à ce que Nita annonce :

— Je pense qu'on devrait continuer.

Personne ne s'opposa. Elles s'aidèrent à remettre les sangles de leurs sacs en place, tanguant sous le poids mal distribué.

Maintenant, de leur position surélevée, Siobhan s'attendait à trouver un belvédère naturel, un endroit d'où elles pourraient voir l'île en entier, la route, la gare fluviale, la direction exacte à prendre pour l'atteindre. Là encore elle fut déçue. Elles amorcèrent la descente, enfonçant les talons dans la terre pour résister à la force d'attraction de la pente.

— J'en peux plus, lâcha Dina.

Elle s'inclina d'un côté, et le poids de son sac lui fit perdre l'équilibre.

— Je peux pas continuer.

Andee se laissa tomber par terre dans un grand geste de protestation.

— Moi non plus.

Nita et Siobhan échangèrent un regard. Siobhan sentait que quelque chose avait changé dans leur relation depuis qu'Isabel avait insisté pour rester auprès de Jan, depuis qu'Andee lui avait enfoncé un couteau dans le pied. Une réorganisation nécessaire des alliances.

— Je suis sûre qu'on arrive bientôt.

Andee tendit la main, paume ouverte.

— Les sandwichs. De l'eau. Tout de suite.

Nita émit un grognement de mépris. C'est elle qui portait la nourriture.

— Lève-toi.

— Et les guimauves, ajouta Dina, geignarde, mais pas moins enragée.

— C'est l'heure de manger de toute façon, dit Siobhan.

Elle aurait espéré s'arrêter dans un lieu plus confortable. Des roches pointues jonchaient le sol et le terrain était toujours incliné.

— Bon, OK, fit Nita. Je voudrais juste vous rappeler que c'est les seuls sandwichs qu'on a.

Siobhan tenta d'essuyer ses mains tachées de terre sur son pantalon, mais il n'était pas plus propre. Son sandwich au beurre d'arachide et à la confiture lui parut petit, comme tout ce qui sortait des cuisines du camp : du pain blanc aussi mince et insipide que du carton, une goutte de confiture et à peine assez de beurre d'arachide pour s'humecter les papilles. Les guimauves, en comparaison, avaient un goût de paradis ; les filles plongèrent les mains dans le sac presque vide et bataillèrent pour en engouffrer le plus possible à la fois jusqu'à ce qu'il n'y en ait plus du tout.

— On sera en ville avant l'heure du souper, dit Siobhan.

— Peut-être que les policiers vont nous amener au restaurant, fit Andee.

— Il y a un casse-croûte, je pense, évoqua Siobhan d'un ton encourageant. Ils ont des hamburgers. Et des frites. Et du chili et des milk-shakes…

Dina grogna d'appétit.

Peu après leur repas, elles tombèrent sur une petite crique. Nita testa l'eau ruisselante du bout des lèvres.

— Et puis ? demanda Andee.

— Hum, ça goûte le métal on dirait.

— Est-ce que ça goûte potable ? s'enquit Siobhan.

— Comment tu veux que je le sache ? Ça goûte quoi, de l'eau potable ?

Nita en prit une autre petite lampée.

— Ben, t'en bois encore, remarqua Dina.

— On a juste à attendre pour voir, fit Andee sombrement.

Nita en but encore un peu, saisit la bouteille qu'elles avaient vidée et la remplit à la source.

Elles poursuivirent leur descente dans l'ombre des épinettes, qui se multipliaient autour d'elles, tandis que le soleil baissait, sa lumière de plus en plus horizontale. Les autres groupes de l'expédition devaient être de retour au camp à l'heure qu'il était, leur armée de kayaks vert fluo rentrant au bercail, triomphante. Quand remarquerait-on leur absence ? Au souper ? Lampes allumées dans les baraques et les bâtiments communs, perçant le soir ; longues tables aux nappes de plastique martelées par les poings des campeuses chantant leur hymne ; vapeur s'élevant au-dessus des réchauds de nourriture… Enverrait-on des secours à l'île de Lumpen en pleine nuit ou attendrait-on le matin ? se demandait Siobhan. Les monitrices appelleraient-elles la police ? Leurs parents ? Une démangeaison se manifesta sous ses couches de vêtements, rampa le long de son dos et de son ventre, comme si des feuilles et des cheveux étaient prisonniers de son t-shirt. Ou encore ces minuscules insectes qui vivaient dans leurs baraques au camp, pas plus gros qu'une tête d'épingle, qu'une poussière dans l'œil, assez petits pour passer à travers la moustiquaire et qu'on pouvait prendre pour de la terre s'ils ne bougeaient pas.

Une percée entre les arbres devant, un miroitement. Enfin ! Et puis…

— Eh non, fit Siobhan à voix haute.

— Est-ce que c'est… commença Nita.

Siobhan hâta le pas, franchit la trouée et s'avança vers le grondement continu qui n'était pas, non, celui de voitures en marche.

— Eh non, dit-elle encore.

L'océan. Le même genre de plage caillouteuse et inhospitalière qu'elles avaient quittée, mais de l'autre côté de l'île.

Nita apparut à ses côtés.

— On a traversé l'île entière sans voir la moindre route, constata-t-elle, abasourdie.

Andee et Dina restaient légèrement derrière, un dangereux sentiment émanant d'elles comme une odeur.

Nita se défit de ses sacs. C'était une entreprise laborieuse. Les autres filles la regardaient en silence. Nita ramassa une branche égarée et commença à dessiner quelque chose dans le sable.

— OK, ça c'est l'île. Aujourd'hui, on l'a traversée d'est en ouest sans trouver quoi que ce soit. Donc j'imagine que demain, on devrait marcher du nord au sud.

— Demain ? répéta Dina d'une voix comprimée par la panique. *Demain ?*

Siobhan jeta un regard vers le large. Un coucher de soleil anémique, griffé de rose orangé.

— Demain, dit-elle.

Elle fit tomber ses sacs et en ressentit un profond soulagement dans ses muscles. Elle se gratta sauvagement.

— Je crois pas qu'on ait le temps de faire un feu, dit Nita. On devrait juste monter la tente le plus vite possible.

— Tu sais comment ?

Siobhan était celle qui avait porté la tente, les piquets s'enfonçant dans ses côtes pendant des heures.

— Hum, je l'ai jamais fait moi-même, mais je suis sûre qu'on est capables. On a regardé Jan le faire hier.

— C'était hier ? s'exclama Siobhan. On dirait que ça fait une éternité.

Comme pour le feu ce matin-là, Siobhan parlait – « Je pense que Jan a commencé par sortir les poteaux » – et Nita agissait ; Siobhan et Andee tenaient les pièces en place tandis que Nita expérimentait, vérifiait de quel côté pliait chacune.

— Pourquoi c'est si difficile ? se lamenta Siobhan après que leur assemblage se fut écroulé pour la dixième fois.

— Peut-être que c'est parce qu'on a faim, suggéra Dina. Ma mère dit que les filles deviennent idiotes quand elles ont faim.

Elles laissèrent la tente et s'assirent sur la terre nue. Elles avaient laissé la bâche à Isabel pour éviter d'avoir à la porter. Elles se partagèrent les hot-dogs froids et visqueux, à peine une bouchée par personne. Après une pause frustrante, elles se passèrent le sachet de cacao pour s'en tapisser le palais. Il ne restait plus que les réserves de Jan. Nita décréta qu'elles les garderaient pour le lendemain.

— Je pense que c'est une bonne idée, approuva Siobhan.

Son ton était coupant. Elle mourait de faim et en voulait à Nita d'être si mesurée, si raisonnable.

— C'est tout ce qu'on a à manger, sérieux ? dit Andee.

Le sac de nourriture reposait entre les jambes de Nita, la fermeture éclair complètement ouverte, béante comme une bouche. Andee tendit le bras.

— Et les bonbons, et le mélange du randonneur que Jan avait ? On pourrait pas juste…

Nita lui ôta le sac de sous le nez, le souleva et le tint fermé.

— On sait pas combien de temps ça va prendre pour trouver la ville demain.

— On va avoir besoin d'énergie pour marcher, par exemple, opposa Andee.

Elle fit un mouvement soudain vers Nita, mais cette dernière fut plus rapide. Elle se leva et recula de quelques pas, tenant toujours bien fermement le sac, gardant ses distances. Dina les observait tour à tour.

— Non, dit Nita. Demain, tu vas me remercier.

Andee, Siobhan et Dina échangèrent un regard, et Siobhan reconnut chez les deux autres l'expression d'une forme de rage, quelque chose qu'elle ressentait aussi dans ses tripes. Leurs épaules étaient crispées, leur corps aux aguets. Elles avaient faim, et Nita s'interposait entre elles et la nourriture. Siobhan songea : « À trois, on pourrait la maîtriser. » La salive lui monta à la bouche. Elle pouvait presque goûter les jujubes et la barre de chocolat. Elle se leva d'instinct, sans savoir ce qu'elle allait faire.

Un bruit de froissement tout près les fit sursauter. Elles se retournèrent.

— Qu'est-ce que c'est ? chuchota Siobhan.

— C'est peut-être quelqu'un. Est-ce qu'on devrait aller voir ? se demandait Nita.

— Mais si c'était un animal ? frissonna Dina.

Nita scruta la forêt.

— Allô ? Il y a quelqu'un ?

Siobhan perçut une forme fugace. Pas un humain. Plutôt une silhouette voûtée, plus petite, trapue, longue et preste qu'un humain, une tache sombre qui se fondait dans les arbres et les ombres du crépuscule en s'enfuyant.

— Attendez ! cria Nita. Revenez ! On est juste des enfants ! Aidez-nous, s'il vous plaît !

Siobhan posa la main sur son bras, ce qui la fit sursauter.

— Je crois pas que c'était une personne.

— C'était quoi ? s'inquiétait Dina. Un cougar ? Un ours ?

Les trois filles se tournèrent vers Siobhan pour obtenir une réponse. Aucune n'avait pu voir. Siobhan sentit ses dents s'enfoncer dans sa lèvre inférieure, comme toujours avant un mensonge.

— Non, c'était plus petit. Un raton peut-être ? De toute façon, il est parti.

Elles restèrent attentives un temps, légèrement tendues vers les bois, leur menton pointé en avant et leurs oreilles à l'affût, comme des chiens de chasse. Après quelques minutes, elles se détendirent, à la fois soulagées et déçues.

Nita se rassit, serrant toujours le sac de nourriture entre ses bras. Andee saisit le sachet de cacao vide et regarda à l'intérieur.

— Tu as raison, Nita. On devrait garder la bouffe pour demain. Je m'excuse.

— Moi aussi, dit Siobhan, même si au fond elle n'avait rien fait.

Pas encore, du moins. Leur animosité commune envers Nita – un réflexe de meute – s'était évanouie, avait disparu entre les arbres en même temps que la bête. Dina fixait toujours l'endroit précis de son apparition, mais son regard était étrangement vide, sa peur consumée.

— Qu'est-ce qu'on va faire si personne nous trouve ? fit-elle.

Siobhan essaya de retrouver l'affection qu'elle avait ressentie pour Dina la veille, les espoirs qu'elle fondait sur elle, de revoir dans sa beauté physique l'indice d'une qualité morale.

Andee mit l'index dans sa bouche, puis promena le doigt à l'intérieur du sachet vide pour récupérer le plus de poudre chocolatée possible. Elle jeta un regard de biais à Siobhan, et celle-ci comprit tout de suite qu'elle n'avait pas avalé son histoire de raton laveur.

— On se fera manger par les cougars et les ours, répondit Andee.

Siobhan regretta d'avoir laissé toutes les boîtes de fruits à Isabel. Aussitôt elle eut honte – Isabel était sûrement à court de nourriture elle aussi – et sa honte déclencha une nouvelle vague de démangeaisons.

— Pensez-vous qu'Isabel va bien ? demanda-t-elle tout en se grattant le ventre.

— Sûrement mieux que nous, répondit Nita. Elle a pas marché pour rien toute la journée, elle.

— Et si demain on marchait et marchait sans jamais trouver de l'aide ? continuait Dina. Et qu'on avait plus rien à manger ?

Andee ôta son doigt de sa bouche avec un bruit de succion.

— Moi je vote pour qu'on mange Dina.

— J'ai froid, dit cette dernière d'une voix étrangement sans vie. J'ai froid et je suis fatiguée et j'ai faim et j'ai mal au ventre et je déteste ça et j'ai peur et je veux retourner chez moi et personne va nous trouver et on va toutes mourir ici. Comme Jan. On sera plus rien, on sera vides, comme Jan.

Personne ne lui répondit.

— Moi aussi j'ai froid, dit enfin Nita. On devrait réessayer de monter la tente.

Les choses progressaient ; la tente commençait enfin à avoir une forme de tente.

— On voit rien, dit Nita. Quelqu'un peut sortir une lampe de poche ?

Siobhan et Andee avaient les mains occupées.

— Dina, fit cette dernière, prends une lampe de poche.

Siobhan regarda à la ronde.

— Elle est où ?

Nita se retourna aussi.

— Quoi ? Elle est partie ? J'avais l'impression qu'elle était juste là.

Siobhan comprit tout de suite.

— Où est le sac de bouffe ?

Elles lâchèrent leurs piquets. Nita cria son nom, d'abord d'une voix normale, puis à pleins poumons :

— Dina ! *Dina !*

— Elle est là-bas, s'exclama Andee en désignant du doigt un mouvement derrière une petite butte au bord de l'eau.

Elle se précipitèrent. Dina, en les voyant arriver, goba une poignée de jujubes à toute vitesse.

— Espèce de conne !

Andee les devança. Elle voulut lui prendre le paquet de jujubes des mains, mais il se déchira en deux. Les derniers oursons tombèrent sur le sable.

Nita plongea vers le sac de nourriture aux pieds de Dina, mais celle-ci l'attrapa avant qu'elle ne l'atteigne. Nita ne réussit à empoigner que le bout d'une sangle.

— Pas question que je meure la première ! hurla Dina. Pas question que vous me mangiez !

Nita se débattait, tirait sur la sangle, serrait le poing pour assurer sa prise.

— Ça fait un jour. Un jour ! T'as même pas pu te retenir un jour !

Andee, agenouillée dans le sable, essayait de récupérer les oursons et de les épousseter, mais dans le noir, impossible de les distinguer parmi les cailloux et autres débris. La marée remontait vers eux, léchant le sol où ils gisaient.

— Vous l'avez vue, fit Dina tout en s'efforçant de reprendre possession du sac. On l'a toutes vue ! Je me suis réveillée à côté d'elle. Vous avez vu ce qui va nous arriver.

Siobhan prêta main-forte à Nita et, ensemble, elles réussirent à lui arracher le sac dans un geste d'une force telle que toutes les trois se retrouvèrent le cul à terre. Siobhan se redressa et jeta un œil au fond du sac. Tout ce qu'elle put voir, c'est l'emballage déchiré de la barre de chocolat. Il ne restait que le mélange du randonneur. L'estomac de Siobhan se réveilla dans un vilain grondement.

— Comment t'as pu nous faire ça ? siffla-t-elle.

— Andee a dit que vous alliez me manger !

— C'était une blague ! T'es folle !

Andee se leva. Elle jeta dans la mer les quelques oursons crottés qu'elle avait cueillis. Une étrange expression lui tordait le visage. « Elle va la frapper », pensa Siobhan, presque excitée, le corps raidi dans l'attente du coup. Mais au lieu de cela, Andee s'éloigna.

— Laissez-la faire, dit-elle par-dessus son épaule. On a la tente à monter.

Siobhan la regarda marcher vers la tente à moitié érigée. Elle regarda Dina, qui braillait des paroles incompréhensibles en resserrant autour de son corps le tissu de son mince manteau, les mains sous les aisselles. Siobhan et Nita acquiescèrent en silence et suivirent Andee. Nita serrait le sac presque vide contre son torse.

Elles travaillaient vite et en silence désormais, sans se chamailler. Nita tenait la lampe de poche entre ses dents. Chaque pièce trouva sa place, et la tente fut enfin dressée. Elles reculèrent d'un pas pour admirer leur œuvre avant de se dépêcher à jeter toutes leurs possessions à l'intérieur.

Nita n'avait pas lâché le sac.

— Est-ce qu'on devrait essayer de le suspendre ? demanda Siobhan. Comme ça, il risque pas d'attirer… Il risque pas d'attirer les animaux.

Elle s'était rattrapée de justesse.

— Je sais pas comment, fit Nita. Et il fait trop noir.

Elles entendaient toujours Dina renifler et sangloter.

— Est-ce qu'on peut vraiment la laisser là-bas ? Il commence à faire froid.

— C'est tout ce qu'elle mérite, dit Andee.

— On peut plus lui faire confiance, renchérit Nita. Je veux pas l'avoir avec nous dans la tente. Avec ce qu'il nous reste de bouffe.

Ce disant, elle jetait aussi des regards incertains aux deux autres. Siobhan savait qu'elle ne faisait plus confiance à personne, et elle n'avait pas tort : autant Siobhan était en colère contre Dina, autant elle l'enviait. D'avoir réussi à mettre la main sur la nourriture ; d'avoir profité d'un moment d'inattention de Nita ; de ne plus souffrir du vide entre ses côtes, cette frustration obsédante.

— On va la ligoter, décida Andee.

Elle avait déjà trouvé dans un des sacs la corde qui servait à suspendre la nourriture. Elle la tenait d'une main en la frottant contre la paume de l'autre.

Siobhan se surprit à hocher la tête.

— Oui, murmura-t-elle, ajoutant rapidement : Comme ça tu… Comme ça *on* sera rassurées. On la laisse venir dans la tente, pour qu'elle gèle pas, mais elle pourra pas se sauver avec les noix durant la nuit.

Lentement, Nita répondit :

— J'imagine que c'est une bonne idée.

Sa poigne s'était relâchée autour du sac de nourriture. Elle le posa soigneusement à l'intérieur de la tente.

D'un pas décidé, elles retournèrent vers la butte, là où elles avaient laissé Dina. Celle-ci était assise dans le sable, ses genoux remontés sur sa poitrine, se balançant doucement sur ses fesses. Elle se releva d'un bond en les voyant arriver, prête à déguerpir.

Nita et Andee, qui étaient plus rapides et plus fortes, ou peut-être mieux préparées que Siobhan, se jetèrent sur elle. Andee laissa tomber la corde. Elles durent se mettre à deux pour ramener les bras de Dina derrière son dos, tandis qu'elle se cabrait en gémissant. Elle poussa un cri terrible ; le ventre de Siobhan se noua. Elle ne voulait pas être la cause de ce cri.

— Fais-le, Siobhan ! cria Nita. Attache-la.

Enroulée au sol, la corde, la corde de Jan, d'un jaune industriel, ressemblait à un serpent venimeux, sa couleur vive à un avertissement.

— Siobhan ! s'impatienta Andee.

Siobhan saisit la corde et contourna Dina. Elle lui attacha les poignets dans une boucle d'abord lâche, à peine posée sur sa peau. Elle se sentait lointaine, dissociée du présent. Elle savait qu'elles dépassaient une limite, qu'elles franchissaient un point de non-retour. Mais elle savait aussi… Quoi ? Eh bien, que cela devait bien arriver à quelqu'un, et qu'elle était heureuse que ce ne soit pas à elle. Elle resserra la boucle. Elle fit un autre tour, serra, encore et encore. Elle fit un nœud, doubla le nœud, tripla le nœud. Comme pour lacer un soulier. Pour ficeler un colis. Pas une humaine, pas une fille, pas Dina, qui hurlait dans ses oreilles.

Quelques mètres de corde pendaient de chaque côté. Nita et Andee relâchèrent leur prisonnière, et Andee saisit le bout de la corde comme une laisse.

— Marche, ordonna-t-elle. À la tente.

Dina avait le visage couvert de larmes et de morve. Elles la laissèrent s'agenouiller à l'entrée de la tente, ligotée, tandis qu'elles déroulaient et disposaient leurs sacs de couchage. Siobhan lui ôta ses chaussures. Dina pleura de plus belle lorsqu'elles lui ordonnèrent d'entrer dans son sac de couchage, qu'elles remontèrent la fermeture éclair pour l'y enfermer, ses épaules toujours tirées vers l'arrière. Elle pleura pendant qu'elles se relayaient pour monter la garde alors qu'une autre s'éloignait juste assez pour aller faire pipi, pendant qu'elles se glissaient dans leurs propres sacs de couchage, éteignaient leurs lampes de poche, s'allongeaient. Dina pleura en écoutant leur souffle dans la pénombre. Elle pleurait toujours au moment où Siobhan, sans aucune difficulté, sombra dans un sommeil noir et sans émoi.

Dina

1

C'est la mère d'une amie qui raccompagna Dina chez elle après le cours de ballet. Son père pelletait la purée de neige et de sel de déglaçage dans l'entrée de garage ; elle passa devant lui en coup de vent sans le saluer. Elle courut dans la maison, prit à peine le temps d'ôter ses bottes couvertes de boue et de glace, et entra dans le bureau de sa mère sans frapper.

De ses petits poings de fillette de six ans, elle brandissait le patron d'un costume devant le nez de sa mère.

— Maman ! Il faut que tu fabriques ça pour moi !

Madame Chang jeta un coup d'œil à sa fille par-dessus ses lunettes de lecture. Puis elle se replongea dans les contrats qui jonchaient son bureau.

— Je n'ai pas le temps pour ça.

Dina resta clouée sur place, battant des cils stupidement, les bras tendus.

Sa mère leva le regard sur elle de nouveau.

— Qu'est-ce que tu fais encore là ? Allez, ouste !

La semaine suivante, après le cours de ballet, Dina, son amie et la mère de cette dernière se rendirent à une boutique de tissus. La semaine d'après, Dina surgit dans le bureau de sa mère pour lui montrer : des ailes à bretelles et une jupe de tulle rouge à pois noirs. Elle tenait la jupe contre ses hanches en faisant des pirouettes.

— C'est joli, hein ? Tu trouves pas que j'ai l'air d'une coccinelle ?

Dina tournoya sur elle-même jusqu'à s'étourdir. Elle se rendit compte que le silence de sa mère s'éternisait et fut inquiète.

— Où est-ce que tu as pris ça ?

— C'est la maman de Jenny qui l'a fait.

Madame Chang se leva lentement de sa chaise.

— Pourquoi tu fais exprès de m'humilier ?

— Quoi ?

Dina se figea sur place. Puis tangua légèrement sur ses pieds.

— Si c'était si important, tu n'avais qu'à me le dire. Je t'aurais donné l'argent pour acheter ton costume. Au lieu de ça, tu vas demander la charité à n'importe qui.

— On peut pas acheter les costumes. C'est aux mamans de les faire.

Madame Chang frappa le mur de la main. Dina sursauta.

— Tout s'achète ! Petite idiote.

Dina lança la jupe dans un coin de la pièce.

— Ingrate ! cria madame Chang. Ramasse-la ! Ramasse-la tout de suite.

Dina reprit la jupe.

— Je te déteste ! Tu comprends *jamais rien* !

— Qui paye pour tes leçons de ballet, d'après toi, hein ? Tu crois qu'elles t'enseignent pour tes beaux yeux ? Excuse-toi d'avoir été impolie.

Dina, par défi, souleva le menton.

— Excuse-toi à genoux, puisque tu insistes pour avoir l'air d'une quêteuse.

Dina ne fit pas un geste.

— Excuse-toi, sinon c'est fini le ballet.

— Tant pis ! Je danserai plus !

Dina s'enfuit. L'adrénaline la consumait, comme si elle venait de toucher le visage d'un tigre du bout d'un bâton ; elle était certaine que sa mère la poursuivrait, qu'une punition inédite et terrifiante l'attendait. Au lieu de cela, sa mère se contenta de refermer la porte de son bureau calmement, dans un *clic* sans appel, et puis plus rien. Fini le ballet.

Pour le restant de sa vie, Dina serait persuadée qu'elle aurait pu devenir une danseuse étoile, n'eût été sa mère. Elle vit *Le lac des cygnes* lors d'une virée sur le continent, et même si elle dormit une partie du spectacle, la scène finale imprégna durablement ses rêveries. Elle se voyait en cygne blanc, ses bras souples suivant de leurs ondulations les délicats arpèges de la harpe et les clapotis de ce lac imaginé, comme si elle n'avait pas d'articulations, mais des mollets aussi fins que les pattes d'un insecte. Le crescendo tonitruant de la tristesse montant de la fosse. Plus clairement encore, elle imaginait le rappel. Faire un salut sous une pluie de roses devant une foule d'admirateurs qui lançaient des bravos fanatiques.

Elle répétait ses vaines révérences dans la maison, étirant la jambe droite loin derrière la gauche, ouvrant les bras. Alors qu'elle aurait dû être en train de faire ses devoirs, elle se perdait dans ses pensées, les oreilles pleines des applaudissements et hourras imaginaires, jusqu'à ce que sa mère lui assène une claque derrière la tête.

C'était parfois une tape avec le plat de la main. Parfois un objet lancé, une pantoufle, une brosse à cheveux, un bol de plastique. Madame Chang ne ratait jamais sa cible.

Dans la salle d'attente à une audition, plusieurs années plus tard, Dina se mit à discuter avec un groupe d'actrices asiatiques (l'appel de casting se lisait ainsi : « Femme asiatique, TRÈS sexy, rôle muet, non syndiqué ») du fait que leurs parents les battaient quand elles étaient petites.

— Oh, mes parents n'ont jamais levé la main sur moi.

En prononçant ces mots, elle prit conscience que c'était faux : bien sûr que sa mère l'avait battue. Seulement, elle ne correspondait pas à l'idée que Dina se faisait des « parents violents ». Elle n'avait jamais été punie par la fessée, n'avait jamais dû se coucher sur les genoux de sa mère après avoir fait une bêtise. Les sévices étaient constants, ordinaires, sans objet. Madame Chang ne prenait même pas la peine d'arrêter de marcher pour lui envoyer une claque, sa main battant comme le clapet d'une chatière. Dina ne la craignait même pas. Elle s'était presque attachée à cette douleur mate qui avait marqué son enfance et sa jeune adolescence, cet ersatz d'affection.

Dina se rappellerait toujours sa mère comme un despote avare, un mur de refus, mais à bien y songer, madame Chang avait dilapidé des sommes incalculables pour elle : cours de ballet, cours de piano, cours de natation, camp de soccer, camp d'équitation, cours de français, cours de mandarin, tout cela avant qu'elle ait dix ans, toutes activités qu'elle avait aussitôt oubliées.

Un camp de plein air pour filles sur la côte.

Madame Chang avait brandi la menace d'une poursuite en justice sans jamais la mettre à exécution. Elle ne semblait pas s'émouvoir de ce que Dina, depuis son retour du camp Forevermore, ait perdu l'appétit. Porter la nourriture à sa bouche lui crispait l'estomac ; elle pouvait le sentir se refermer comme un poing. Elle se croyait constamment traquée par un prédateur, refusait de baisser la garde le temps de se nourrir. Pendant des années, elle ne mangea que des aliments mous, insipides et rapidement avalés : des bananes et du pouding à la vanille, du tofu et de la crème de riz ; elle préférait qu'on la laisse seule à table. Ses parents en discutèrent un jour alors qu'elle gisait sur le canapé dans la même pièce, comme si elle ne pouvait pas les entendre.

— Ah, ça va aller, dit sa mère. Ma sœur était pareille à son âge, tellement difficile. Elle va s'en remettre. Les femmes de ma famille finissent toutes par devenir grosses.

Avant qu'il ne tombe malade, Dina voyait son père comme un homme discret qui ne faisait ni ne disait rien de notable. Son seul passe-temps – ou péché – était de regarder le hockey dans son fauteuil inclinable après le souper, en buvant une unique canette de Kokanee. Quand Dina venait lui faire la bise avant d'aller dormir, il lui tapotait le bras, l'air embarrassé, et la pressait de se mettre au lit.

Pour Dina, sa mère et lui formaient un couple mal assorti, surtout le matin, au moment de partir pour le boulot. Son père, un entrepreneur en construction, avait les mains calleuses et le teint buriné. Lorsqu'il enfilait son bleu de travail en denim, il paraissait physiquement solide mais spirituellement diminué, voûté sur sa poitrine creuse et son petit bedon. Sa mère, une agente immobilière, sortait de la maison parfaitement resplendissante dans ses blouses et pantalons de soie, avec son chignon serré et ses multiples bagues cliquetant à ses doigts : l'or véritable se frottait au faux, les diamants aux zircons cubiques, le jade néphrite crémeux au verre peint.

Madame Chang aimait parler de feu son mari, même devant son deuxième époux, monsieur Davies, qui se contentait d'afficher son perpétuel sourire indéchiffrable sous sa moustache grise et touffue. En rétrospective, disait madame Chang, monsieur Chang avait été malade très longtemps avant qu'ils s'en rendent compte, mais il n'aimait pas les médecins, ne voulait pas déranger. Ses os lui avaient toujours fait mal, son ventre lui avait toujours causé des misères, et donc pourquoi s'en faire si ça empirait : n'était-ce pas simplement le fait du vieillissement ? Et n'était-il pas chanceux de pouvoir compter sur une équipe de jeunes hommes qui travaillaient pour lui et lui permettaient de réduire ses heures, sur une femme industrieuse qui à elle seule rapportait au ménage bien assez d'argent ?

Madame Chang affirmait que monsieur Chang avait été attentif et affectueux dans l'intimité. Quelle femme merveilleuse, intelligente et belle que la mienne, aurait-il dit.

Dina ne se rappelait pas les avoir jamais vus se toucher.

Monsieur Chang se mit à rentrer du boulot en plein après-midi. Il ôtait son bleu de travail et le suspendait à un crochet près de la porte, puis préparait le repas vêtu seulement de boxers blancs et d'un de ses t-shirts blancs à manches longues – il les achetait en lots au Real Canadian Superstore –, ce qui faisait si honte à Dina qu'elle cessa d'inviter ses amies à la maison. Avec un couperet, il hachait de larges pièces de viande et des légumes démesurés – des carottes plus grosses que le bras de Dina, des bouquets de bok choy et des choux nappas de la taille d'un poupon –, afin de les faire frire avec de la sauce soja et de l'ail ou de les faire bouillir pour une soupe. Il mangeait un peu moins qu'avant, se couchait un peu plus tôt, se réveillait un peu plus tard, leur filait entre les doigts sans que quiconque s'en aperçoive.

À sa famille attablée pour le souper, Dina annonça qu'elle serait une vedette de cinéma.

Madame Chang posa son bol de riz.

— Tu veux être actrice ?

— Ou chanteuse, fit Dina.

Une star, du cinéma ou du rock, peu importe, tant qu'elle était célèbre. Elle avait remarqué que, si on avait du succès, on nous permettait de changer de discipline à volonté.

— Ou mannequin.

Madame Chang scruta sa fille, l'air de l'évaluer, penchant la tête d'un côté puis de l'autre.

— Oui, tu as un beau visage.

Puis, à son mari et à son fils :

— N'est-ce pas qu'elle a un beau visage ?

— Très beau, marmotta l'agréable monsieur Chang.

— Je vois pas ce que vous lui trouvez, dit Victor en empalant un morceau de viande sur ses baguettes, pour l'effet.

Madame Chang le réprimanda d'un claquement de langue.

— Mange comme il faut, Victor.

Elle se tourna vers Dina pour ajouter :

— Un visage un peu gras. Mais peut-être que tu deviendras très grande et que ça équilibrera les choses. Es-tu la plus belle élève de ton école ?

— Vraiment pas, fit Victor.

— Une des plus belles, répondit Dina en donnant un coup de pied à son frère sous la table, ce qui fit sautiller les plats.

— Hum, continuait madame Chang en ignorant leur chamaillerie. Combien de filles à ton école ? Disons deux cents. Tu es jolie, mais pas la plus jolie parmi deux cents filles.

Elle y allait avec méthode, comme si elle élucidait un problème mathématique à voix haute.

— Combien d'écoles il y a au Canada ? Et aux États-Unis ? Et en Chine ? Dans toute l'Asie ? Tu serais en compétition avec les élèves de toutes ces écoles. Des filles avec le même type facial. Tu vois, tu n'as pas beaucoup de chances. Qui est-ce que tu admires ? Ton actrice préférée ?

Dina coula dans sa chaise et grimaça, refusant de répondre.

— Elle aime Jennifer Aniston, intervint Victor.

— Connais pas, fit madame Chang. Elle est riche ?

— Super riche, confirma Dina, des étoiles dans les yeux.

Madame Chang hocha la tête.

— Et de combien de Jennifer Aniston a-t-on besoin ? Dans le monde, je veux dire. Combien ?

— Une, répondit Victor.

— Oui. Et elle existe déjà. Toi, Victor, qu'est-ce que tu veux faire plus tard ?

— Je veux travailler en informatique.

— Lèche-bottes, marmonna Dina. Fils à maman.

— Ta gueule !

— Toi, ta gueule !

— Et de combien d'informaticiens est-ce qu'on a besoin ? demanda madame Chang.

— Des milliers ? Des millions ? hasarda Victor.

— Exact. Et ils gagnent bien leur vie.

Dina les interrompit :

— Les actrices gagnent bien leur vie.

— Non. Quelques actrices, les Jennifer Aniston, gagnent tout l'argent. Les autres n'ont rien, ou presque rien.

Madame Chang reprit son bol et se remit à manger ; le dossier était clos.

— Peut-être que tu pourrais enseigner. Donner des cours de jeu ou de chant. Ou bien tu pourrais faire du design de mode, écrire des chansons. Ce sont des métiers difficiles, mais pas autant.

Dina savait que le raisonnement de sa mère était bancal, mais elle était trop en colère pour parvenir à le formuler. Elle disait à sa fille de capituler, de jeter l'éponge avant même d'avoir tenté le coup. Comme si elle était née pour l'échec. À l'école, on vous disait le contraire. Vous pouvez être tout ce que vous voulez, tant que vous travaillez fort et que vous ne lâchez pas ! Des slogans le clamaient. Des chansons. Des autocollants.

Et Dina *savait* qu'elle était belle, peut-être même la plus belle. Elle était parfois hypnotisée par son propre reflet lorsqu'elle le voyait à l'improviste, en passant devant une quelconque surface réfléchissante, du métal poli ou une eau stagnante. Dans les toilettes des filles durant une récréation matinale, elle et son groupe d'amies se recoiffaient quand l'une d'elles, une Blanche, lui avait dit : « T'es chanceuse. Les Asiatiques ont l'air bizarres des fois, mais toi, t'as l'air complètement normale. » Oui, avait-elle songé, se voyant pour la première fois à travers ce prisme : elle avait des yeux relativement ronds, un nez relativement haut et bien découpé, des paupières qu'elle pouvait maquiller. Elle avait la grande taille de sa mère et le squelette délicat de son père, une combinaison par laquelle elle leur était supérieure.

Dina aimait se prélasser au lit les matins de week-end, levant une jambe et la faisant pivoter dans tous les sens pour voir dans quel angle elle paraissait le plus mince et élégante. Elle aimait les longs os de ses pieds délicats, la vallée creuse de son ventre, les sommets aigus de son bassin de chaque côté. Elle ignora sa mère qui cognait à la porte en aboyant :

— Ai !

Un cri bref et sévère qui n'était ni du chinois ni de l'anglais. Lorsque Dina s'aventura dans la cuisine, après que le reste de la famille eut bien entamé sa journée et s'installait maintenant pour dîner, sa mère dit :

— Tu te comportes comme une invalide. Paresseuse, bonne à rien, loque humaine !

Leur père eut une mort rapide : une visite en catastrophe aux urgences ; une semaine durant laquelle monsieur Chang, assis dans son lit d'hôpital et s'excusant constamment d'être un fardeau, demandait timidement s'il pouvait avoir de l'eau, et qui avait gagné la Coupe Stanley, et comment se portait l'entreprise ; deux semaines d'un silence de plomb et d'immobilité, de brefs épisodes d'hallucinations accompagnées de gémissements, une demande de congé pour rentrer à la maison, à peine entendue et aussitôt refusée ; trois jours de morphine pour remplacer la nourriture et l'eau. Aux médecins en soins palliatifs, madame Chang demandait sans arrêt : « Ça y est ? Déjà ? » comme si elle s'était endormie durant un long trajet en voiture.

Dina et sa mère eurent une réaction similaire : incrédulité et torpeur. Ç'avait été si rapide : un jour il était là puis, d'un coup, il était parti, un silence soudain remplaçant le bruit de fond de sa présence – la télé en soirée, sa silhouette menue se déplaçant dans la maison, les hoquets de son camion bleu qui partait et revenait. Pourtant, la vie continuait. Madame Chang retourna au travail presque immédiatement. Dina retourna à l'école.

Victor, lui, refusa de sortir et s'enferma dans sa chambre pour pleurer. Leur père était mort à la fin de sa dernière année du secondaire, et il était déjà accepté à l'université, alors qu'est-ce que ça changeait ? Ses professeurs compatissaient ; ils facilitèrent l'obtention de son diplôme sans faire d'histoires. Il renonça à son emploi d'été comme sauveteur et passa trois mois à errer tristement dans la maison. Il avait été, comme Dina – ou du moins l'avait-elle cru –, populaire et séduisant malgré lui. Les amies de Dina avaient pris l'habitude de s'inviter chez eux et de saliver à sa vue, forcé Dina à les accompagner à la plage pour suivre Victor, soupiré en le voyant sortir de l'eau et retirer sa combinaison, fait des messes basses au sujet du bal des finissants, où finalement il ne se présenta même pas. À présent, il n'était qu'une loque pleurnicharde qui imposait ses câlins à Dina chaque fois qu'ils se quittaient ou se retrouvaient, peu importe la durée de leur séparation, jusqu'à ce qu'elle exige qu'il arrête ça. « On s'est jamais fait de câlins avant. »

Même madame Chang trouvait son mélodrame exagéré. « Ça ne lui ressemble pas », prétendait-elle. Pour Dina, cette affirmation n'avait aucun sens : Victor n'avait jamais perdu un père, alors comment aurait-on pu prévoir sa réaction ? Mais l'extravagance du deuil de Victor amenait Dina à se questionner sur ce qu'elle avait raté. Son frère et son père avaient dû entretenir une relation spéciale dont elle n'était pas au courant. Ils avaient dû avoir des conversations quand il n'y avait personne autour. Se raconter des secrets d'hommes, des trucs père-fils.

Lorsque Victor revint à la maison pour Noël après son premier trimestre à l'université, il avait pris du poids, ses muscles autrefois souples s'étaient reconfigurés en blocs solides comme des briques. Sa légère acné d'adolescent s'était mutée en affreux cratères rouges. Dina ne put s'empêcher de fixer ce visage transformé durant tout le repas. Elle se sentait trahie. Inquiète. Quelqu'un de beau pouvait devenir laid. La beauté lui avait d'abord paru quelque chose d'intrinsèque, quelque chose qu'elle possédait aussi certainement et irrévocablement que ses yeux bruns. Alors comment expliquer cela ? Avait-il perdu la sienne par mégarde, ou l'avait-il volontairement détruite ? Est-ce que ça pouvait lui arriver à elle ?

Maintenant seules, Dina et sa mère vivaient comme des colocataires. Sans monsieur Chang pour cuisiner, madame Chang sortait au resto tous les soirs. Dina arrêta plus ou moins de manger. La peur panique s'était atténuée au fil des ans, mais les repas continuaient de lui paraître laborieux – toute cette mastication, ces grincements de dents, tout ce temps perdu à table –, et l'extase quasi mystique des autres empirait l'affaire : « Quel délice ! » Autrefois, quand on la sommait de prendre part à un repas en famille, Dina réussissait à avaler un petit bol de riz et quelques morceaux de viande piqués dans la soupe ou le sauté de son père. Maintenant abandonnée à elle-même, elle oubliait de souper, se levait tard et partait pour l'école sans déjeuner, achetait une canette de ginger ale et un paquet de craquelins dans la machine distributrice pour le repas du midi.

En classe, ses rêveries tissaient une douce enveloppe protectrice autour de son esprit, interceptant tout ce que son professeur disait, amortissant le choc de ses os fragiles lorsqu'elle les posait précautionneusement sur la surface rigide de sa chaise. Danseuse étoile, vedette de la pop, du rock, du cinéma, mannequin. Dans sa tête, le tapis rouge se déroulait sous ses pas dans les couloirs de l'école. Les clignotements qu'elle percevait en périphérie de son regard, c'étaient les flashs d'appareils photo ; le grondement dans son cerveau, des applaudissements. Sommeil et vie éveillée se fondaient l'un dans l'autre aisément, devenaient presque indissociables.

Penchées au-dessus du lavabo dans les toilettes des filles, ses amies se plaignaient : « Mon Dieu que tu es maigre, je suis vraiment un porc. » Dina ne trouvait pas l'énergie de leur répondre. C'était comme si elles lui parlaient depuis l'extrémité d'un tunnel, en écho, de très loin. « Tu es tellement chanceuse d'avoir un métabolisme d'Asiatique. »

Victor revint pour l'été. Madame Chang avait réservé elle-même son billet d'avion. Dina et elle allèrent le chercher à l'aéroport sur le continent dans sa nouvelle voiture. Madame Chang dut klaxonner et faire de grands gestes depuis sa Lexus argentée pour qu'il les reconnaisse.

— Vous étiez pas obligées de venir jusqu'ici, dit Victor. J'aurais pu facilement prendre le bus et le traversier tout seul. Et je comprends toujours pas pourquoi tu m'as fait atterrir à Vancouver au lieu de Victoria. C'était à ce point moins cher ?

— Oh, je voulais te montrer quelque chose, répondit madame Chang.

Victor étira le cou entre les appuie-tête pour parler à sa sœur avec l'intérêt forcé qu'il lui démontrait depuis la mort de leur père. Dina répondit tant bien que mal à ses questions. Ça allait bien à l'école. Elle allait bien. Ses amies allaient bien.

Ils s'arrêtèrent à l'entrée du parking souterrain d'un gratte-ciel tout de verre turquoise. Madame Chang balaya une clé magnétique et la porte s'ouvrit. Ils se garèrent à une place numérotée.

— Qu'est-ce qu'on fait ici ? demanda Victor.

Madame Chang sortit de la voiture et se dirigea vers l'ascenseur, ses deux enfants à ses trousses.

— C'est une des propriétés que tu fais visiter ? demanda Victor en la rattrapant.

Madame Chang fixait les numéros croissants sur le cadran numérique.

— Maman ? Allô ? fit Victor.

À l'aide de la même clé, elle déverrouilla l'un des appartements au vingt-huitième étage. La porte s'ouvrit sur un impressionnant panorama dévoilé par un mur entièrement vitré : le port et les voies maritimes, la chaîne de montagnes coiffée de neige à l'horizon.

L'appartement n'étant pas meublé, le frère et la sœur convergèrent vers les fenêtres. C'était l'unité d'angle ; une série de fenêtres donnait sur l'eau et le massif forestier de la côte, au nord, alors que les autres montraient les tours scintillantes de la ville.

— Nous allons emménager ici, révéla madame Chang.

Victor se retourna, sonné.

— Hein ? Pourquoi ?

— Je me remarie. Il s'appelle monsieur Davies.

— Tu nous as jamais parlé de lui, souligna Dina, toujours absorbée par la vue.

— Eh bien, j'ai pensé que ce n'était pas vos affaires. Ça ne vous concernait pas avant aujourd'hui.

— Est-ce que l'appartement est à lui ? demanda Victor.

Madame Chang émit un petit rire pour elle-même.

— Non, il est à moi.

Elle parut réfléchir un moment avant d'ajouter :

— J'ai beaucoup de propriétés.

— Qu'est-ce que tu veux dire ? l'interrogea Victor.

— Qu'est-ce que tu veux dire par « qu'est-ce que tu veux dire » ? C'est clair, il me semble. J'ai beaucoup de propriétés. Ici, et à Toronto, et à Hong Kong, au New Jersey, à San Diego, à Los Angeles…

La maison dans laquelle ils avaient grandi était un bungalow à trois chambres, charmant mais délabré, situé à vingt minutes de la plage. Au centre de la petite cuisine trônait un lave-vaisselle vert olive qui ne fonctionnait pas ; leur père avait toujours lavé la vaisselle à la main. Le garage détaché s'était affaissé au fil des hivers sous le poids de la neige. Victor était bouche bée.

— Pourquoi on a jamais rien su de ça ?

— Ça n'était pas vos affaires non plus. Vous étiez jeunes. C'est juste des investissements.

— J'en reviens pas, fit-il.

Dina souriait en aparté, le paysage à un million de dollars s'étendant à ses pieds comme un festin pour les yeux. Comme la fille qui apprend qu'elle est en réalité une princesse ou le garçon, un sorcier, elle avait toujours su. Bien sûr qu'ils étaient secrètement riches.

2

Ils ne gardèrent presque rien de la vieille maison. Madame Chang orchestra l'arrivée du mobilier neuf dans l'appartement. Dans sa nouvelle chambre, Dina appréciait tout particulièrement le lourd miroir de plain-pied avec cadre en acajou posé dans un coin. Ce n'était pas un jouet, pas quelque chose qu'on était tenté de couvrir de peinture 3D et d'autocollants.

Monsieur Davies arriva dans la lumière éblouissante du début de soirée que déversaient les baies vitrées, près desquelles se tenait Victor. Toujours – ou à nouveau – bouche bée. Tout en déblatérant joyeusement, le moustachu monsieur Davies tirait d'une main une valise à roulettes remplie d'ustensiles de cuisine et, de l'autre, tenait un sac d'épicerie débordant. Il rangea la nourriture et se mit à cuisiner sous le regard des Chang, qui n'offrirent pas de l'aider. Madame Chang était assise sur le canapé dans une pose décontractée inédite, sirotant un verre de vin, les pieds nus – sans ses pantoufles. Dina n'avait jamais vu sa mère boire de l'alcool. Ses pieds paraissaient malades : carrés, enflés, surmontés de chicots de chair aux ongles jaunissants en guise d'orteils. Dina n'avait jamais vu les pieds de sa mère non plus.

Monsieur Davies leur servit des pétoncles à la crème. Des rondelles grasses et dodues dans une mare blanche et lisse. Pour Dina, les pétoncles avaient toujours été ces petits dés jaunâtres et fibreux que son père réhydratait pour donner du goût aux soupes. Madame Chang mangeait avec délectation, faisant crisser son couteau dans l'assiette. Dina et Victor ne faisaient que picorer.

— Oh, je suis bête, je n'ai même pas demandé si l'un d'entre vous était végétarien.

— Non, trancha madame Chang.

— Végétalienne, en fait, fit Dina dans un élan inspiré.

Elle repoussa l'assiette devant elle.

— Je suis végétalienne maintenant.

Madame Chang épongea le reste de sauce avec un morceau de pain. Elle prit une bouchée et déglutit avant de répliquer :

— Tes inepties n'ont pas de limite.

— Y'a pas de mal, dit monsieur Davies. Vraiment. Pour demain, j'avais prévu un bon foie avec du chou et des oranges. Je n'aurai qu'à faire plus de chou.

Pendant qu'il ramassait lui-même leurs assiettes, et bien que personne n'ait fait mine de se lever de table, il dit :

— Pas besoin d'aide, je m'en occupe.

Victor entraîna Dina sur le balcon. Le vent à cette altitude avait l'effet d'une claque, et ils se pressèrent contre la porte vitrée. Victor dut parler d'une voix forte tout près de l'oreille de sa sœur pour être entendu.

— Qu'est-ce que tu penses de monsieur Davies ?

— Il est ridicule.

— Tu crois qu'il est avec maman pour son argent ?

— Peut-être bien. Mais j'imagine qu'un homme de son âge, c'est mieux qu'un jeune gigolo.

Victor secoua la tête.

— Je sais pas ce qui est le plus bizarre : la voir avec un Blanc ou juste avec quelqu'un d'autre que papa.

Puis, plus bas, presque pour lui-même, il ajouta :

— J'ai l'impression qu'elle vient de mettre toute notre vie d'avant aux poubelles, comme si elle avait jamais existé. Comme si je l'avais rêvée.

Mais c'est comme ça qu'on devient une nouvelle personne, une meilleure personne, songeait Dina. Une personne riche et célèbre. Elle se frictionna les poignets pour chasser le souvenir sur sa peau de la corde qui l'avait ligotée. Victor dit encore quelque chose, mais le vent l'emporta, et Dina laissa tomber.

Une des nombreuses choses que Dina appréciait de la vie sur le continent : les centres commerciaux. Pour compenser les repas élaborés que monsieur Davies, industrieux, réussissait à lui imposer – les bouchées qu'elle acceptait de prendre pour qu'il la laisse tranquille –, elle marchait longuement dans les galeries interreliées des centres commerciaux du centre-ville après l'école. Elle aimait contempler les vitrines, leurs mannequins sans visage rassemblés en groupes nonchalants, avançant le coude pour montrer leur sac à main scintillant. Parfois seule, parfois accompagnée du groupe de filles qui l'avait adoptée dès son premier jour à sa nouvelle école, l'identifiant comme l'une des leurs. D'une certaine manière, elles étaient pareilles à ses amies de l'ancienne école. Plus riches, d'origines ethniques plus diverses, plus promptes à sortir la carte de crédit de leurs parents pour se payer un brillant à lèvres ou un Frappuccino, certes, mais elles avaient le même genre de voix hystériques, la même façon de se promener bras dessus, bras dessous, les mêmes sujets de conversation, la même tolérance pour l'inattention de Dina et sa manie de toujours les imiter.

Elles s'excitaient pour un garçon, alors Dina s'excitait aussi. Mais elle n'avait développé aucune attirance sexuelle, ni pour les hommes ni pour les femmes. Les corps masculins étaient tous semblables à ses yeux – leur uniformité de poupée, chacun une masse indistincte avec sa pauvre petite excroissance, amas de chair accidentelle. Certains plus grands, plus gros, plus maigres, oui, et pourtant tous les mêmes, le même prototype sous la surface. Les femmes, en revanche, étaient trop variées : tout un monde extraterrestre. Difficile d'imaginer qu'elles appartenaient à la même espèce. Aux yeux de Dina, la plupart semblaient mal faites, affligées de défauts de fabrication, destinées à être écartées de la chaîne de montage. Ce à quoi elles devaient ressembler était évident et ce en quoi elles y échouaient aussi. Les corps masculins l'ennuyaient ; les corps féminins la mettaient mal à l'aise, comme un tableau accroché de travers, un cheveu dans le glaçage d'un gâteau.

Dina était avec ses nouvelles amies lorsqu'elle vit l'annonce. Texte rose vif sur fond noir. C'était un appel à candidatures pour une agence de mannequinat, ce samedi à neuf heures, au centre commercial.

— Oh mon Dieu ! Il faut que tu y ailles ! s'exclama l'une de ses amies.

Elles suivirent Dina jusqu'à l'appartement, farfouillèrent dans sa garde-robe à la recherche de la tenue parfaite. Madame Chang apparut dans l'embrasure. Dina fut la seule à la remarquer. Sa mère s'appuya au cadre de porte en tendant l'oreille aux bavardages des filles tandis que les vêtements rejetés s'empilaient sur le lit.

— Peut-être ta robe jaune, suggéra madame Chang.

Les autres s'interrompirent.

— Bonjour madame Chang, dit l'une des filles sur un ton déférent qui fit rouler des yeux à Dina.

— Le jaune me donne l'air blême, dit cette dernière.

— Mais non, mais non.

Madame Chang fit un pas dans la chambre et les filles s'écartèrent. Des problèmes s'étaient déclarés dans son genou gauche récemment. Elle subirait une chirurgie dans le courant de l'année. Parfois, elle utilisait une canne, mais cette fois-ci, elle avançait en boitant, mue par sa propre force. Elle trouva la robe jaune et l'étala sur un coin dégagé du lit.

— Ça te donne un air jeune. Frais.

— Ouh ! s'exclamèrent les autres filles. Oui, clairement. Mets ça.

— Tu devrais arriver de bonne heure, dit madame Chang. Je peux te conduire.

— C'est juste au centre d'achats, fit Dina. Je peux y aller à pied.

— Tu n'as pas peur d'être en sueur ? Tu n'as pas peur que tes cheveux…

Madame Chang fit un geste brouillon de la main.

— … à cause du vent ?

— C'est vrai, ça, approuvèrent les filles en chœur.

— OK, j'imagine que c'est mieux d'y aller en auto, concéda Dina d'un ton traînant. Merci.

Le samedi suivant, à un coup sec frappé à sa porte de chambre, Dina souleva la tête à moitié au-dessus des oreillers, toujours prise dans la fange des rêves, puis roula sur le côté et se rendormit. Lorsqu'elle rouvrit les yeux, le réveil affichait 8 : 50. Elle sauta du lit et courut à la salle de bains en poussant des jurons. Il lui faudrait au moins quinze minutes pour se maquiller – trente pour réaliser le look qu'elle avait en tête initialement, ce qui était maintenant hors de question. Dans sa robe jaune, maquillée d'une poudre matant la sueur que son corps peinait à produire, elle fit son apparition dans la pièce principale. Sa mère et monsieur Davies étaient assis à la table de verre, partageant un autre de leurs repas déraisonnablement riches : du brie, des brioches à la crème anglaise et du thé disposés sur un plateau.

— Pourquoi tu m'as pas réveillée ?

— J'ai essayé, répliqua madame Chang.

— Ben dépêche, on y va !

Madame Chang saisit la canne accrochée au dossier de sa chaise et se hissa sur ses pieds. Avec une lenteur vengeresse, suspectait Dina.

Elles furent aussitôt prises dans un dédale de travaux routiers et de sens uniques. L'intérieur en cuir de la Lexus neuve exhalait toujours son odeur chimique qui retournait l'estomac vide de Dina.

— Ce serait peut-être plus rapide si tu marchais, dit madame Chang.

Dina tapota ses cheveux aplatis au fer. Arriver décoiffée serait pire qu'arriver en retard, jugea-t-elle.

En se rangeant devant le centre commercial, elles virent une file de jeunes filles qui s'étirait jusqu'au carrefour et disparaissait au-delà. Des douzaines, peut-être des centaines, plusieurs accompagnées de leur mère.

— Il aurait fallu arriver plus tôt, dit madame Chang d'un ton neutre et sans reproche.

Dina bondit hors de la voiture et se fraya un chemin jusqu'au bout de la queue.

C'était un jour gris, frisquet et humide. À pas de tortue, Dina avança dans la queue durant presque trois heures. Quelques filles ôtèrent leurs talons hauts et restèrent pieds nus ou dans leurs bas de nylon sur le trottoir crotté. D'autres s'assirent par terre en tirant sur leur jupe moulante. Sans réfléchir, Dina se frotta les yeux – ils se fatiguaient, à la longue, dans la clarté diffuse du couvert nuageux, et elle regrettait de ne pas avoir apporté ses lunettes fumées. Elle poussa un juron en voyant la trace de noir et de beige lustré sur sa main.

Elle n'avait ni photo de casting avec C.V. ni portfolio, contrairement à la plupart des filles. Cela ne lui avait même pas traversé l'esprit. Qu'avait-elle cru ? Qu'une épiphanie se produirait dès qu'elle ferait son entrée dans la pièce, que tout le monde se lèverait dans une éruption de ravissement ? « Oui, s'exclamerait-on. Toi. Tu es celle qu'on cherchait. Tu *l'as* ! »

Finalement, quelqu'un sortit pour leur faire savoir que c'était tout, qu'ils avaient fini pour la journée. Dina se traîna les pieds jusque chez elle. Sa mère et son beau-père n'étaient pas là ; à leur retour, ils la laissèrent bouder dans sa chambre en lui épargnant les « je te l'avais bien dit » auxquels elle s'était attendue.

Six mois plus tard, elle tomba sur une affiche semblable pour un concours de talents pancanadien au même centre commercial. Cette fois, elle avait quatre semaines pour se préparer, et elle ne raterait pas sa chance. Elle demanda à sa mère si elle pouvait l'inscrire à des cours de chant.

Madame Chang était étendue sur le canapé. Son pantalon de soie révélait la forme de ses jambes. La gauche s'était amaigrie et atrophiée, alors que la droite s'était solidifiée, le mollet un bloc de muscle bombé comme un melon.

— Des cours de chant ? répéta-t-elle.

— Oui. J'ai trouvé l'école et la prof et tout.

— Combien ?

— Cent vingt dollars par séance.

— Combien de séances ?

— J'ai appelé et ils disent qu'ils ont de la place pour moi une fois par semaine, pendant trois semaines, d'ici au concours.

Dina arrivait préparée : références de la professeure, historique de l'école, adresse – près de leur immeuble et de son école secondaire : elle n'aurait pas besoin d'être conduite –, mais madame Chang se contenta de fermer les yeux.

— Apporte-moi mon chéquier. Il est dans mon bureau, premier tiroir du haut.

Assise sur un banc de bois devant le local de la professeure à l'école de musique, Dina regardait passer les enfants et leurs parents dans le couloir. De jeunes enfants. Dina était l'élève la plus vieille. La porte du local s'ouvrit et un garçon d'environ neuf ou dix ans en sortit. Dina fut la suivante à être appelée.

La pièce était petite et le haut plafond en pente se terminait par une rangée de fenêtres ; il n'y avait de place que pour un piano à queue, un tabouret et une bibliothèque. La professeure, autrefois une chanteuse jazz célèbre, était une dame âgée qui s'appelait Linda, portait sa frange argentée aplatie par une barrette et un pull sous une jupe-salopette en tricot. Quand Dina entra, Linda était assise au piano. Elles se serrèrent la main maladroitement. Linda demanda à la jeune fille de chanter une chanson, n'importe laquelle.

Dina était persuadée d'avoir une super voix, le vibrato d'une starlette de la pop. À la fin de la chanson, Linda plissait les yeux depuis son banc de piano, comme si elle n'arrivait pas tout à fait à y voir clair.

— Et puis ?

— Maintenant, dit Linda, dis-moi donc pourquoi tu veux suivre des cours de chant ?

Dina lui expliqua les détails du concours de talents.

— Je veux arriver préparée. Raffiner ma voix.

— Et ce concours, c'est dans combien de temps ?

— À peu près trois semaines. J'ai réservé trois séances avec vous.

Un autre long silence. Linda baissa le regard vers le clavier, fit glisser son doigt sur les touches sans les enfoncer.

— Il y a des exercices qu'on pourrait faire, finit-elle par lâcher.

Et elles s'y attelèrent. Deux heures d'exercices de respiration et de gammes, Linda tenant Dina par les hanches et la faisant pivoter dans un sens puis dans l'autre, appuyant sur un muscle tendu et presque douloureux juste au-dessus de la ceinture de son jean. Une heure à répéter la chanson que Dina comptait présenter au concours de talents pendant que Linda jouait la même note aiguë, tapait des mains, fredonnait de façon agressive, envoyant à Dina un signal qu'elle ne captait pas.

— Est-ce que je devrais choisir une autre chanson ? fit Dina, frustrée.

Peut-être que sa voix s'accorderait mieux à une pièce dans une tonalité plus haute ou plus basse, quelque chose de plus simple ou de plus grandiose.

— La chanson n'est pas le problème.

Dina s'était attendue à se faire dire dès la première leçon qu'elle avait un talent inné, à ce que Linda se pâme de l'avoir comme élève, s'extasie d'avoir enfin déniché la perle rare. Au terme de ses trois leçons, elle se serait contentée d'une tape dans le dos et d'un simple : « Ça ira très bien. »

Dina arriva au centre commercial une heure avant l'ouverture des inscriptions. Elle aurait voulu arriver deux heures en avance, mais s'habiller et se maquiller avait été plus long que prévu. On lui réserva une plage horaire vers le milieu de la journée. Elle fit les cent pas en exerçant sa respiration, revérifia les instructions pour le technicien et le CD contenant la piste, sirota le thé au miel qu'elle avait apporté dans un thermos de métal.

Enfin, ce fut son tour. En mettant le pied sur la petite scène pour faire face à la table des juges et aux spectateurs dispersés sur leurs chaises de plastique pliantes, elle ne ressentit aucune nervosité. Elle percevait la chaleur de l'éclairage sur sa peau, ainsi que les rayons qui parvenaient du vaste puits de lumière, lesquels faisaient scintiller son haut blanc à paillettes et sa barrette sertie de faux diamants. En attendant que la musique démarre, elle enveloppa le pied de micro des mains de façon suggestive. Elle se déhancha et tourna le buste. Elle offrit un sourire aux juges qui, malgré leur ennui et l'avant-midi interminable qu'ils venaient de passer, le lui rendirent. Pour Dina, ils se redressèrent et s'avancèrent dans leurs fauteuils.

Une caméra braquée sur elle projetait son image en direct derrière sa tête, entre les deux énormes enceintes. Les clients du centre commercial s'arrêtaient pour la regarder, captivés par son image.

La musique démarra. Dina se balança d'un côté et de l'autre. Le sourire des juges s'élargit.

Dès la première note, elle fut surprise de constater à quel point sa voix était forte, réverbérée par les haut-parleurs derrière elle. Forte et étrangère. Une voix totalement différente, qui n'avait rien à voir avec celle qu'elle entendait dans la douche, ou par-dessus la radio, ou avec Linda à l'école de musique. Rien à voir avec la voix qui résonnait dans son crâne.

Cette voix n'avait quasiment aucune qualité mélodique. C'était comme parler plutôt que chanter, et avec un accent affecté en plus. Une voix criarde horriblement fausse qui se cassait dans les aiguës. Qui se repliait bizarrement sur les graves, comme les vocalises des baleines dans les documentaires animaliers.

C'était la pire chose qu'elle ait entendue de sa vie.

Elle chanta jusqu'à la fin du morceau. Elle tint même la note finale comme elle l'avait répété, entendant pour la première fois combien elle sonnait faux. L'interminable désagrément de cette note, comme une sirène annonçant une attaque aérienne. Ses yeux se gonflèrent de larmes, qui perlèrent sur son mascara hydrofuge.

Elle chancela sur ses chaussures blanches à talons hauts en se précipitant en bas de la scène. Elle se fraya un chemin à travers les techniciens et leurs planchettes à pince, les rangées de visages hébétés et de chaises pliantes. Sur l'une d'elles, au fond, près de l'allée, quelqu'un attira son regard et manqua de lui faire perdre pied. Sa mère. Elle avait tout vu. Tout *entendu*.

Madame Chang mit tout son poids sur sa canne et sa bonne jambe, et se leva prestement. Elle trotta derrière sa fille, qui se laissa rattraper puis guider vers le stationnement en sous-sol, sa vue voilée par les larmes ; Dina, en mode pilote automatique, monta dans la Lexus.

Dans la nuit américaine du parking, les lueurs orange artificielles des sorties de secours et le huis clos ténébreux de la voiture, madame Chang laissa Dina pleurer quelques minutes avant de dire :

— Je vais te raconter une histoire, maintenant. Il était une fois un poussin égaré. Sa mère avait été dépecée et cuisinée en ragoût. Le poussin errait dans le pré, seul et en déroute. Aux confins de la ferme, il tomba sur un étang. Là, sur la berge, il trouva un nid de canetons. La mère des canetons l'adopta. Elle le nourrit. Elle en prit soin comme de ses propres bébés. Le poussin ne savait pas de quoi il avait l'air, et il fut heureux un temps. Puis, lorsque les canetons furent assez grands, la mère entraîna la famille dans l'étang pour une première baignade. Le poussin se noya.

Madame Chang tourna la clé dans le contact, et le moteur s'éveilla dans un sursaut.

— Est-ce que tu comprends ?

Dina ne prononça pas un mot de tout le trajet. Dès qu'elles mirent le pied dans l'appartement, elle fonça tout droit vers sa chambre et s'y enferma. Elle se planta devant le grand miroir et se dévêtit. Elle examina chaque centimètre de son visage et de son corps, les lignes droites ininterrompues de l'ossature et les courbes gracieuses comme le cou d'un cygne. Les endroits où elle avait arraché les poils ingrats, où elle avait égalisé le teint, gommé les reliefs. Tout ce qu'elle avait perfectionné. C'était son talent, son don. Elle comprenait vaguement ce que sa mère avait voulu lui dire, mais s'efforça de ne pas y penser. Elle n'était pas un poussin, merde !

3

Dina termina miraculeusement ses études secondaires, grâce à quelques 59 qu'on avait arrondis à 60 pour se débarrasser d'elle. Sa mère subit une troisième chirurgie pour réparer les dommages causés par les deux premières. Son dos et sa hanche droite étaient ruinés d'avoir surcompensé les problèmes de genou. Monsieur Davies la poussait partout dans son fauteuil roulant. Ils achetèrent une seconde voiture, un SUV de luxe muni d'une plateforme hydraulique. Pour Dina, sa mère n'était qu'affaiblie temporairement. Un dragon blessé.

Cet été-là, Dina fut couronnée quatrième « princesse » – seule finaliste à ne pas monter sur le podium – au concours de Miss Chinatown. Elle posa devant les photographes de presse avec deux douzaines de jeunes femmes que les stylistes avaient rendues identiques : visage pâli, grains de beauté et autres imperfections effacés, yeux arrondis par le fard, menton redessiné et chevelure séparée au milieu, pour un effet de visage en cœur. Elles portaient toutes un justaucorps à motif léopard avec une jupette de plumes, un costume plutôt ambigu sur le plan animalier.

Puis il y eut les blogs de mode et les boutiques locales, qui ne payaient pas ou payaient en crédit, les vêtements toujours un peu trop longs, un peu plus informes qu'ils auraient dû l'être, l'appareil photo la captant toujours dans des poses manquant de naturel, soit un éclat de rire faux qui dévoilait ses dents, soit les yeux plissés en regardant le soleil, soit ses bras maigres ouverts comme des ailes en deux dimensions. Ou simplement dans une expression lasse et déçue, celle de la fille qui s'ennuie durant un premier tête-à-tête. Les photos étaient publiées sur le site des boutiques et affichées dans leurs vitrines, des photos comme celles qu'elle avait toujours cru montrant des mannequins professionnels bien payés, et pas des aspirantes reines de beauté à qui on remettait une carte-cadeau couvrant à peine le coût d'une écharpe ou d'une demi-paire de chaussures. Son contrat le mieux rémunéré – son *seul* contrat rémunéré – avait été une publicité pour le gouvernement provincial dans laquelle elle jouait une étudiante hochant la tête avec enthousiasme devant l'acteur qui jouait le professeur. Des productions américaines de cinéma et de télé débarquaient en ville avec leur équipe complète, leurs fausses voitures de police marquées CHICAGO PD ou BOSTON PD ou NYPD envahissaient les rues du centre-ville, et les magazines spécialisés n'affichaient que des annonces pour des rôles de cabaret de variétés.

Le problème, c'était la ville, conclut Dina. Cette nation de pense-petit dont la télé mettait en vedette des gens moches filmés avec des caméras à basse résolution ne pouvait pas comprendre l'ambition.

Le temps passait à une vitesse alarmante, sans l'école pour différencier les années, pour souligner l'exception des vacances estivales. Après « inutile », « paresseuse », « bonne à rien », madame Chang était à court de synonymes pour insulter Dina. Le flou entre ses dix-huit et ses dix-neuf ans. Le flou entre ses vingt ans et le reste de sa vie – les filles dans les magazines paraissaient toujours plus maigres et plus jeunes, avec leur look « toxicomane chic » ou « nymphe éclaboussée de rosée ». Dina ne démordait pas de l'idée qu'elle venait à peine de quitter l'école, qu'elle était en pleine croissance, une enfant, un bourgeon encore tendre. Un diamant dans une mine inexploitée, dans les profondeurs obscures de l'inconnu, prête à être cueillie et à scintiller pour la première fois dans la lumière.

Victor se maria et déménagea à San Francisco. Dina fut étonnée en revoyant Isabel après tant d'années.

— Tu es tellement petite !

— J'ai pas rapetissé, tu sais, blagua Isabel.

Victor était ivre d'amour, et Dina peinait à comprendre ce qu'il trouvait à sa nouvelle belle-sœur. Elle aimait bien Isabel, peut-être de façon irrationnelle, parce qu'Isabel – par un concours de circonstances – s'était exclue de ce que Dina considérait maintenant comme une torture purement sadique, une punition sans objet, du moins dans sa mémoire. Les autres filles l'avaient attaquée comme ça, sans raison ; Isabel, innocente par son absence. Mais même à côté d'un Victor adulte et diminué, qui avait perdu à jamais sa beauté éblouissante d'adolescent, Isabel paraissait bizarre. Avec ses lunettes et ses vêtements de grand-mère – elle n'avait même pas fait un effort pour son propre mariage –, elle se soustrayait aux regards au point de disparaître. Dina feignit d'être heureuse pour Victor, alors qu'elle aurait voulu lui dire à l'oreille : « Tu peux trouver mieux. » Elle remarqua les lèvres pincées de sa mère durant le repas de noces et sut qu'elle pensait la même chose. Madame Chang jugeait peut-être sa fille écervelée et arrogante, mais son fils faisait bien pire : il se dévaluait.

Pendant que madame Chang était en réadaptation, Dina s'introduisit dans son bureau et y trouva un lot d'enveloppes contenant des clés et des passes magnétiques. Dina n'en revenait pas que des objets puissent ouvrir des portes à des milliers de kilomètres, un superpouvoir qui aurait dû s'estomper dans la distance, en toute logique. Elle prit une enveloppe marquée d'une adresse à Santa Monica, en Californie. Elle piqua aussi, au fond d'une armoire de cuisine, une liasse de billets dans une jarre à biscuits dont sa mère croyait qu'elle ignorait l'existence.

Lorsque madame Chang rentra avec monsieur Davies, qui l'avait conduite et attendue tout le long de la séance, Dina annonça :

— J'aimerais rendre visite à Victor. Voir sa nouvelle maison.

Monsieur Davies installa sa femme dans un fauteuil au salon et commença à préparer le souper.

— Est-ce qu'il t'a invitée ?

— Ben… non. Je me suis invitée moi-même. Mais il a dit que ça le dérangeait pas.

— Est-ce qu'il va payer pour le billet d'avion ?

— Euh, non.

Madame Chang marmonna quelque chose en mandarin.

— Bon, OK. Fais de l'air, pour une fois. Tu prendras ma carte de crédit.

Le jour du départ, après que monsieur Davies l'eut conduite à l'aéroport, elle alla tout droit au comptoir et changea son billet de retour pour un autre vers LAX ; elle paya la différence de prix et les frais en argent comptant. Tout ce qu'il lui restait à faire, songea-t-elle, c'était de se rendre à Hollywood.

La maison de Victor et Isabel était située dans une rue aux maisons presque identiques, dans un quartier aux rues presque identiques. De larges résidences de plain-pied qui faisaient face à la rue et témoignaient du passé optimiste d'un pays qui avait plus d'espace qu'il n'en aurait jamais besoin.

Ils avaient déballé presque toutes leurs boîtes. Seules quelques-unes restaient empilées contre un mur dans le salon. Malgré cela, l'endroit paraissait vide, avec les petits meubles de leur ancien studio dispersés aux quatre coins de ce vaste espace. Pourtant, Dina s'y sentait bizarrement à l'étroit : les plafonds bas et les longues fenêtres horizontales, le silence banlieusard typique des maisons détachées.

Le premier soir de son séjour en Californie, ils restèrent à la maison pour souper de bonne heure, rangèrent la vaisselle puis regardèrent un DVD avant qu'Isabel ne se lève pour dire qu'elle allait se coucher.

— Il est même pas neuf heures ! protesta Dina.

Isabel bâilla et donna un petit bisou sur la joue de Victor.

— Je vais peut-être lire un peu. Je vous laisse, vous avez beaucoup de choses à vous raconter.

Quand la porte de la chambre se referma, Dina se tourna vers Victor.

— Tu mènes vraiment la grande vie, hein ?

— Hé, dis pas ça. C'est pas cool.

Dina se leva et se dégourdit les jambes. Tout ce temps, elle avait été assise avec une jambe repliée sous elle dans ce canapé trop rembourré, et son pied s'était comme endormi. Elle se sentait captive et débordante d'énergie, comme autrefois dans leur vieille maison, consciente qu'il n'y avait rien à faire et nulle part où aller à des kilomètres à la ronde.

— Pourquoi on n'irait pas se soûler quelque part ?

— On peut bien aller dans un bar, mais un de nous deux devra conduire. Je peux nous faire des cocktails ici, si tu veux.

Dina faisait les cent pas dans la pièce. Les rideaux, un lourd damas aux teintes de jaune moutarde, étaient ceux de l'ancien propriétaire. Elle en tira un pour observer la cour ; même dans la pénombre, on voyait que la pelouse hirsute avait besoin d'être tondue.

— Maman m'a dit que ta maison avait coûté genre mille millions. Je l'imaginais pas comme ça. Ça me rappelle la maison de notre enfance.

— Oui, moi aussi, dit Victor avec un sourire.

Dina posa les mains sur ses hanches.

— Alors ? Tu es heureux ? Tu l'aimes, ta vie de petit vieux ?

Elle avait voulu blaguer, mais les mots étaient sortis sur un ton sérieux.

— Oui. Je veux dire, je *n'adore* pas mon travail. Mais c'est juste un travail, et le salaire est très bon. Et je vais surfer presque tous les week-ends.

— Mais tu travailles, quoi ? quarante heures par semaine ?

— Plutôt cinquante ou soixante. Plus, si on compte le trajet.

— C'est ça. En gros, tu passes ta vie au bureau. Pourquoi tu essayes pas de trouver… Comment ça s'appelle ? un commanditaire pour ton surf ? Un gars de l'école a fait ça. Un de tes anciens amis.

— Je suis pas certain que ça paye ses factures. C'est juste des planches ou de l'équipement gratuit.

Dina baissa le regard vers Victor, assis en plein milieu du canapé aux formes rondes et moelleux à l'excès que leur père aurait tant aimé.

— C'est juste triste que… On dirait que tu passes tout ton temps à faire quelque chose que tu détestes pour pouvoir passer quelques heures à faire ce que tu aimes vraiment.

— C'est pareil pour tout le monde. Et je *déteste* pas mon travail.

— Mais qu'est-ce que tu veux ? Qu'est-ce que tu veux vraiment ?

— De quoi tu parles ? J'ai déjà tout ce que je veux.

L'irritation s'entendait enfin dans sa voix, ce qui parut à Dina nettement mieux que l'apathie.

— Je voulais cette maison. Je voulais Isabel. Je voulais être programmeur. Je voulais vivre en Californie. Pourquoi tu viens cracher sur ma vie ?

— C'est pas mon intention !

Elle prit une inspiration.

— Je suis désolée. Si tu es heureux, alors je suis heureuse pour toi.

Le film qu'ils avaient regardé était une comédie romantique médiocre avec deux grosses vedettes et un scénario peu mémorable, magnifiquement filmé mais si mal écrit que Dina et Victor avaient passé leur temps à se moquer des répliques ou à parler d'autre chose. Rien dans l'histoire ne justifiait a priori que ces deux personnages forment un couple, sauf peut-être leur aversion mutuelle et le fait qu'ils étaient, sans surprise, les deux plus belles personnes de l'univers, trop belles pour être associées avec qui que ce soit d'autre : leurs amis moins séduisants, leur famille, les autres prétendants, qui servaient seulement à brouiller les pistes. Dans la séquence finale, après quatre-vingt-dix minutes d'obstacles improbables et de malentendus, après que la protagoniste se fut enfuie d'un mariage et eut été pourchassée jusqu'à une falaise surplombant le Hollywood Bowl au coucher du soleil, après une déclaration d'amour saturée de métaphores qui avait fait hurler Victor et Dina, cette dernière avait remarqué qu'Isabel avait la larme à l'œil.

Dina avait alors tourné son attention vers l'écran, vers cette image qu'elle s'efforça d'isoler de son contexte. La caméra zoomait lentement sur un homme, s'attardant à son costume impeccable, à sa barbe blonde de trois jours et à sa mâchoire parfaitement dessinée, puis sur une femme, avec sa robe de demoiselle d'honneur vert émeraude au décolleté plongeant, ses yeux verts brillants de larmes et ses cils longs d'un kilomètre. Le crescendo cathartique de la trame musicale, le ciel dans des tons invraisemblables de mauve et d'orange crémeux, la vallée illuminée d'une myriade d'étoiles filantes. Le baiser ! Un baiser qui ne pouvait être échangé que par ces deux-là – les acteurs, pas les personnages. Ce qui rendait ce film romantique n'était pas le scénario anémique, mais la pure qualité esthétique, le sublime charisme de ses vedettes.

Leur baiser avait ému Isabel. Et Dina, dans un élan d'affection sincère pour son frère et elle, avait voulu dire, sans trouver les mots : alors ne vous contentez pas de si peu ! Ne vous contentez pas de la beauté reléguée à la télévision, de votre affreuse maison au milieu de nulle part et dans laquelle déjà vous laissez vos corps se ramollir et se dégrader, d'une existence rangée et sans ambition si tôt dans votre vie. Vous pouvez *être* ces personnes à l'écran. Vous pouvez leur ressembler, être les vedettes de scènes comme celle-là, vivre des moments forts comme celui-là. Si vous n'y croyez pas, à quoi bon vivre ?

Victor dit :

— T'as pas l'intention de rentrer.

— Quoi ?

— Tu as laissé ton passeport et tes affaires sur le comptoir. Ton billet d'avion. Tu t'en vas à L.A.

Dina croisa les bras.

— Tu vas me dire que c'est une mauvaise idée. Que je suis stupide.

— Non, non. Je pense que c'est super. Je pense… Je connais rien à l'industrie de la mode ou du cinéma ou de ces choses-là, reprit-il après une pause, mais tu as toujours eu un je-ne-sais-quoi de spécial. Quelque chose qu'on pouvait tous voir et qui donnait envie d'être à tes côtés. C'est plus que de la beauté. Une sorte de magie.

Il fit un geste pour désigner le menu du DVD qui occupait maintenant l'écran, montrant les deux tourtereaux nez à nez.

— Comme eux.

Parfois, au milieu de la nuit, Dina craignait de devoir un jour admettre que ses dons étaient plus inutiles et communs qu'elle ne voulait le croire. Jusqu'ici, ses craintes s'étaient toujours évanouies au matin. Et, même si ce n'était que son frère, ce grand sentimental au cœur tendre, au moins quelqu'un, une fois, avait dit ce qu'elle avait toujours voulu entendre.

De l'aéroport LAX, Dina prit une navette pour la jetée de Santa Monica, puis se rendit à pied à l'adresse indiquée sur l'enveloppe qu'elle avait piquée à sa mère. Devant l'immeuble se déroulaient les six voies d'Ocean Avenue, une rangée de palmiers et, au-delà, la mer. Madame Chang connaissait la valeur des propriétés au bord de l'eau. Le hall était si froid qu'en ouvrant la porte on croyait entrer dans un congélateur ; l'air conditionné lui picota la peau instantanément. Un lustre argenté de style moderne laissait couler ses longs fils de lumière, évoquant des stalactites de glace. Des fougères et bambous en pots devant les fenêtres tamisaient la lumière.

La femme derrière le comptoir de la réception aurait pu être un mannequin. Blonde, d'une taille vertigineuse, portant une robe de dentelle blanche sous un blazer marine, les lignes nettes du visage et du corps comme tracées par un grand artiste.

— Je peux vous aider ?

Dina repéra tout de suite son léger accent. Elle était au bon endroit, songea-t-elle : là où les plus belles personnes du monde se retrouvaient.

— Non, non, ça va, répondit-elle, se dirigeant vers les ascenseurs d'un pas qu'elle voulait résolu.

Elle se sentait poisseuse à cause du trajet en avion, avec ses cheveux sales tirés en arrière. L'une des roulettes de sa valise avait été cassée durant le transit. La valise sautillait avec fracas sur le plancher de marbre.

La femme contourna le comptoir, découvrant ses hautes bottes de cuir brun, et alla se planter devant Dina pour lui bloquer le passage.

— Est-ce qu'un de nos résidents attend votre visite ? Souhaitez-vous que je l'appelle pour vous ?

— Je, euh…

Dina sortit la clé magnétique de son sac à main ; montrer l'enveloppe, visiblement volée, était une erreur, et elle s'en mordit les doigts.

— Ma mère est propriétaire du 808. Je vais occuper l'appartement pour un temps.

— Je peux voir ?

La femme lui prit la clé des mains avant qu'elle ait pu répondre.

— Merci.

Elle retourna à son poste et Dina resta plantée en plein milieu du hall, s'accrochant à sa valise brisée comme à une bouée. La réceptionniste pianota sur le clavier de son ordinateur puis demanda :

— Vous êtes la fille de madame Chang ?

— Oui.

— Elle ne nous a pas informés de l'arrivée d'une nouvelle locataire ou d'une invitée.

— Ça s'est décidé à la dernière minute.

— Si vous voulez bien rester ici, je vais juste lui passer un coup de fil pour vérifier.

Dina se demandait si elle ne ferait pas mieux de s'enfuir à toutes jambes. Est-ce que sa mère oserait lui envoyer la police pour lui donner une leçon ? Ce qu'elle avait appris du LAPD à la télé et dans les films n'était pas rassurant. Avant qu'elle ait pris une décision, la réceptionniste lui apporta le téléphone sans fil.

— Votre mère voudrait vous parler.

Dina porta le téléphone à son oreille.

— Voyez-vous ça, une petite voleuse ! Et plus futée que je l'aurais cru, en plus !

Dina restait coite.

— J'ai essayé de ne pas faire de toi une enfant gâtée, mais on dirait bien que j'ai échoué, continuait-elle. Une mère plus sage que moi te ferait expulser de l'immeuble, te laisserait crever de faim dans la rue jusqu'à ce que tu reviennes la queue entre les jambes. Mais j'ai trop bon cœur. Je ne sais pas quel est ton plan, ce que tu comptes faire là-bas sans argent ni visa de travail, mais vas-y, fais comme tu veux.

— Tu verras, fit Dina.

Puis, jetant un œil sur la réceptionniste :

— Merci.

Elle lui rendit le téléphone. La réceptionniste lui offrit un doux sourire et dit :

— Désolée pour le malentendu. La sécurité est très importante pour nos résidents. Je suis sûre que vous comprenez. Profitez bien de votre séjour, mademoiselle Chang.

L'appartement sentait le renfermé, et une couche de poussière recouvrait toutes ses riches surfaces – bois, quartz et acier inoxydable. Il n'y avait ni meuble ni literie dans aucune des pièces, rien dans les armoires ou les tiroirs. L'immeuble était en construction quand madame Chang avait acheté l'unité, à peine un dessin d'architecte et un trou dans le sol, alors il n'y avait ni traces de mise en scène pour acheteurs potentiels ni vestiges de la présence d'anciens propriétaires. Dina dormit sur un tas de vêtements cette nuit-là.

Le lendemain matin, elle se rendit dans un café du quartier et ouvrit son ordinateur portable pour chercher des rôles ou contrats de mannequinat au noir, hors syndicat. Presque toutes les annonces sous-entendaient la nudité. Elle fit quelques appels ; ses interlocuteurs s'avérèrent des étudiants en cinéma ou des photographes amateurs qui ne pouvaient pas offrir de cachet, sinon carrément des pornographes.

Avant la fin de la semaine, elle s'était résolue à consentir aux propositions des cinéastes étudiants s'ils fournissaient le repas et le transport, et aux photographes amateurs s'ils lui donnaient des copies des portraits. C'était plus pour avoir l'impression de faire quelque chose que pour les bagels et tranches de cheddar suintantes dont elle remplissait son sac à main. Elle se monta un portfolio en ligne grâce à un service d'hébergement web gratuit, mais personne ne lui écrivit ni ne l'appela. Sa mère cessa de payer sa facture de téléphone – les frais d'itinérance étaient prohibitifs –, alors Dina acheta un petit appareil prépayé à un type qui tenait un stand près de la plage. Elle amadoua deux gars sur le trottoir pour qu'ils l'aident à monter le futon gratuit trouvé sur Craigslist jusque dans l'appartement ; le vrai défi fut de se débarrasser d'eux ensuite. Le sac de plastique qui lui servait de poubelle et le futon à carreaux avaient l'air complètement absurdes au milieu de la grande pièce principale.

Elle finit par dénicher quelques contrats rémunérés – distribuer des canettes de boisson énergisante devant une station-service vêtue d'un haut et d'un short court aux couleurs de la compagnie ; distribuer des dépliants pour des tours en bateau vêtue d'une tenue nautique – mais, la plupart du temps, même pour ces boulots dégradants, les promoteurs et organisateurs exigeaient un numéro d'assurance sociale.

Elle apercevait des vedettes à tout bout de champ, sur la terrasse de restaurants ou sortant de boulangeries spécialisées, attendant un valet, promenant leur chien. Elles étaient invariablement plus petites et plus fanées qu'elle l'aurait cru, sans l'aura d'exception qu'elles avaient sur les photos ou à l'écran. À tel point qu'elle doutait parfois de les avoir réellement vues, et non quelqu'un qui leur ressemblait beaucoup : un frère ou une sœur aînée, une doublure, un jumeau avec une malformation congénitale.

Parfois, découragée, Dina se contentait de flâner sur la jetée dans l'espoir qu'on l'aborde pour la complimenter sur son apparence. Ce que faisaient plusieurs hommes, mais jamais les bons, jamais des hommes qui auraient pu passer pour riches ou puissants, capables de la rendre célèbre.

Un après-midi, quelqu'un s'approcha qui semblait différent des autres : un homme relativement jeune, avec lunettes, bermuda kaki et chemise à carreaux.

— Es-tu mannequin ?

Plutôt commun, comme façon d'entamer la conversation.

— Oui, répondit Dina.

Il sortit une carte d'affaires de son portefeuille.

— Je m'appelle Steve Marsh. Je gère une agence.

Dina prit sa carte d'un geste prudent. Il n'avait pas l'air de quelqu'un qui gère une agence de mannequins. Il ressemblait plutôt à tous ces cochons qu'elle avait rencontrés sur internet ou sur ses lieux de travail. Peut-être un peu plus jeune, mais ça le rendait encore plus louche. Et puis elle n'avait jamais entendu parler de cette agence.

— Tu es superbe, dit Steve. Je voudrais bien apprendre à te connaître, et te recruter si ça clique. Est-ce que je peux t'inviter au resto un de ces jours ?

Ses doutes devaient transparaître, parce qu'il ajouta :

— Je viendrais avec une de nos mannequins. Pour te prouver que tout est réglo.

Dina était bien mal placée pour refuser.

Le restaurant avec terrasse était un endroit kitsch de West Hollywood, avec des lampes chauffantes rouge et acier dispersées entre les tables comme autant de soucoupes volantes. L'hôtesse accompagna Dina jusqu'à une table où une femme l'attendait.

— Steve va être en retard, dit-elle en se levant. Moi c'est Janice.

Janice était grande et gracieuse, avait des yeux cerclés de khôl noir dans un visage buriné par le soleil et portait une robe de tricot fuchsia un peu décontractée pour le contexte.

— Moi c'est Dina. Es-tu mannequin ?

Janice éclata de rire.

— Je vais faire semblant de ne pas être insultée.

— Désolée, je voulais pas…

— Oui, je suis mannequin. J'ai été avec une agence pendant dix ans et je viens juste de signer avec Steve. Et, bien sûr, il t'envoie une nouvelle convertie pour chanter ses louanges.

— Qu'est-ce qui t'a poussée à changer d'agence ?

— Laisse-moi nous commander à boire d'abord. C'est Steve qui paye. On devrait en profiter.

Elle appela le serveur de la main. Elle commanda un martini pour elle-même et, après un regard vers Dina pour confirmer, un second. Elle jeta un coup d'œil à son téléphone enserré dans un étui rose, sur la table.

— Mais où il est, lui ? En tout cas. En gros – et je suis sûre que c'est pareil pour toi –, j'étais tannée que mon agence me prenne une si grosse cote. Quarante pour cent depuis mon tout premier contrat, et c'était non négociable. Steve prend juste dix pour cent. C'est révolutionnaire.

— On dirait que c'est…

— Trop beau pour être vrai, je sais.

Le serveur posa sur la table un panier de petits pains, et Dina dut réprimer le réflexe d'en verser le contenu dans son sac à main. Elle pensait souvent à toute la nourriture que son père et son beau-père avaient cuisinée au fil des ans et qu'elle avait refusée. La faim véritable est bien différente de celle qu'on s'impose à soi-même.

— Il n'y a pas de grand secret. En gros, Steve a moins de travail qu'un agent traditionnel, parce que tous les rendez-vous sont gérés par un système informatique que les clients et les mannequins utilisent. Tout ce qu'il a à faire, c'est de vérifier la probité des deux côtés, et après on communique sans intermédiaire. Plus économique pour tout le monde.

Son téléphone se mit à vibrer. Elle lut le message affiché à l'écran, puis annonça :

— Steve doit rencontrer des investisseurs. Ça va être long. On peut commander.

— Des investisseurs ?

— Ouais. Dans sa tête, il va… Comment il dit, déjà ? Il va « créer une onde de choc dans l'industrie » et faire fortune. En plus, les gens riches aiment bien fréquenter les mannequins, alors personne ne refuse un rendez-vous avec Steve.

Dina attendit que leurs plats arrivent avant de parler.

— Ç'a l'air merveilleux, tout ça, mais je devrais te le dire tout de suite : je suis sans papiers.

Janice balaya l'information d'un geste de la main.

— Oh, son avocat peut s'occuper de ça. L'agence pourrait se porter garante pour ton visa. Steve a des capitaux qui lui sortent par les oreilles, mais il a besoin d'utilisateurs – des mannequins et des clients, je veux dire – pour que la compagnie prenne son essor.

Janice envoya à Dina un regard malicieux par-dessus leurs salades.

— Imagine si la prochaine coqueluche de la mode provenait de la plateforme de Steve. Ça changerait tout pour lui. Et pour elle…

Tout se passait exactement comme Dina l'avait rêvé. Quelqu'un l'avait repérée dans la rue, avait reconnu son potentiel, lui avait offert tout ce dont elle avait besoin. Une agence, un statut de résidente. Steve fit une brève apparition à la fin de leur repas et elle signa le contrat sur-le-champ. Mais le temps qu'elle avait perdu à Tinseltown avait commencé à la miner. Trop de temps à se demander si elle devait descendre l'escalier menant au « studio en sous-sol », défaire un bouton de plus à la demande du photographe ou le laisser positionner ses membres pour la photo ; si cela mènerait vers d'autres boutons défaits et une main au cul ; et à quel moment un « film étudiant » verse dans la porno soft ? On s'attendait à ce qu'elle fournisse ses propres produits de beauté et réalise elle-même son maquillage et sa coiffure, « travaillant » à perte. Des jours entiers où elle avait préféré s'étendre sur le carrelage de l'appartement et se vautrer dans ses fantasmes d'adolescente – flashs, limousine, ovation ! –, de plus en plus difficiles d'accès. Qu'est-ce qu'elle faisait là, au juste ?

Au moment de signer son contrat avec Steve Marsh, elle ne pensa pas : « Tous mes rêves se réalisent ! » Elle pensa : « Je n'ai plus rien à perdre. »

Steve et Janice organisèrent une séance photo pour compenser une lacune qu'ils avaient remarquée dans le portfolio de Dina. Pour ces photos, elle portait un t-shirt blanc ajusté et un jean, ses cheveux propres et brossés afin de dégager son visage, un maquillage naturel simplement correctif, qui dissimulait le rash dû au stress à la lisière des cheveux et les cernes noirs sous ses yeux. Elle se tint sous les spots du studio, devant un arrière-plan sombre dans lequel se fondait la couleur de ses cheveux. Il fallut plusieurs essais avant d'arriver à l'expression voulue. « Lève le menton. Encore. Pas tant que ça. Fais-moi un petit sourire. Pas si grand. Sans les dents. Mais pas comme si tu avais peur. Peut-être juste un peu. Incertaine. Incertaine mais heureuse. On va essayer quelque chose… Peux-tu ouvrir les yeux plus grand ? Oui, bien. OK, regarde-moi en face. Droit dans l'objectif. Juste ici. » Ainsi de suite, jusqu'à obtenir la prise dont ils avaient besoin : yeux écarquillés, air crédule pétri d'espoir.

Dina vivota six mois de plus. Elle textait Steve régulièrement, et ses réponses occasionnelles lui assuraient que les démarches pour son visa avançaient : tout allait bien, elle commencerait à recevoir des demandes d'un jour à l'autre.

L'interphone de l'appartement sonnait. Dina mit plusieurs minutes à repérer le son et sa source – un discret panneau de métal très sophistiqué près de la porte, qui n'avait jamais été utilisé auparavant. Elle appuya sur l'unique bouton cerclé d'une lumière bleue aux DEL.

— Euh, allô ?

C'est la voix de la réceptionniste qui lui répondit :

— Bonjour, mademoiselle Chang. Ici Ariana, à l'accueil. Vous avez la visite d'une certaine Janice Morgan. Pouvez-vous me confirmer que vous l'attendez ?

Dina balaya la pièce du regard, puis baissa les yeux sur son propre corps. Eh merde.

— Oui, dites-lui de monter. Merci.

L'ascenseur carillonna. Janice en jaillit. Elle portait une tunique de plage d'un bleu-gris diaphane qui laissait voir son bikini en dessous. Elle tenait un journal dans son poing ; l'autre main tenait un sac de plage en paille tressée.

— Je suis tellement désolée, Dina, annonça-t-elle. Je voulais te le dire en personne, parce que c'est moi qui t'ai convaincue de faire affaire avec ce con…

Elle se tut en franchissant le seuil. Le futon, le sac à ordures, la valise, l'étendue vierge du plancher de bois franc, le luxe des matériaux.

— Est-ce que tu squattes ?

Elle contourna Dina brusquement. La pièce était suffocante. Les larges baies vitrées ensoleillées n'avaient pas de rideaux, et les climatiseurs numériques avaient été mis hors fonction à distance. D'une voix basse, presque impressionnée, Janice ajouta :

— Comment tu as fait pour amadouer la réceptionniste ?

— C'est pas un squat. C'est l'appartement de ma mère.

— Est-ce qu'elle sait que tu es ici ?

— Oui, fit Dina d'un ton impatient. Qu'est-ce qui s'est passé avec Steve ? Qu'est-ce qui se passe ?

Janice lança le journal sur le comptoir de cuisine.

— L'article parle à peine de lui. C'est sur la spéculation dans le secteur technologique et les nouveaux modèles d'affaires. Steve est juste un exemple parmi d'autres tout aussi pathétiques ; un nom dans une liste.

— Quoi ?

— C'était une bonne idée, non ? fit Janice, sincère. Je veux dire, ç'avait tout d'une bonne idée.

— De quoi tu parles ? Qu'est-ce que tu veux dire ?

— Steve avait vraiment besoin de clients et de mannequins, alors il a arrêté de filtrer. À la fin, il se donnait même plus la peine de recruter, en fait, il se contentait d'entrer des données. Le système est devenu saturé de merde. La même merde qu'on trouve dans n'importe quel autre site de petites annonces.

Dina connaissait bien ces sites.

— Alors les clients et les mannequins honnêtes – le peu qu'il y avait – ont trouvé ça louche et sont partis.

Dina aurait voulu être surprise, mais ce n'était pas le cas. Elle se laissa glisser sur le parquet et s'adossa contre le mur.

— Alors tout est fini.

— Je suis désolée.

Janice était presque ridicule, dans son accoutrement de plage et ses sandales à plateforme, ses yeux trop lourdement maquillés.

— Je veux que tu le saches : je suis vraiment désolée. Et si je peux… si je peux t'aider d'une manière ou d'une autre…

Dina leva les yeux vers elle, ne sachant pas trop quoi lui demander. « Dis-moi que je suis jolie », songea-t-elle. Puis, d'une voix basse, elle dit :

— Je pense que j'ai fait mon temps ici. Je pense qu'il faut que je rentre chez moi.

— C'est ta décision. Mais tu as mon numéro, si jamais…

— En fait, dit-elle en clignant des yeux, non, je l'ai pas. Tu me l'as jamais donné. J'avais celui de Steve. Il me disait seulement que tout allait bien.

Janice se redressa. Elle ouvrit la bouche puis la referma avant qu'un énième « désolée » n'en sorte. Elle tira de son sac une carte d'affaires qu'elle posa sur le comptoir à côté du journal.

— Maintenant tu l'as.

Dina appela sa mère en PCV et écouta le grésillement sur la ligne. Madame Chang vivait à Hong Kong depuis un peu moins d'un an. Dina évitait ses appels depuis presque aussi longtemps – son téléphone prépayé n'avait pas de boîte vocale – parce que, malgré les promesses de Steve, elle sentait que leur prochaine conversation serait pénible. Sa mère entendrait l'échec dans sa voix, et Dina avait voulu retarder la honte aussi longtemps que possible.

— Dina.

Madame Chang prononça son nom dans un soupir, comme douloureusement.

— Tu me rappelles enfin. Il faut que tu viennes à la maison, à Hong Kong.

Dina avait eu l'intention de dire la même chose, mais s'en trouvait soudain incapable : sa mère avait eu raison depuis le début, et l'ampleur de ce « je te l'avais bien dit », après tous les autres, serait insupportable.

— Ton frère est mort.

Dina n'avait toujours pas dit un mot.

— Dina ? Es-tu là ?

— Comment ?

— Un accident de surf.

— Quand ?

— Il y a trois semaines.

Dina, invoquant ses souvenirs de l'époque où Victor, adolescent, apprenait à surfer, déversa une marée de questions. L'eau était-elle agitée ce matin-là ? Est-ce qu'on avait émis un avertissement météo ? Combien de temps avait-il fallu pour le retrouver ? Qu'avait-on fait en le retrouvant ? Avait-on essayé de le ranimer ? Et Isabel, bon Dieu, elle était où dans tout ça ? Avait-elle tenté de le retenir ? Appelé la garde côtière ? Pourquoi ne l'avait-elle pas fait *plus tôt* ? Dina se rendit compte, tandis que sa mère lui répondait – inadéquatement, laconiquement, elle semblait en savoir si peu –, que ce qu'elle cherchait vraiment à savoir, c'était comment l'accident aurait pu être évité, comment elle-même pouvait encore le prévenir.

Puis elle eut un éclair de lucidité. Oui c'était beaucoup plus plausible que la mort de son frère, si jeune et si robuste.

— Tu mens.

Sa mère soupira son nom à nouveau.

— Dina.

— Tu mens ! Tu dis ça pour que je vienne te rejoindre. Ça ne marchera pas.

— Tu crois que je mentirais là-dessus ? Au sujet de mon propre fils ? Veux-tu parler à monsieur Davies ? Il te dira la même chose.

Dina sentit en elle le tambourinement de la frayeur. Elle avait l'impression d'être poursuivie, d'avoir quelqu'un aux trousses.

— Évidemment qu'il dira la même chose. C'est ton petit chien de poche. Il fait tout ce que tu veux.

— Pourquoi…

La voix de madame Chang se brisa. Au bord des larmes – non, bien sûr que non. Dina n'avait jamais vu sa mère pleurer, pas même durant la longue maladie de son père ni à sa mort.

— Pourquoi tu es comme ça ?

Dina savait bien que sa mère était allée à Hong Kong dans l'espoir d'y trouver des médecins qui sauraient quoi faire pour son système musculosquelettique ruiné, dans l'espoir que son argent pourrait acheter des choses qui ne s'achetaient pas au Canada. Elle savait que sa mère était handicapée, vieillissante, que monsieur Davies et une infirmière-femme de ménage se relayaient pour lui faire prendre son bain, qu'elle avait perdu son premier mari et, possiblement – non, c'était un mensonge dément, ce n'était pas vrai –, son premier enfant, une perte si immense qu'elle n'était dicible ni en anglais ni en chinois, comme si ne pas la nommer rendait la chose impossible. Mais Dina ne pouvait s'empêcher de voir sa mère jeune et forte, solide et permanente, une force de la nature.

Dina appuya sur une touche, ce qui mit fin à la conversation. Un petit geste provoquant un si petit son, *bip*, pour faire disparaître sa mère, pour la chasser de son esprit.

Janice parla de sa carrière durant le trajet. Le ciel ouvert et immaculé au-dessus de leurs têtes, les montagnes voilées par le smog à l'horizon. Un soleil si vibrant que les voitures crasseuses et couvertes de poussière étincelaient comme du chrome poli.

Janice avait fait tout ce que Dina avait jamais voulu faire : des défilés pour des grandes maisons à Paris et à Milan, des shootings photo en maillot de bain aux Bermudes et en Thaïlande, un passage mystérieusement court en tant qu'Ange chez Victoria's Secret – « Ça n'a pas cliqué », résuma Janice d'un ton coupant. Des apparitions comme figurante dans de grands films, principalement dans le rôle de la femme fatale qui traverse une scène du début pour faire paraître la protagoniste plus « accessible » par comparaison. Assez pour être présentée comme une « mannequin-actrice » dans les magazines spécialisés.

— Ta vie est tellement glamour, fit Dina.

— Oui, si on met juste les faits saillants bout à bout comme ça, répliqua Janice. C'est tout. J'ai tout dit. En douze ans. Parfois une période de pur chaos, un boulot qui en entraîne un autre, des gens qui me connaissent et sont excités à l'idée de travailler avec moi. Et parfois des mois entiers de désespoir, de vaches maigres, durant lesquels je pensais que je ne travaillerais plus jamais. J'ai eu des amies qui se droguaient, se faisaient malmener, ou disparaissaient, tout simplement. Peut-être qu'elles ont abandonné et sont rentrées en Ohio pour se marier, quelque chose comme ça, ou alors elles ont fait une overdose, ont été assassinées, font le trottoir à La Jolla… Qu'est-ce qu'on en sait ? J'ai eu beaucoup de fun, entends-moi bien, mais la plupart du temps il fallait avoir une sacrée carapace pour survivre à tout ça. Surtout avec l'âge.

— C'est quand même mieux que ce que moi j'ai fait.

Janice conduisait avec une seule main sur le volant, bien enfoncée dans son siège, les genoux écartés dans une pose masculine.

— Je vais être franche avec toi : il y a vraiment moins de demandes pour les minorités visibles. Peut-être que c'est en train de changer, je sais pas. Mais la meilleure chose pour toi serait de retourner en Asie, de faire un malheur là-bas, et de te servir de ça pour démarrer ta carrière ici. Selon ce que j'ai vu, c'est ton seul espoir.

— Je peux pas *retourner* en Asie. J'y suis jamais allée.

— T'as pas dit que tu venais de Hong Kong ?

— Non, j'ai dit que ma mère habitait là-bas maintenant.

Dina sentit un pincement dans sa poitrine, une poigne glaciale. Elle ne voulait plus parler de sa mère.

— Il y a beaucoup de choses qui te nuisent. Il faudrait que tu sois plus grande pour la haute couture, que tu aies des seins plus gros pour la lingerie et les maillots de bain. Et puis, ton look est un peu conventionnel. Ton visage est… sans intérêt. Pas mémorable. D'après moi, tu aurais plus de chance dans les trucs commerciaux pour ados et étudiants, mais pour la plupart, ils engagent juste des Blanches et peut-être quelques Noires pâles. Il faut que ça résonne avec le contexte national.

Dina croisa les bras sur sa poitrine, mortifiée.

— Pourquoi tu m'as pas dit ça quand on s'est rencontrées ?

— Tu sais pourquoi.

— Parce que tu recrutais pour Steve.

— Parce que le système de Steve était censé tout changer. Même si je voyais peu de débouchés pour toi, je pensais que ça pourrait créer des occasions inattendues. Peut-être que la révolution était sur le point d'arriver. On entend toutes sortes de choses. Des mannequins taille forte qui obtiennent des contrats grand public, des gens des minorités culturelles qui percent dans *Vogue*. On l'entend, mais moi, je l'ai jamais vu.

Elles traversèrent une autre de ces petites villes semées de drapeaux américains, de hauts palmiers et de chênes courtauds et solitaires. Une autre boutique d'artisanat, un autre nettoyeur à sec, un autre restaurant de fast food imitant une hacienda, un autre motel en stuc rose. Les stationnements vides devant des enfilades de commerces. Le comté de Los Angeles toujours plus loin derrière elles.

— Ça fait combien de temps qu'on roule ? fit Dina, incapable de camoufler la déprime dans sa voix. Est-ce que tu m'amènes jusqu'à San Francisco ?

— Pas exactement. Je vais te laisser à une gare, comme promis, et tu feras le reste du trajet en bus. Je veux juste te montrer quelque chose en chemin.

Elles prirent un virage et se retrouvèrent sur une route secondaire qui montait vers les montagnes. Dans un tournant plus loin, elles passèrent devant un autobus scolaire dont les roues manquaient, posé sur des blocs de béton, les fenêtres placardées de carton. En contrebas, derrière les garde-corps, des canyons rouge et brun, des falaises escarpées et, ici et là, des rochers blancs qui émergeaient du sol tels des os géants très anciens.

Devant un panneau de bois, elles tournèrent une fois de plus et s'engagèrent dans une route de terre battue. Le panneau indiquait « TROU DE BAIGNADE » en peinture aérosol blanche.

— Où est-ce que tu m'amènes ?

Janice tenta de croiser son regard malgré les secousses de la voiture sur la route de gravier.

— Tu vois ton corps de la même manière depuis des années. Je sais, c'est pareil pour moi, et depuis plus longtemps encore. Ça, c'est quelque chose qui m'aide. Peut-être que ça va t'aider aussi.

La route s'élargissait dans un cul-de-sac. Des voitures, des tentes-roulottes et quelques véhicules récréatifs étaient garés de manière anarchique. Janice se rangea parmi eux. Dina et elle sortirent de la voiture et entrèrent dans la lumière crue du désert. Il était près de quatorze heures, le moment le plus chaud de la journée. Janice prit deux serviettes dans le coffre et les coinça sous son bras.

Dina la suivit sur un sentier bordé d'herbes sèches et de quelques arbres aux branches nues, gravissant une petite butte. De l'autre côté, elles descendirent vers la vallée. Au fond, blotti au creux des collines, se trouvait un trou boueux de la taille d'un petit lac avec une plateforme de bois à un bout. Dina entendit les voix et les rires, huma une odeur de viande sur le gril. À mesure qu'elles s'approchaient, les silhouettes rosissant sous le soleil et s'ébrouant dans l'eau opaque se précisèrent enfin : tous ces gens étaient nus. Des familles avec enfants, des grappes de jeunes, des couples âgés.

Janice étendit les serviettes près d'un groupe de femmes entre deux âges qui jouaient au volley-ball sans filet. L'une d'elles avait des coups de soleil au visage et aux bras alors que le reste de son corps était d'une pâleur surprenante, aussi blanc que la gorge d'une cigogne, comme si ses jambes et son torse n'avaient jamais été exposés à l'air libre. Dina ne put s'empêcher de la fixer.

— Qu'est-ce qu'on fait sur une plage nudiste ?

Janice ôta ses sandales d'un coup de pied. Elle passa la robe d'été par-dessus sa tête et ôta ses sous-vêtements. Dina crut que le corps bronzé et sculptural de Janice – assez grand pour la haute couture, avec des seins assez gros pour la lingerie, remarqua-t-elle avec agacement – attirerait davantage l'attention, mais personne ne semblait se soucier d'elle.

— C'est juste pour relaxer un petit bout de temps, dit Janice. Tu peux garder tes vêtements si tu préfères.

Dina se protégeait le visage de la main. Elle sentait sa peau commencer à cuire, pouvait presque l'entendre.

Janice annonça :

— Je vais dans l'eau pour me rafraîchir.

Dina jeta un œil à la mare.

— Mais elle a l'air dégueulasse, cette eau.

— Encore une fois, c'est toi qui vois. À tout de suite.

Dina la regarda courir jusqu'au bout de la plateforme, sauter en pointant les pieds et fendre l'eau comme une lame. Sa tête blonde refit surface, et Janice clapota paresseusement dans la mare pleine de monde.

Dina n'avait plus envie de se rendre chez son frère. Elle n'avait plus envie de le rappeler non plus. Le fait qu'il ne réponde pas au téléphone pouvait signifier tout et n'importe quoi. Même si elle ne croyait pas sa mère, elle craignait d'en avoir le cœur net. Elle voulait suspendre le cours du temps aussi longtemps que possible, garder intacte cette logique circulaire : ce n'était pas vrai, parce que ça ne pouvait pas l'être.

Elle ôta son short et son t-shirt, sentit la lumière courir sur sa peau, la chaleur sèche ramollir son cerveau et relaxer ses articulations. Elle contempla la vallée. Les corps – gonflés, ronds et imparfaits comme des pommes de terre, leur peau sèche, maculée de cicatrices – jonchaient la plage, se dandinaient le long du sentier, émergeaient de l'eau boueuse.

Vulnérables comme des blessures à vif, des poulets plumés ou des chats sans poil. Mais en même temps anonymes, indistincts dans leur nudité : une nuée d'humanité. Vus à cette distance, vus comme un tout, songea Dina, s'étonnant elle-même, ces corps étaient presque beaux.

Le bus laisse Dina à la gare Greyhound de San José. Elle prend un taxi jusque chez Victor et Isabel. Leur allée est envahie par les mauvaises herbes, le haut gazon jaune cache les dalles qui mènent à la porte. Elle sonne.

La porte s'ouvre lentement vers l'intérieur, laisse apparaître sa belle-sœur centimètre par centimètre. Isabel s'agrippe à la poignée comme pour se cacher derrière la porte. Elle a l'air encore plus petite qu'avant, et brisée – à cette vue, Dina sent sa mémoire se réactiver. Elle entend Isabel crier à Andee d'arrêter, elle entend le *clic* de la lame du couteau qu'on déplie. Les années se compressent. Elles ont réussi à ne pas en parler pendant si longtemps.

— On t'a laissée là, fait Dina. On t'a abandonnée.

— C'est moi qui vous l'avais demandé, dit Isabel, comme si elles reprenaient une conversation récente. Je le croyais pas. Je pouvais pas le croire.

Dina avoue :

— J'ai volé de la nourriture et elles m'ont ligotée.

Isabel a un air interloqué. Dina secoue la tête pour mettre de l'ordre dans ses pensées, prendre appui sur le réel, le moment présent.

— Est-ce que Victor est là ?

Le visage d'Isabel se décompose. Elle se retient à la poignée de porte. Dina l'écarte et s'avance dans la maison comme si elle n'avait rien remarqué.

— Désolée de débarquer comme ça sans prévenir. Maman m'a conté le mensonge le plus atroce.

Le camp (Siobhan)

Siobhan se réveilla tout juste avant l'aube, dans une lumière ténue. Alors que ses yeux s'y ajustaient, elle remarqua que Nita et Andee étaient toutes deux réveillées, assises dans leurs sacs de couchage. Leurs murmures lui parvinrent à retardement. Elles se parlaient tout bas mais s'étaient tues en voyant Siobhan se redresser. Nita semblait ne pas avoir dormi : ses yeux étaient rougis et soulignés de mauve. Elle avait utilisé le sac de nourriture en guise d'oreiller.

— Allons-y, dit-elle.

D'une toute petite voix, Dina demanda :

— Pourriez-vous me détacher ? Ça fait vraiment mal.

Les filles échangèrent un regard. Nita ouvrit le sac de couchage et Dina roula sur le ventre en gémissant de douleur. Les cordages s'étaient relâchés durant la nuit et avaient écorché la peau de ses poignets, où l'on voyait maintenant des bandes roses et rouges de chair à vif.

— S'il vous plaît ? insistait Dina, sa voix assourdie par la bourre du sac de couchage.

Nita se saisit des extrémités de la corde jaune.

— Aidez-la à se relever, ordonna-t-elle.

Andee et Siobhan manœuvrèrent Dina pour la mettre à quatre pattes, puis la guidèrent hors de la tente. Andee lui remit ses chaussures, refermant les bandes de velcro avec une tendresse bizarre, hésitante, comme on pose un diachylon à un bébé.

Nita s'assit à côté de Dina, la corde enroulée autour du poing, pendant que Siobhan et Andee rangeaient leurs affaires et démontaient la tente. Puis Nita passa la corde à Andee pour transférer les bouteilles d'eau et le baluchon de Jan – contenant le mélange du randonneur, la tasse et la casserole de fer-blanc – dans le sac de la tente ; le sac de nourriture lui-même resterait là. Il ne contenait plus que des déchets : des boules de papier d'aluminium, leurs bols et ustensiles souillés. Siobhan eut une pensée pour le couteau de Jan, qui était vraisemblablement resté là où il était tombé des mains d'Andee, dans la tente qu'elles avaient abandonnée, avec Jan.

Nita tendit le sac contenant tente et nourriture à Siobhan, et celle-ci se sentit à la fois émue et tourmentée. S'allier contre Dina avait été presque trop efficace.

— Je vous déteste. Je vous détesterai toujours, susurra Dina à l'intention de personne en particulier.

Siobhan garda les yeux au sol en enfilant le grand sac sur son dos.

— On le sait, fit Andee.

Siobhan souleva son chandail et vit que sa peau était rouge, irritée. Elle avait dû se gratter dans son sommeil. Les filles forcèrent Dina à se relever et la chargèrent des derniers sacs.

Puis elles s'enfoncèrent à nouveau dans la forêt. Nita fermait toujours la marche, tenant la laisse de la plus jeune, qui titubait devant elle. Siobhan portait la boussole autour de son cou, comme Jan l'avait fait, et leur désignait le nord.

Les filles avaient perdu tout intérêt pour la conversation. Siobhan avait les lèvres craquelées et sèches, la bouche privée du lubrifiant nécessaire à la parole.

Elle avait plus de mal que la veille à s'orienter. Souvent, le « nord » désignait un fourré épais et plus haut que les filles elles-mêmes. Siobhan suivait d'étroits tunnels dans le feuillage, probablement dégagés par les animaux, qui menaient vers le nord pour un moment, puis viraient dans toutes les directions ; une fois, elles tombèrent même sur une falaise parfaitement verticale, impossible à escalader. Siobhan suivit le lit asséché d'un ruisseau qui se courbait graduellement à un angle de quatre-vingt-dix degrés. Elle tentait chaque fois de les ramener vers le nord, mais était constamment déroutée. Elle craignait de les faire tourner en rond. Les arbres se ressemblaient tous ; un tronc fendu par la foudre réapparaissait sans cesse sur leur chemin.

Lorsqu'elle vérifia si les autres s'en étaient rendu compte, si elles commençaient à douter d'elle, Siobhan remarqua qu'elles ne lui prêtaient aucune attention. Leurs corps avançaient machinalement, aveuglément, enchaînant les gestes, un pied devant l'autre, ainsi de suite. Les têtes penchées, les mentons rebondissant sur les poitrines : une file de somnambules.

Siobhan entendit Nita pousser un petit cri de surprise. Elle fit volte-face et l'aperçut qui glissait dans une flaque boueuse, se figeait puis reprenait pied. Mais Dina avait continué de marcher devant elle. La corde se tendit, et elle tomba à la renverse dans un couinement. Nita laissa échapper la corde et Dina atterrit dans la boue, écrasant ses mains liées sous son poids.

Impassible, Andee proposa :

— Faisons une pause.

Elles se trouvèrent un endroit relativement sec et couvert de mousse où s'asseoir. Elles burent le reste de l'eau du ruisseau. Cela ne suffit pas à étancher la soif de Siobhan. Pire, elle eut l'impression de boire du sable.

Le dos et les cheveux de Dina étaient couverts de mottes de boue.

— Est-ce que quelqu'un peut ôter la boue de mes yeux ? S'il vous plaît ?

Nita y consentit. Elle essuya son visage de la manche et replaça ses cheveux poisseux derrière ses oreilles.

— Il va falloir que tu m'aides à aller aux toilettes, ajouta Dina. Ou, tu sais, que tu me détaches, merde !

Elle avait prononcé ce dernier mot d'une voix aiguë et chevrotante, comme si elle n'était pas habituée à sa sonorité, à sa mélodie.

Siobhan n'avait jamais été aussi épuisée de toute sa vie.

Andee lança un regard à Nita, qui opina du chef.

— OK, dit-elle. On montera la garde. Siobhan, surveille la nourriture.

Andee défit les nœuds, puis Nita et elle aidèrent Dina à se relever en la tenant par les épaules. Ses poignets étaient enflés et profondément marqués de rouge, tel un rôti tout juste déficelé. Sans raison évidente, sinon par sens du devoir, elles menèrent Dina jusqu'à un arbre, contre lequel elle s'adossa. Elles la relâchèrent le temps qu'elle baisse son pantalon et sa petite culotte ; Dina sentit la circulation reprendre dans ses mains. Difficile de garder son équilibre dans la boue glissante.

Les trois filles se détournèrent dans des directions opposées. Siobhan planta ses yeux dans le lointain. Un éclat de couleur capta son regard, des baies orange de la taille de petits pois comme il en poussait aussi autour du camp. On les avait mises en garde contre ces baies poison, mais aujourd'hui elle se serait laissé tenter par leur forme replète.

Dans son cours de sciences, Siobhan avait appris qu'on pouvait survivre plusieurs jours sans nourriture. Elle fit le calcul mental : seulement seize heures depuis sa dernière bouchée de hot-dog et la poudre de cacao, et la faim la tenaillait déjà au point de la faire saliver à la perspective de baies surettes fraîchement cueillies. Durant la matinée, la moitié de ses pensées étaient allées au mélange du randonneur, un ingrédient à la fois : les cachous bien gras, les grappes de céréales au miel, les raisins secs, denses et sucrés à souhait. Elle avait tapoté le sac sur son dos, sachant qu'il s'y trouvait. Elles mangeraient bientôt. Elle baissa le regard vers le sol, là où les filles avaient laissé des traces de bottes dans la boue.

— Dépêche, fit Andee.

— Je fais de mon mieux, plaida Dina. C'est pas facile avec vous trois juste à côté.

Siobhan remarqua une trace différente des autres tout près de ses pieds. Elle semblait avoir été laissée par quelqu'un qui ne portait pas de souliers : cinq orteils bien enfoncés dans la boue, une plante de pied large qui se fuselait vers le talon. Un homme grand et costaud, imaginait-elle, comme un troll.

— Hé ! cria-t-elle dans l'excitation.

Elle allait leur désigner l'empreinte lorsqu'elle prit conscience que chaque trace d'orteil se terminait par un autre creux, une toute petite pointe. Des griffes.

— Qu'est-ce qu'il y a ? demanda Nita, qui faisait toujours dos aux autres.

— Euh…

Elle hésitait. Pourquoi les alarmer ? Elle résolut de simplement les conduire dans la direction opposée aux empreintes.

— Il y a des fruits, juste là. Peut-être qu'on pourrait les manger ?

Nita jeta un coup d'œil.

— Ils sont poison. Ils nous l'ont dit au premier jour du camp.

— Oh, oui. C'est vrai.

Siobhan frotta le sol de sa semelle pour effacer les pistes.

Elles ne rattachèrent pas Dina pour se remettre en route, Nita toujours sur ses talons, Andee se démarquant entre Dina et le gros sac à dos de Siobhan. Les efforts de cette dernière pour suivre le nord magnétique les menèrent à un ravin qui sciait la route perpendiculairement. Elles le longèrent à la recherche d'une voie de traverse, jusqu'à ce qu'elles trouvent un endroit où il paraissait assez étroit et peu profond ; de l'autre côté coulait une petite chute le long d'un talus.

Nita s'approcha du bord.

— C'est pas une si longue pente, mais elle est plutôt à pic, je sais pas comment on va faire pour remonter après. Oh, fit-elle en observant le fond du ravin. Il y a un tronc d'arbre en bas. Peut-être qu'on…

Elle se recula soudainement.

— Qu'est-ce qu'il y a ? demanda Siobhan.

Nita leur adressa des « chut » frénétiques. Elle pointait le doigt vers le bas. Les filles se massèrent autour d'elle et écartèrent les jeunes branches qui leur obstruaient la vue.

Deux ours noirs se trouvaient devant elles dans le ravin, à moins de dix mètres.

— Des oursons, chuchota Dina.

Ils étaient perchés sur un tronc d'arbre qui avait atterri là, en position précaire. Les bêtes, joueuses, se donnaient des coups de patte, se faisaient mutuellement tomber du tronc, y remontaient. Elles étaient assez vieilles pour avoir leur pelage épais et uniforme, mais n'avaient encore qu'une fraction de la taille d'un ours adulte – sûrement pas plus grandes que les filles elles-mêmes.

Siobhan sut tout de suite que ces ours étaient trop petits pour avoir laissé l'empreinte qu'elle avait repérée. Elle sentit le sang quitter son visage, se loger dans ses pieds, et un frisson glacial la secoua. C'est elle qui les avait menées jusqu'ici.

— Leur mère doit être dans les parages, dit-elle.

— Il faut qu'on déguerpisse, chuchota Andee.

— Mais pour aller où? lui répondit Nita de la même voix basse. On sait même pas où elle est, la mère. Il faudrait pas qu'on se retrouve coincées entre elle et ses petits.

— Allons-nous-en quand même, dit Andee.

Trop fort. Les oursons levèrent la tête et interrompirent leur jeu. L'un d'eux se redressa sur ses pattes arrière et les fixa. Le second, à quatre pattes, se dandinait vers elles. Il atteignit la paroi du ravin et entreprit de grimper.

Les filles s'éloignèrent du rebord en toute hâte. Siobhan était la plus proche de l'ourson et, au moment où elle tentait de faire demi-tour pour s'enfuir, elle sentit un poids qui s'accrochait à elle, la clouait sur place. Elle hurla et se débattit sans comprendre ce qui la retenait : pourquoi ne pouvait-elle pas bouger? Elle se rendit enfin compte qu'une ganse de son sac était entortillée autour d'une branche. Elle tenta de peine et de misère de la dégager, incapable de se tourner suffisamment pour lui donner du lest. Elle tenta alors de détacher le sac lui-même, mais ses doigts refusaient de coopérer. En dernier recours, elle joua des bras pour se défaire du sac, qui resta coincé autour de ses hanches.

L'ourson atteignait la crête. Il se hissa maladroitement sur le sol, là où Siobhan était prisonnière. De près, il était différent. Pas mignon du tout. Presque un loup, avec son museau pointu, ses yeux petits et malveillants qui évoquaient la curiosité sans affect que Siobhan associait aux garçons adolescents. Elle se démenait toujours pour se déprendre, ses jambes flageolantes, secouant la tête sauvagement.

L'ourson trottait vers elle. Il se leva sur ses pattes arrière et se balança un peu avant de retomber. Il courut en rond autour d'elle. Il lui tapota la jambe, comme pour la tester. Siobhan fit un geste violent pour forcer la ganse et sentit son épaule se déboîter. Elle hurla une fois de plus.

Elle crut voir l'expression sur le visage des filles, qui s'étaient immobilisées non loin. Ce n'était visiblement pas de la panique, comme elle s'y serait attendue. Elles ne la quittaient pas des yeux. Dina se frottait les poignets. Siobhan crut entendre Andee prononcer : « La tente. La bouffe. » Elle décoda facilement leur expression : elles pesaient le pour et le contre.

Elles se demandaient s'il fallait l'abandonner.

L'ourson se figea devant Siobhan. Quelque chose derrière elle avait attiré son attention. Siobhan tordit le cou pour voir ce dont il s'agissait.

De l'autre côté du ravin, au sommet du talus surplombant le ruisseau dans son lit sinueux, se tenait une silhouette, celle-là même que Siobhan se rappelait avoir aperçue sur la plage – sa corpulence majestueuse et son pelage dru, ses hanches et ses pattes charnues, reine démoniaque en robe noire et soyeuse, tesson de nuit envahissant le jour.

L'ourson frôla Siobhan et trottina jusqu'au précipice pour regarder sa mère qui venait vers lui. Siobhan ferma les yeux. Elle ne voulait surtout pas voir la suite.

Soudain, Nita fut à ses côtés, ses mains sur elle, défaisant les nœuds avec agilité, son visage si proche que Siobhan pouvait sentir sa respiration, calme et régulière, contre sa joue. Bien sûr, Nita lui portait secours non parce que la maman ourse posait un danger urgent, mais parce que l'ourson était parti.

Sentant que le dernier nœud allait céder, Siobhan enfonça une de ses bottes dans le sol, l'appuya fermement contre une racine et se propulsa pour se libérer. L'orteil se coinça et elle entendit – sentit – un grand *crac* dans sa cheville, un son qui résonna dans tout son corps.

Peu importe, elle se mit à courir. L'adrénaline seule tenait les os de sa jambe en place. Nita courait à ses côtés. Andee et Dina les rejoignirent. Siobhan savait qui était à leurs trousses sans même avoir à se retourner : la maman ourse traversait le ravin, et le sac contenant la tente et les maigres restes de nourriture pendait tristement sur sa branche.

Elles coururent et coururent encore. Les bois semblaient s'épaissir autour d'elles, la canopée bouchait une proportion de plus en plus grande du ciel. Elles n'allaient pas dans la direction d'où elles étaient venues, et la boussole au cou de Siobhan tournoyait chaque fois qu'elles prenaient un virage au hasard ; elles ne cherchaient plus le nord à tout prix, elles ne suivaient plus aucun plan. Elles continuèrent de courir longtemps après avoir déduit que l'ourse ne les avait pas prises en chasse.

Cette île ne pouvait pas être celle qu'elles croyaient, pensait Siobhan à mesure que les arbres défilaient et que son pied faiblissait et se pétrifiait, jusqu'à devenir inutilisable. Cette île avec sa ville, son motel et son casse-croûte. Non, c'était un enfer désert et sans limites.

Elles arrivèrent à une clairière qui fit réapparaître le jour. Un petit champ d'herbes hautes et de fleurs sauvages ceint d'un mur d'arbres.

Quand elles s'arrêtèrent enfin pour contempler le lieu, Siobhan s'écroula. Sur le dos, elle se berça en tenant sa cheville à deux mains, gémissant de douleur. Son omoplate droite irradiait, mais ce n'était rien comparé à la douleur éclatante, cristalline, entre son mollet et son pied.

Les autres filles s'agenouillèrent près d'elle. Si seulement sa mère était là ! Elle avait autrefois eu la même couleur de cheveux que Siobhan, un rose doré qui rendait la chevelure presque diaphane, à peine visible, un jeu de lumière sur leurs crânes laiteux. Une couleur que Siobhan n'avait vue sur elle qu'en photo. Sa mère avait commencé à grisonner très jeune, et Siobhan l'avait seulement connue teinte en rousse, d'un roux plus profond, plus vif, une sorte d'auburn qui la faisait se démarquer partout où elle se trouvait. Siobhan adorait les cheveux de sa mère. Elle adorait leur couleur unique. Elle adorait savoir qu'elle ne la perdrait jamais de vue dans une foule. Ses cheveux étaient un phare qui la guiderait toujours vers la maison.

Que n'aurait-elle pas donné pour voir sa mère surgir de la forêt, marcher dans cette clairière, ses cheveux flamboyants flottant dans la brise comme un drapeau signalant la reddition. Si elle avait été là, Siobhan aurait pu lâcher prise. Elle aurait pu ramper pour venir se lover contre elle, et pleurer, et ses pleurs auraient fait d'elle le centre de l'univers, de sa douleur l'affaire la plus urgente, et cette douleur aurait enfin été la responsabilité de quelqu'un d'autre, la responsabilité de tout le monde, et pas la sienne, car elle était trop petite pour se tirer de là, trop impuissante pour faire autre chose que pleurer.

Au lieu de sa mère, c'est Nita, Andee et Dina qui se penchaient sur elle. Ces petits visages mesquins qui l'avaient presque – elle en était persuadée – abandonnée aux ours, là, attachée à son arbre.

— Es-tu capable de marcher ? demanda Nita.

Siobhan déglutit avec peine. Elle réussit à s'asseoir et fit pivoter sa cheville d'un centimètre, ce qui provoqua une décharge de douleur impériale. Elle secoua la tête.

— Qu'est-ce qu'on fait ? demanda Andee à Nita.

— On dirait bien qu'il va falloir camper ici pour la nuit.

— On a même plus de tente, rappela Dina. Ni de bouffe ni d'eau.

— Je sais bien ! aboya Nita.

Siobhan ferma les yeux, serra les dents. Tout son corps tremblait et une larme roulait du coin de son œil vers le bout de son nez. Elle sentait leurs regards sur elle mais ne pouvait pas s'empêcher de pleurer.

— Hé, Siobhan, l'appelait Andee.

Siobhan ouvrit les yeux ; Andee agitait une main devant son visage.

— Est-ce que ça fait très mal ? Je veux dire, vraiment très mal ?

Siobhan hocha la tête.

Andee plongea la main dans sa poche. Elle en sortit le joint de Jan, toujours au fond de son Ziploc. Siobhan lui envoya un regard interrogateur.

— Je l'ai pris en ramassant nos affaires ce matin. Une chance, hein? Sinon, les ours nous l'auraient volé aussi.

Andee trouva le briquet dans le dernier sac.

— J'ai vu des adultes faire ça des tonnes de fois.

Elle coinça le joint entre ses lèvres, l'alluma, puis le pressa contre la bouche fermée de Siobhan. Celle-ci secouait la tête en se reculant.

— Ça va calmer la douleur.

Siobhan serra les dents de plus belle. Elle était secouée de violents tremblements, et plus elle essayait de se tendre pour limiter ses mouvements, plus elle tremblait. Sa cheville la faisait tant souffrir qu'il n'était presque plus question de douleur désormais. Ce n'était plus vraiment sa cheville. C'était une sensation terrifiante, meurtrière, qui parcourait son pied, son genou et jusqu'à son cerveau.

— Mais est-ce que ça marche pour de vrai? murmura-t-elle.

— Je sais pas, avoua Andee. Peut-être. Je pense.

— Mon Dieu, ça fait peur de te voir comme ça, dit Nita. S'il te plaît, essaye, au moins.

Siobhan referma les lèvres autour du papier. Aussitôt, elle se mit à tousser si fort que le joint tomba entre ses jambes. Andee le rattrapa et le pinça entre ses doigts.

— Relaxe, dit-elle. Prends une bouffée et retiens ton souffle, OK?

Siobhan prit le joint dans sa main cette fois, le tint comme elle avait vu Andee le faire, entre le pouce, l'index et le majeur. Elle inhala. La fumée lui brûlait les poumons, comme lorsqu'on reste trop longtemps sous l'eau, comme si elle avait avalé une allumette en feu, mais elle retint son souffle, comme Andee le lui avait dit. Elle compta jusqu'à six, puis fut incapable de prolonger le supplice. Elle expira. La fumée s'échappa de sa bouche en épaisses volutes.

— Voilà ! dit Andee. Maintenant, recommence.

À cause des messages d'intérêt public à la télé et d'une diatribe de son prof d'éducation physique, Siobhan anticipait des hallucinations, un monde de couleurs en kaléidoscope psychédélique. Dans l'attente de ce rêve hippie, elle regardait ses consœurs dérouler les sacs de couchage sur le sol froid. Elle fuma le joint jusqu'à ce qu'il disparaisse entre ses doigts, la douleur dans sa cheville s'éteignant à mesure ; l'impression d'être en feu et le désir très concret d'être amputée à partir du genou se changèrent en un mal diffus tambourinant dans son oreille. Elle entendait son cœur pulser, le sang affluer dans son crâne. Elle percevait les relents terreux et dégoûtants de sa peau croûtée de sueur.

Toutes les quatre s'agglutinèrent sur deux sacs de couchage étendus par terre, utilisant les deux autres pour couvrir leurs corps enchevêtrés. Siobhan les sentait elles aussi, chacune offrant une nuance de puanteur particulière. Ensemble, elles dégageaient des effluves fongiques, vaseux, l'odeur de quelque chose qui pousse dans les milieux humides. Leurs coudes et leurs genoux bousculaient Siobhan, réveillaient sa cheville endolorie.

Elle tourna la tête. Des marguerites se balançaient tout près, leurs pétales se découpant nettement contre le décor. L'acuité avec laquelle elle percevait les détails était décuplée. Un coléoptère cheminait entre les brins d'herbe, son dos iridescent scintillant d'un vert extraterrestre. Elle posa un doigt sur sa trajectoire et se délecta du picotement de ses pattes contre sa peau.

Elle s'endormit brièvement mais profondément, comme si on l'avait plongée dans une mare de goudron. À son réveil, Andee et Dina dormaient à côté d'elle, la première s'agrippant à la seconde. Andee prononça le nom d'une autre fille dans la chevelure de Dina, probablement une amie, une sœur provenant de son autre vie.

Nita était assise ; seules ses jambes étaient toujours couvertes, le haut de son corps exposé à l'air froid de la nuit. Le ciel gardait une teinte indigo, attendant ses heures les plus noires. Siobhan s'imaginait capable de voir le reflet des étoiles dans les yeux de Nita. Elle se souleva sur un coude.

— Tu guettes l'ourse ?

— Non. Je réfléchis, répondit-elle sans regarder Siobhan. Qu'est-ce que tu crois qu'elles ont fait au camp, aujourd'hui, toutes les autres ?

Siobhan se tut. Elle songea à ses voisines de lit, à la grande dormeuse qui occupait celui au-dessus du sien. Elle avait déjà oublié de quoi elle avait l'air exactement et d'où elle venait.

— Je suis désolée d'avoir été méchante avec toi, dit Nita. Au camp. Tu m'énervais, je sais pas pourquoi. Ça arrive des fois.

Nita caressa de la main l'herbe bordant sa couche.

— Je suis contente que tu aies été avec nous. Il fallait que je te le dise.

— C'est pas grave, dit Siobhan.

Elle sentait à peine sa cheville et son épaule. Elle se rappelait s'être fâchée plus tôt mais en avait oublié la raison. La paix l'envahissait. Rien n'était grave. Nita, au bout du compte, avait volé à son secours. Le sommeil était à sa portée, irrésistible, l'appel insistant du goudron, dont les ténèbres sauvages noieraient ses blessures et ce malaise nouveau qui lui chatouillait les tripes.

— Je savais, pour l'ourse.

— Qu'est-ce que tu as dit ?

— Je l'ai vue hier soir, pendant qu'on soupait. Et j'ai vu les pistes aujourd'hui. Je savais qu'il y avait une ourse quelque part.

— Pourquoi tu nous as pas averties ?

— Je voulais pas vous faire paniquer. Dina avait déjà tellement peur des cougars et des ours. J'ai pensé que ça la rendrait folle. J'ai essayé de nous éloigner des pistes, mais on dirait bien que ç'a foiré. Je suis désolée.

Lorsque Nita lui répondit, Siobhan était déjà à moitié endormie – toujours lucide, mais habitée de rêves et de fantasmes.

— Pas besoin de t'excuser, dit Nita. Je comprends.

— Oui ?

— Oui. Tu voulais nous protéger. C'est normal.

Il semblait à Siobhan que Nita s'était rapprochée pour lui parler directement dans l'oreille, sa voix chaude et sirupeuse si proche.

— C'est ce que les leaders font.

Siobhan se réveilla de nouveau pour un bref instant, émergeant de ténèbres épaisses. Elle devinait des mouvements, des voix. Elle se rappela avoir fumé le joint. Sa mère l'apprendrait, songea-t-elle, et elle serait punie. Puis elle fut submergée à nouveau, perdue dans ce magma d'un noir d'encre qui la consumait. Elle sentit une douceur l'envelopper et la comprimer ; l'étreinte de la mère ourse la pressant entre ses pattes et son ventre poilu.

Elle se réveilla pour la troisième fois dans un cri étouffé. La douleur à sa cheville était revenue en force, la tenaillait jusqu'à la moelle tout en crépitant à la surface de sa peau et sur chaque millimètre entre les deux. C'était comme être rongée de l'intérieur et de l'extérieur en même temps. La douleur, rien que la douleur, des galaxies entières de douleur.

Pendant un long moment, elle s'exerça à simplement respirer – inspire, expire, inspire, expire –, tentant de reprendre le contrôle de son corps et de ses sens. De nouvelles données lui parvinrent. Elle était boudinée dans son sac de couchage, qu'on avait refermé autour d'elle. Le soleil plombait sur son visage.

Siobhan jeta un regard à la ronde en prenant soin de ne pas bouger le bas de son corps, surtout sa jambe blessée. La douleur à son épaule se manifesta de nouveau lorsqu'elle étira le cou. « Salut, disait la douleur. Moi aussi je suis là. » Les filles avaient déjà rangé les autres sacs de couchage. Siobhan n'arrivait pas à voir où elles les avaient mis. Elle n'arrivait pas à voir les filles.

Elle s'assit brusquement, sous le choc, grimaçant.

— Nita ? appela-t-elle.

Autour d'elle, que l'herbe, les ronces, les fleurs, la barrière d'arbres. Que leurs couleurs éteintes, brouillées, et leur parfait mutisme.

— Andee ? Dina ? Vous êtes où ?

Elle sut tout de suite ce qui s'était passé mais ne pouvait s'y résoudre. Elle parcourait la même scène des yeux, le même terrain dépeuplé, encore et encore.

— Allô ? Les filles ? Vous êtes là ?

Elle lança des cris dans toutes les directions, vers les bois, vers le ciel.

— Nita ! Andee ! Dina ! Quelqu'un ? Quelqu'un !

Elle se rappela Nita lui demandant si elle se sentait capable de marcher. Elle se rappela Nita s'agenouillant derrière Isabel, les mains sur ses épaules, jurant qu'elles seraient bientôt de retour, qu'elles emmèneraient Jan à l'hôpital, que tout irait bien. Siobhan sut alors ce que Nita avait raconté à Andee et Dina durant la nuit, alors qu'elle-même était assommée par la drogue. Elles ne pourraient se rendre jusqu'au village que si elles abandonnaient Siobhan. Elles enverraient les secours pour elle et Isabel. Personne ne les trouverait jamais dans cette clairière perdue au cœur de la forêt. Et pourquoi demander son avis à Siobhan, pourquoi l'avertir et risquer une crise ? Cela n'aurait causé que détresse, pleurs, cris et hésitations. Mieux valait la laisser dormir. Peut-être même que les secours arriveraient avant son réveil. Mieux valait partir sans attendre, aller chercher de l'aide au plus vite, pour Siobhan et pour elles-mêmes.

C'était logique. Parfaitement logique. C'était la seule solution.

— Revenez !

Aucun visage ne se cachait derrière les arbres. L'absence de ses consœurs la terrifiait davantage que ne l'avaient fait la mâchoire coincée, les paupières figées de Jan.

— Revenez ! S'il vous plaît, me laissez pas toute seule ici !

Sa voix finit par s'épuiser. Sa gorge était irritée, ses poumons sifflaient. Siobhan n'avait pas ressenti le besoin d'uriner depuis la veille. Un autre fait appris dans son cours de sciences lui revint : personne ne survivait à plusieurs jours sans eau. Il lui apparut aussi soudainement que le manuel et la professeure parlaient d'adultes, pas d'enfants.

L'herbe scintillait de rosée. Instinctivement, Siobhan rampa vers elle à reculons, la douleur pulsant toujours dans sa cheville et son épaule ; sa tête et le haut de son corps se trouvaient maintenant sur le sol plutôt que dans le sac de couchage. Elle lécha l'eau qui perlait à la surface des brins d'herbe, en prit quelques-uns dans sa bouche pour les téter. Sa langue et son palais toujours asséchés lui paraissaient semblables à du cuir, impénétrables.

Un grand vent poussait des nuages qui cachaient le soleil par intermittence au-dessus de sa tête. Le même vent secouait les arbres, dont les branches et les feuilles sifflaient d'une voix quasi humaine. Elle se réinséra dans le sac de couchage : une collation soigneusement emballée pour l'ourse.

La faim et la soif la tourmentaient avec une intensité qu'elle n'aurait pas crue possible, mais la terreur était plus intense encore. Il était évident qu'elle devait rester sur place, là où les autres savaient qu'elle se trouvait, là où elles enverraient les secours, mais elle en était incapable. Plus que tout, elle voulait ne pas être seule.

Lui revint en mémoire un garçon de son école qui s'était cassé la jambe en faisant du skateboard. Il était revenu en classe après quelques jours et avait laissé ses amis essayer ses béquilles à la récré. Tout le monde les avait regardés clopiner dans la cour asphaltée.

Elle chercha du regard quelque chose qu'elle pourrait utiliser. Un bâton de marche. Elle repéra quelques branches cassées vers l'ouest, au bout de la clairière, émergeant du sous-bois, affreusement loin.

Siobhan, dans un effort surhumain, roula prudemment sur le ventre et tendit les bras devant elle. Dans cette nouvelle position, elle inspira à quelques reprises, peinant à tenir sa cheville blessée au-dessus du sol, puis entreprit de ramper lentement sur la terre dure et mouillée.

L'herbe folle et les autres plantes sauvages lui chatouillaient le visage. Ses vêtements se gorgèrent d'eau, se tachèrent de boue, du sang des insectes qu'elle écrasait des coudes et des genoux sur son passage. Après chaque poussée, elle s'arrêtait pour se reposer et suçoter plus de rosée.

Impossible de dire combien de temps elle mit à traverser la clairière. Une fois à l'orée du bois, elle se rappelait à peine pourquoi elle avait fait tout ce trajet – elle s'était concentrée sur chaque instant, sur sa cheville et son épaule à ménager, tandis que le reste de son corps luttait pour avancer, épuisait ses forces à mesure. Siobhan atteignit les branches et resta ainsi, visage contre le sol, à bout de souffle.

Après un temps, elle releva la tête. Comment parviendrait-elle à se mettre debout ? Elle rampa encore jusqu'à un pin. Elle s'appuya sur ses mains pour s'asseoir. En se tenant à l'arbre, forçant de sa jambe valide dans un élan héroïque, elle se mit debout en une seule poussée.

La sueur dégoulinait le long de ses joues. Alors que, sur un pied, elle reprenait son souffle, elle jeta un coup d'œil aux branches par terre. Une seule paraissait pouvoir servir de bâton de marche : elle avait la taille et le diamètre parfaits, n'était pas trop encombrée de rameaux, et semblait assez solide pour supporter le poids de Siobhan, sans être trop lourde pour qu'elle la soulève. Et maintenant, comment se pencher pour la saisir ?

Bien adossée au tronc de l'arbre, Siobhan plia la jambe lentement. Mais elle perdit l'équilibre et se stabilisa à l'aide de son pied blessé, un instant particulièrement pénible, avant de reporter son poids sur sa bonne jambe.

Ses doigts frôlaient tout juste le bâton sélectionné. Elle les agita pour le faire rouler vers elle et arriva à l'empoigner. Elle enfonça le bout dans la terre, puis utilisa la branche et le tronc d'arbre comme appuis.

Une fois debout, elle s'agrippa fermement à son précieux bâton en s'adossant contre le pin pour se reposer. Elle était à bout de forces. Maintenant, comment reprendre sa marche vers nulle part, affronter de nouveau l'infinie, l'étourdissante forêt ? Pas tout de suite. Son sac de couchage et les boutons d'or, marguerites et pissenlits dodus qui l'entouraient, avec leurs visages avenants et scintillants, lui apparurent comme le dernier vestige de la civilisation.

En s'aidant du bâton de marche, elle sautilla jusqu'à son sac de couchage au milieu de la clairière, contente que son plan ait fonctionné et que la béquille joue son rôle si efficacement. Elle la relâcha à côté du sac. Elle tenta de s'asseoir délicatement, mais sa jambe, exténuée, flageola, et elle s'écrasa violemment sur son coccyx.

Les nuages s'épaississaient et prenaient une légère teinte de gris. Siobhan voulait dormir, toutes les cellules de son corps l'en suppliaient. Sa fatigue était si grande. Pour un bref instant, elle arriva à se soustraire du réel.

Le ciel s'était noirci quand elle émergea d'une courte sieste agitée, mais les nuages étaient intacts, le soleil bas et délavé. Elle songea à chercher refuge sous les arbres de la forêt, à tirer son sac de couchage et son bâton jusque-là avant que la pluie ne se mette à tomber. Et après, au moins, se dit-elle, elle pourrait s'abreuver.

D'un coup, elle se rendit compte de son erreur : au milieu de ce pré, il n'y avait rien de vertical pour l'aider à se relever. Elle saisit le bâton des deux mains et l'enfonça brutalement dans le sol, se balança d'avant en arrière sur ses fesses et son bon pied pour prendre son élan et se hisser, mais c'était peine perdue. Ramper une fois de plus était la seule manière d'atteindre les arbres.

Mais elle n'en avait plus la force. Ni la volonté. Elle se recoucha. Elle se couvrit le visage des mains, refusant de voir. Des sanglots sans larmes la secouèrent violemment. Elle appela sa mère, son père, Dieu, toutes les figures d'autorité de l'univers. Personne ne venait la sauver, et elle ne pourrait pas se sauver toute seule.

Le vent sifflait entre les branches, gonflé d'effluves de pluie, mais le ciel, tendu, s'obstinait. La lourdeur de l'air la titillait. Elle avait l'impression que sa peau était transie, et l'air humide pénétrait ses vêtements, mais toujours rien pour étancher sa soif.

Siobhan s'enfonça dans son sac de couchage, en tira le rebord par-dessus sa tête. Dans la nuit noire, en écoutant sa propre respiration, le claquement de ses dents et les secousses de son corps entier, elle eut une autre pensée pour les campeuses de Forevermore. Tir à l'arc, ornithologie, natation, jeux d'eau gonflables, randonnée, bricolage, amies, sœurs pour la vie. Et puis les filles rentreraient à la maison. Elles rentreraient chez elles et elles grandiraient, mais pas Siobhan. Elle s'était toujours considérée comme particulièrement mûre pour son âge, et plus lucide que les adultes ne le croyaient, mais là, maintenant, elle se voyait différemment. Elle se voyait comme les grandes personnes devaient l'avoir vue : sans expérience du monde, larvaire, encore à des années de sa forme ultime. Elle pensa à Isabel, puis à Dina, à Andee et à Nita, qu'elle maudit tout en priant pour qu'elles reviennent. Elle eut le pressentiment qu'elles s'en sortiraient, même Isabel. Elles survivraient et poursuivraient leur vie. Que deviendraient-elles ? Qu'auraient-elles la chance de faire, de voir ? Qui recevrait leur amour ?

Le vent s'introduisit dans la caverne du sac de couchage et en fit battre les parois. Siobhan se rappelait soudain une visite au Muséum d'histoire naturelle avec sa classe de quatrième année. On y présentait une exposition sur les premiers humains. La guide leur avait raconté que même les sociétés les plus anciennes, avant l'invention de l'écriture, avaient honoré leurs morts. L'un de ses camarades avait levé la main bien haut et demandé : « Mais comment vous le savez, s'ils prenaient pas de notes ? »

Des squelettes humains avaient été regroupés et arrangés intentionnellement, avait expliqué la guide, avec des fleurs coupées et d'autres objets décoratifs. La guide avait désigné une photo banale en noir et blanc représentant un site de fouilles archéologiques et, à côté, un dessin d'artiste montrant la tombe telle qu'elle avait dû être disposée à l'époque.

Le style du dessin était ample et caricatural, avec des contours incomplets et quelques touches légères de couleur ici et là, sans doute pour rendre la scène moins traumatisante pour les enfants. De vagues formes humaines gisaient dans un fossé naturel, couvertes de bouquets et de couronnes de fleurs.

Siobhan revit toutes les campeuses de Forevermore flânant sur la plage, autour du quai et sur la pelouse voisine lors de l'épreuve de nage. Plusieurs s'occupaient en tressant des bracelets et des colliers de marguerites. Dina était couverte de ceux qu'on lui avait offerts. Des filles s'en étaient mis dans les cheveux.

Siobhan sortit la tête de son sac de couchage. Le ciel était maintenant dégagé, l'air lessivé ; la pluie avait dû tomber plus loin. Elle était étourdie, désorientée ; la douleur à sa cheville s'était transformée en une poigne serrée. Elle porta la main à son visage. Ses joues étaient si fiévreuses qu'elle crut s'y brûler le bout des doigts.

Étendue sur le ventre, elle arracha toutes les fleurs sauvages et les brins d'herbe à sa portée. Elle en noua les tiges ensemble pour en faire de longues chaînes et boucles, qu'elle enfila autour de ses poignets et de son cou. Les fleurs n'exhalaient qu'un faible parfum sucré, même rassemblées par douzaines contre sa gorge et sa poitrine. Siobhan visualisa un archéologue balayant la poussière recouvrant ses os, un jour lointain, découvrant le squelette d'une petite fille qui n'avait pas eu la chance de grandir.

Elle apprit le reste plus tard, visionna les images. Nita, menant Andee et Dina, était enfin tombée sur un escalier qui faisait partie d'un sentier pédestre aménagé. Les filles l'avaient dévalé en poussant des cris de joie et s'étaient retrouvées dans le parking de l'accueil. Il n'y avait personne en vue, mais deux voitures étaient garées dans un coin ; des voitures qui supposaient des humains. Des voitures auxquelles retourneraient leurs propriétaires. Les filles s'étaient assises dans le gravier tout près des roues pour attendre.

Les trois avaient été filmées pour le téléjournal local ce soir-là. Emmaillotées dans les couvertures fournies par les pompiers volontaires de la grosse île. Toutes menues, crottées, leur chevelure sale et en désordre, leurs genoux tachés, elles avaient bégayé du bout des lèvres des réponses décousues aux questions de la journaliste. Celle-ci s'était agenouillée et avait pointé son micro sur Nita au point de frôler ses lèvres. On leur avait annoncé qu'Isabel avait été secourue et le corps de Jan récupéré. On leur avait appris que l'équipe de secours avait été envoyée au mauvais endroit, ne s'était pas imaginé que les filles parcourraient à pied une si grande distance en si peu de temps, surtout avec si peu de provisions, sur de si maigres jambes et avec de si petits poumons, et dans la mauvaise direction en plus – elles avaient d'abord zigzagué vers l'ouest, puis vers le nord, à travers la réserve naturelle de l'île, en avaient presque atteint la pointe nord, alors que le village se massait sur la côte sud. Les filles avaient levé sur les adultes des yeux vides de lapereaux. Elles paraissaient idiotes. Pitoyables et vulnérables au possible. Condamnées par Jan agonisant en secret, et par le camp Forevermore, coupable de négligence criminelle ; si elles avaient été sauvées, c'était par pur hasard. Tous ceux qui avaient vu le reportage avaient dû penser : « Pauvres petites filles ! Une chance qu'on les a retrouvées. »

Lorsqu'elle vit les lampes de poche, leurs faisceaux valser et clignoter entre les arbres, lorsqu'elle entendit le chœur de voix répéter son nom en écho, Siobhan, sûre qu'il s'agissait d'anges, ne daigna même pas répondre. Et lorsque le médecin local ouvrit la seule clinique de l'île au milieu de la nuit, l'examina et décréta qu'elle allait bien – sa cheville avait subi deux fractures, un muscle du haut du dos était déchiré, elle était déshydratée, avait des écorchures partout sur le corps, était en état de choc, mais fondamentalement, elle allait bien, elle se remettrait –, Siobhan ne le crut pas. Une silhouette adulte s'était penchée pour la cueillir, toujours emballée dans son sac de couchage et recouverte de fleurs sauvages, et elle était convaincue d'avoir été ramenée d'entre les morts.

Siobhan eut une vie tranquille, une vie banale, faite de déceptions mineures et de solitude ordinaire. Elle devint chercheuse en psychologie infantile. Elle construisit sa carrière dans le giron de l'université et évita le travail en clinique le plus possible. Elle envoyait ses assistants de recherche et collaborateurs au front alors qu'elle-même observait derrière le miroir sans tain du labo. Elle offrait toujours de faire plus que sa part des tâches administratives et des analyses informatiques, tant que ses collègues se portaient volontaires pour parler aux sujets, faire les visites à domicile, s'asseoir avec les enfants dans les chambres stériles. Plus d'une fois, un collègue ou un superviseur suggéra que Siobhan, étant donné sa spécialité, devrait étudier son propre malaise et sa propre raideur lorsqu'elle interagissait avec des enfants, surtout en tête à tête.

Elle préférait enseigner à l'université. Ses étudiants venaient enfin à bout de la puberté ; Siobhan, de son podium, le voyait dans leurs visages éclairés par leurs ordinateurs, et elle ressentait pour eux une forme de soulagement.

En déplacement, pour un colloque par exemple, il lui arrivait de se réveiller en pleine nuit, et le lit, les contours inhabituels de la chambre d'hôtel dans le noir lui donnaient l'impression d'être toujours étendue dans la clairière, dans son corps préadolescent, ce cadavre couronné de fleurs. Elle n'avait jamais quitté l'île, et tout ce qui lui était arrivé par la suite était un rêve, le fantasme d'une enfant imaginant l'âge adulte, le film de sa vie anticipée visionné depuis l'au-delà.

De temps en temps, elle s'attardait au bar de l'hôtel qui accueillait le colloque, ou bien se présentait à une soirée où les gens portaient leur nom soit collé sur la poitrine, soit se balançant au bout d'une chaînette, sur un carton qui annonçait leurs titre et affiliation universitaire ; les promesses de promotion ou conflits d'intérêts potentiels se multipliaient au rythme de l'alcool consommé. Siobhan guidait l'un de ces corps chauds vers sa chambre en guise de rempart contre les cauchemars.

Durant l'une de ces soirées, elle tomba sur son ancien superviseur du bac. Il la dragua de la même manière qu'il l'avait fait lorsqu'elle était son étudiante, huit ans plus tôt, et elle envisageait de céder, même s'il était toujours de trente ans son aîné et que l'écart lui semblait bizarrement plus grand que lorsqu'ils avaient respectivement vingt-cinq et cinquante-cinq ans.

En sirotant son whisky-soda dilué, elle lui avoua que, en tant que chercheuse, elle avait souvent l'impression de travailler à confirmer ce qu'elle savait déjà. Il la gronda sévèrement : « C'est le contraire ! Un scientifique ne travaille pas à confirmer des biais préexistants ou des croyances populaires : un scientifique suit les données peu importe où elles le mènent, un scientifique continue toujours d'apprendre des choses sur l'univers et la nature humaine ! »

Elle était d'accord en théorie, mais retourna seule à sa chambre.

Siobhan passa ses jours derrière le miroir sans tain de son laboratoire, observant des enfants interagir avec leurs parents, avec ses collègues, entre eux, avec les pièges et mondes miniatures qu'elle construisait pour eux. Ses hypothèses et expériences évoluèrent avec les années, mais elle ne réussit jamais à prouver ce qu'elle cherchait à prouver. L'étendue véritable de ce qu'elle les savait capables de faire. Elle plongeait son regard droit dans leurs yeux depuis un lieu où ils ne pouvaient pas le lui rendre.

REMERCIEMENTS

Je dois de vifs remerciements à ma formidable agente, Jackie Kaiser, et à toute l'équipe de Westwood Creative Artists ; à mes éditrices Jennifer Lambert et Lauren Wein pour leur contribution experte et attentive, ainsi qu'à leurs collègues chez HarperCollins Canada et Houghton Mifflin Harcourt, en particulier Pilar Garcia-Brown, Lisa Glover et Amy Edelman ; au Writers' Trust of Canada, à la Berton House, au Conseil des arts du Canada et aux aimables et généreux résidents de Dawson City, au Yukon ; à la Ucross Foundation ; à la Wallace Stegner House et au Conseil des arts d'Eastend ; à mes merveilleux et fidèles amis, tous géniaux, écrivains ou pas, et trop nombreux pour être nommés ici (mais j'espère que tous et toutes se reconnaîtront) ; à ma famille, surtout mes parents et mes sœurs, qui sont de constants modèles pour moi ; à andrea bennett, ma première, ma meilleure et ma plus chère lectrice, ma collaboratrice et compagne de vie créative. Enfin, merci à J. P. Lobos, mon grand amour : tu les as tous rendus possibles, mais en particulier celui-ci.

Table

DE LA MÊME AUTEURICE :

For Today I Am a Boy, Héliotrope, 2020.

PAPIER À BASE DE
FIBRES CERTIFIÉES

Le Livre de Poche s'engage pour l'environnement en réduisant l'empreinte carbone de ses livres. Celle de cet exemplaire est de :
150 g éq. CO_2
Rendez-vous sur www.livredepoche-durable.fr

Composition réalisée par Datamatics

Achevé d'imprimer en France par
CPI BRODARD & TAUPIN (72200 La Flèche)
en janvier 2025
N° d'impression : 3059451
Dépôt légal 1re publication : janvier 2025
LIBRAIRIE GÉNÉRALE FRANÇAISE
21, rue du Montparnasse – 75298 Paris Cedex 06
marketing@livredepoche.com

85/8984/0